BASTEI
LÜBBE

Taschenbücher von ROBERT W. CAMPBELL
im BASTEI-LÜBBE-Programm:

19 125 Kettenhund
19 130 Glitzerland
19 136 Alice im Glitzerland

Robert W. Campbell

DER EISKALTE GORILLA

Ins Deutsche übertragen
von W. M. Riegel

Schwarze
SERIE

BASTEI
LÜBBE

BASTEI-LÜBBE-TASCHENBUCH
Schwarze Serie
Band 19 140

Erste Auflage: März 1990

Deutsche Lizenzausgabe 1990
Bastei-Verlag Gustav H. Lübbe GmbH & Co., Bergisch Gladbach
Originaltitel: The 600 Pound Gorilla
Lektorat: René Strien
Titelillustration: Achim Bock
Umschlaggestaltung: Quadro Grafik, Bensberg
Satz: VID Verlags- und Industriedrucke GmbH & Co. KG,
Villingen-Schwenningen
Druck und Verarbeitung:
Clausen & Bosse, Leck
Printed in Germany
ISBN 3-404-19140-4

Der Preis dieses Bandes versteht sich einschließlich
der gesetzlichen Mehrwertsteuer.

1

Im Winter '78 sitzt Bilandic auf dem Bürgermeisterstuhl, als dieser Blizzard über Chicago hereinbricht. Und der ganze einschlägige Service, für den die Stadt immerhin berühmt ist, funktioniert nicht. Der Schnee bleibt liegen, der Verkehr bricht zusammen, die Hochbahnen fahren nicht mehr. Bilandic kriegt die Panik und versteigt sich irgendwann dazu, die Kritik, die auf ihn runterprasselt, mit der Kreuzigung Christi zu vergleichen und mit dem Sturz des Schahs von Persien. Was passiert? Logisch, er verliert beim nächsten Mal gleich in den Vorwahlen.

Und dieses Jahr im Winter nun fängt es eines Tages noch vor Tagesanbruch auch zu schneien an und hört nicht mehr auf.

Die Zeitungen schreiben nicht besonders viel darüber, und die Fernsehstationen sprechen von den möglichen Gefahren geradeso, als wären das bloß Bagatellen, aber jeder hat im Grunde das Gefühl, die warten nur darauf, daß wieder irgendwas Größeres passiert. Etwas ganz Unerwartetes. Ehe sie alle zusammen über den jetzigen Bürgermeister herfallen.

Und dann fangen drüben im Zoo im Lincoln Park die Kessel, Boiler und Dampfleitungen an den Schweißnähten zu platzen an, und es haut die Ventile raus.

Genau die Art von saublöden Problemen, in die die Wähler von Chicago ihre städtischen Bediensteten gerne hineinstolpern sehen. Sie nehmen solche Vorkommnisse mit Vorliebe als Test dafür, wie ihre lokalen Politiker damit fertig werden.

Nun hat diese Geschichte mit dem Zoo noch eine besondere Note; so eine Art sentimentale Zugabe. Die Heizung nämlich, die das Affenhaus und die Gorillakäfige versorgt, gibt komplett den Geist auf. Was dazu führt, daß Chicagos Liebling, dem Gorilla *Baby*, die Zehen kalt werden und der Hintern dazu. Und die Leute mögen das nun ganz und gar nicht. Auch wenn es unter ihnen eine ganze Menge gibt, die es selbst zu Hause nicht gerade viel wärmer haben.

2

Barker Jefferson ruft mich an. Er ist die rechte Hand vom Bürgermeister. Er muß immer ran, wenn es irgendwo brennt – beispielsweise bei Sachen wie diesem Shakman-Urteil, das allerdings den demokratischen Parteiapparat doch nicht so aufgerüttelt hat, wie die Reformer das gerne gehabt hätten.

Alle waren sie für diese Shakman-Sache gewesen, weil sie sich dazu eignete, das Patronagesystem von Chicago zu erschüttern. Die Art, wie das funktionieren sollte, war die: wenn du einen Job bei der Stadt oder auch beim County hast, bei der nächsten Wahl aber nicht als Wahlhelfer für die Partei arbeiten oder Karten für das Spendenpicknick von deinem Bezirkshäuptling verkaufen willst, dann kannst du es eben sein lassen. Und wenn der Unterbezirksboß oder der Stadtrat – normalerweise ist das ein und dasselbe, wenn auch nicht immer – versucht, dich daraufhin rauszuschmeißen, tritt ihm der Bundesrichter ganz schön in den Hintern. Folge: du verliert deinen Job nicht.

Natürlich paßt den Reformern, wenn sie dann selbst ans Ruder kommen, das Shakman-Urteil überhaupt nicht mehr in den Kram. Sie entdecken, daß es bloß bewirkt, daß die ganzen alten Patronageleute wie festgeklebt auf ihren Stühlen hocken und kein Schwein sie mehr wegkriegt, es sei denn, sie würden silberne Löffel stehlen, und man schöbe ihnen noch zusätzlich drei Stangen Dynamit unter den Hintern. Ich persönlich bin der erste, der zugibt, daß da schon was dran ist; eine Menge von diesen Parteibuchleuten tut wirklich nicht viel mehr als die Stechkarte reinstecken und das Gehalt abholen. Den Rest der Zeit verpennen sie, mal da, mal dort. Andererseits, die große Mehrzahl von uns tut brav und ordentlich ihre Arbeit. Ich bin jetzt Inspektor beim Amt für Straßen und Hygiene. Ich lese Instrumente ab und kontrolliere die Leitungen und die Kanalisation. Aber ich habe genauso auch meine Zeit unten in den Kanälen abgerissen. Einen Parteibuchjob kriegen hieß in den alten Tagen längst nicht immer, daß man einen reinen Druckposten hatte.

Wissen Sie, das wird sich nie ändern. Gefallen gegen Gefallen. Jeder bemüht sich gerne, einen anderen auf einen Posten zu hieven, wo er einem selbst wieder nützlich sein kann. Und wem wird derjenige dann wohl seinen Gefallen erweisen? Vielleicht jemandem, der keinen Finger gerührt hat? Also. Es ist völlig egal, wie es genannt oder gemacht wird, jedenfalls wird jeder immer erstmal was für seine Freunde tun.

In diesem Wahljahr nun legt es der Bürgermeister darauf an, die Stadtratssitze auch in den Bezirken zu gewinnen, wo er noch keinen Fuß drin hat. Mit anderen Worten, Jefferson muß mal wieder ran und die Boxhandschuhe anziehen und raus an die Front draußen.

Da sind erst mal die drei Kandidaten, Rosenquist, Trebova und Calcazone, die sich alle untereinander kennen und, wie ich das sehe, erst mal alle vorsichtig die Zehenspitzen ins Wasser tauchen und dann aushandeln, wer von ihnen die besten Chancen haben könnte. Dann ist da diese hispanische Dame namens Janet Canarias, eine von den Neuen in der Politik von Chicago. Sie ist auch eine der Matadorinnen von der *Gay Liberation Front*, und, was man so hört, die am tollsten aussehende Lippenstiftlesbierin in der ganzen Stadt.

Und schließlich ist noch ›Chips‹ Delvin im Rennen, mein Boß und Chinamann, der schon von Anfang an seine schützende Hand über mich gehalten hat. Seinen Spitznamen hat er davon, daß er immer noch kämpft, selbst wenn die Chips schon längst gegen ihn gefallen sind. Er ist schon seit einer halben Ewigkeit Stadtrat und noch länger Bezirkshäuptling. Mit dem ist ganz schlecht Kirschen essen. Aber allmählich wird er, wie jeder, auch alt und müde. Und ohnehin verändert sich die ganze Struktur vom Siebenundzwanzigsten. Wir hatten hier immer schon alles: Italiener, Schweden, Polen, Iren, Deutsche, Juden, Orientalen. In letzter Zeit aber werden wir immer farbiger. Alle Sorten. Puerto Rico, Kuba, Nicaragua, Vietnam und US-Schwarz. Sogar ein paar New Yorker haben wir.

Hier im Siebenundzwanzigsten bin ich Unterbezirkshäuptling, und zwar schon fast die ganze Zeit, seit ich erwachsen bin. Aber ich bin natürlich nur ein kleines Würstchen. Wieso also ruft Jefferson ausgerechnet mich an?

Er sagt, ich sollte doch bitte mal ins Büro des Bürgermeisters kommen und da über die Probleme von Schnee und Eis referieren, und überlastete Heizungsanlagen, mit denen die Stadt jetzt konfrontiert ist.

Ich rufe das Büro von Delvin an, aber er hat anderweitig zu tun, was ich so verstehe, daß er gerade ein Nickerchen macht, weil er nun ja auch in die Jahre kommt und nicht mehr so kann wie früher. Ich hinterlasse deshalb die Nachricht, daß ich zum Bürgermeister bestellt bin und daß es Jefferson war.

Barker Jefferson ist ein sehr kleiner Mann, aber mit enormen Schultern und riesigen Pranken. In denen verschwindet meine Hand glatt, doch er ist so nett und drückt nicht richtig zu.

»Wir warten schon auf Sie«, sagt er.

Und ich fühle mich gleich ganz bedeutend.

Der Bürgermeister lacht los, sobald Jefferson mich durch die Tür reinschiebt.

»Na, da ist er ja«, sagt der Bürgermeister, »Jimmy Flannery, der Liebling des Volkes. Ich habe noch keinen gesehen, der so aus glatt nichts einen Haufen machen kann. Ich hab's erst hinterher erfahren, aber angefangen hat er mit einem besoffenen Feuerwehrmann, der mit dem Auto gegen einen Lichtmast gerast ist, was er in eine Heldengeschichte umgebogen hat. Der Witwe hab' ich dann sogar eine Medaille umgehängt, um die Polacken günstig für mich zu stimmen.«

Diese Geschichte, die ihm immer wieder so ungeheuer viel Spaß macht, hängt mit den Leuten zusammen, um die ich mich im Siebenundzwanzigsten so ein bißchen kümmere. Es ging da um einen gewissen Mooshie Warnowski, Feuerwehrmann, und seine Frau. Kurz, bevor er pensioniert wird, mit einer guten Pension, fährt er sein Auto in den See und ertrinkt. Gut, also vielleicht hat er auch vorher einen Schluck oder zwei getrunken, aber das ist kein Grund, finde ich, daß es seine arme Frau büßen muß, die ordentlich und brav ist. Also lege ich hier und dort ein gutes Wort für sie ein, und schnell ist es dann so gewesen, daß Mooshie mit Absicht gegen den Lichtmast fährt, damit er das unschuldige Leben einer Nonne, die gerade daherkommt, nicht gefährdet, weil er sie sonst nämlich umfährt, und zwar samt ihrer Kinderschulklasse, mit der sie auf einer Schulwanderung ist. Und dem Bürgermeister hat es auch bestens in den Kram gepaßt, daß er Mooshies Witwe eine Medaille für stilles Heldentum umhängen konnte, bei einer großen Feier. Weil damit nämlich in der polnischen Gemeinde der Stadt das Ansehen des Bürgermeisters ordentlich aufpoliert werden konnte.

»Setzen Sie sich, Jimmy«, sagt der Bürgermeister. Und

das tue ich, während die ganzen anderen Anwesenden über mich grinsen.

Bis auf Jarwolski. Das ist der Polizeihäuptling der Stadt und grinst nie. »Ich kenne Jimbo ja auch«, sagt er. (Dabei weiß er ganz genau, weil er mal gehört hat, wie ich es erwähnte, daß ich jeden für ein Arschloch halte, der mich Jimbo nennt. Also nennt er mich Jimbo, nur um zu sehen, ob ich mich vielleicht auch mit ihm anlege. Dabei habe ich schon vor langer Zeit gelernt, daß ich meinen Kopf nicht reinstecke, solange der Ventilator noch läuft.) »Er ist schon mal in ein Essen reingerannt gekommen, bei dem ich mit Freunden saß, und hat mir ganz schöne Verdauungsbeschwerden gemacht«, fährt er fort. »Und einmal hat er ganz alleine Polizist und Richter gespielt und einen Mann erledigt, ohne daß der in den gesetzlich garantierten Genuß eines ordentlichen Verfahrens gelangte.«

»Na«, sagt der Bürgermeister, »wir hier sind nicht versammelt, um alten Kohl aufzuwärmen. Lassen wir das also. Wir sind hier, um eine Menge gefährliches Unkraut im Keime zu ersticken, für den Fall, daß mir das momentane stürmische Wetter besondere Probleme bereiten sollte. Ich habe durchaus nicht die Absicht, daß mir dann der nackte Hintern zum Fenster raushängt und abfriert, wie das damals '78 Bilandic passiert ist. Ich werde die Schneeräumtrupps rausjagen und . . .«

Wally Dunleavy ist der zuständige Referent für Straßen und Parks, wieso ist der nicht da?

» . . . kein Penner oder Landstreicher in der ganzen Stadt läuft mir rum, ohne daß er eine Schaufel in die Hand gedrückt kriegt. Und der Verkehr rollt, und die Züge fahren.« Er beugt sich vor, faltet die Hände auf der Schreibtischunterlage auf dem Tisch und knallt mir sein Siegerlächeln hin. »Nun aber haben wir da ein spezielles Problem. Der Ingenieur drüben im Zoo teilt uns mit, die Heizungsanlage im Affenhaus fliegt jeden Augenblick in die Luft, wenn er sie weiter so weit aufgedreht läßt, wie er sie jetzt aufdrehen muß.«

»Hab' ich gelesen«, sage ich. »Und in den Spätnachrichten war es auch.«

»Diese Scheißpresse und dieses Scheißfernsehen wollen mich auch abschießen«, bellt der Bürgermeister daraufhin. »Aber da müssen sie früher aufstehen.«

»*Yes, Sir*«, sagt Jefferson, und der Bürgermeister wirft ihm einen schnellen Blick hin, der besagt, daß hier keine öffentliche Veranstaltung ist, und deshalb braucht er hier auch keinen bestellten Beifall.

»Die vom Wetteramt sagen, sobald es zu schneien aufhört, bricht eine Eiseskälte über die ganze Stadt Chicago herein. Wir müssen also die Affen, speziell Baby, die Gorilla-Frau, irgendwo anders unterbringen, und zwar sofort. Es ist nicht genug Platz, um alle in anderen Häusern im Zoo selbst unterzubringen. Ich habe schon andere Leute auf die Evakuierung der Paviane und der Klammeraffen angesetzt. Jetzt aber müssen wir uns für Baby was ganz besonders Nettes ausdenken.«

Nämlich, letzten Sommer hat Channel Two eine Beliebtheitsumfrage gemacht, und da siegte Baby in einem Wettbewerb über fünf Runden glatt Zwei zu Eins über den Nächstplazierten, welcher zufälligerweise der mir grinsend gegenübersitzende Bürgermeister ist.

»Baby ist der Liebling von Chicago«, sagt der Bürgermeister, »und wir wollen verhindern, daß sie sich erkältet. Wenn sie nur einmal niest, kann das für mich das gleiche bedeuten wie seinerzeit der Schnee für Bilandic.«

»Herr Bürgermeister«, schalte ich mich nun ein, »wenn es Ihre Absicht ist, sich in Fragen des Zoos und seiner Insassen Rat einzuholen, so wäre es vielleicht am sinnvollsten, wenn Sie darüber doch lieber mit dem Direktor vom Amt für Parks und Erholung sprechen.«

»Ich betrachte dies aber als sanitäres Problem, Flannery.«

»In diesem Falle wäre dann Wally Dunleavy der zuständige Mann.«

»Ein Toilettenproblem.«

»Dafür wiederum müßten Sie sich an meinen Boß Delvin wenden.«

»Das tue ich ja! Ich rede mit seinem besten Mann, stimmt doch? Warum soll ich Delvin mit einem untergeordneten Probleme belästigen, das wir genausogut unter uns lösen können, ohne daß wir ihn in einem seiner zahlreichen Nickerchen stören? Ein Mann seines Alters braucht die nun mal. Also rede ich mit Ihnen.«

Tatsache ist aber, daß Dunleavy und Delvin wegen dem, was sie im Wahlkampf gegen den Bürgermeister unternommen haben, nicht mit am Tisch sitzen. Sie haben zwar so tiefe Wurzeln geschlagen, daß er sie nicht einfach ausreißen kann, aber er kann doch dafür sorgen, daß sie möglichst wenig frisches Wasser kriegen und deshalb eher vor sich hinwelken. Und wenn es sich irgendwie ergibt, überschüttet er sie natürlich liebend gern mit Benzin, wenn gerade jemand mit einem Streichholz in der Tasche herumsteht, das er gerne anzünden möchte. Ich kann also wenig machen.

»Also, Jimmy, haben Sie irgendeine Idee, wohin wir Baby solange ausquartieren könnten, bis im Affenhaus eine neue Heizung installiert ist? Welche Art von geeignetem Gebäude gäbe es da unter Umständen in Ihrem Bezirk?«

»Vermutlich wissen Sie ja, Herr Bürgermeister, daß der Siebenundzwanzigste mehr Badehäuser besitzt als . . .«

»Weil ihr mehr warme Brüder habt«, wirft Jarwolski an dieser Stelle ein.

». . . jeder andere Bezirk in der ganzen Stadt. Ich weiß nun nicht sehr viel über Gorillas, aber ich weiß, sie kommen aus dem Dschungel, und mir scheint, ein Ort, wo es immer heiß ist, müßte für sie wie ein Ferienaufenthalt sein.«

Der Bürgermeister sieht sich unter seinen Paladinen um, als wäre ich ein Hündchen, das eben einen dreifachen Salto mit halber Schraube vorgeführt hat, und zwar von der Michigan-Avenue-Brücke runter. Dann steht er auf und hält mir die Hand hin.

Wie ich sie schüttle, sagt er: »Die Auswahl des Badehauses überlasse ich ganz Ihnen. Ich lege das Wohlbefinden des Lieblings unserer Stadt in Ihre Hände.«

Ich marschiere raus und weiß, daß sie mich nach Strich und Faden aufs Kreuz gelegt haben.

3

Ich bin gerade nach oben unterwegs, im Treppenhaus von dem Sechsfamilienhaus (das aber nur fünf Wohnungen hat, weil die sechste unten ein Lebensmittelladen ist), in dem ich mit meiner Lady wohne – Mary Ellen Dunne –, als Mrs. Bilina, eine liebe Dame, die aus Böhmen stammt, die Tür ihrer Wohnung aufmacht und den Kopf rausstreckt.

Sie ist ganz in Schwarz, und ich weiß dadurch, daß (falls sie nicht ein bißchen voreilig ist) ihr Ehemann nach langer Krankheit dahingeschieden ist. Dann höre ich drinnen Hämmern, und daher weiß ich, daß sie dort schon den Sarg für den toten Mann nageln.

»Mr. Flannery . . .«

»Sagen Sie Jim. Wir sind lange genug Nachbarn, daß Sie mich Jim nennen können.«

»Mr. Jim Flannery, mein Stefan ist zu Gott heimgegangen. Sie tun mir gewiß die Ehre. Tragen Sie meinen Ehemann Stefan . . .«, ihr Stefan mußte an die einsneunzig groß und fast dreihundert Pfund schwer gewesen sein, ». . . morgen zu seinem Grab? Sieben Sargträger habe ich schon. Aber ich brauche acht für eine gerade Zahl.«

Daß es acht sind, macht mich froh. Das verringert die Gefahr eines Bruchs beträchtlich.

»Aber selbstverständlich, gern, Mrs. Bilina«, sage ich. »Begraben Sie ihn so schnell wegen der Kälte?«

»Ja«, sagt sie. »Solange eben nur der erste Schnee fällt, friert der Boden noch nicht. Wenn es aber erst mal aufhört zu schneien, dann fällt das Thermometer in den Keller, und dann wird es sehr schwierig, Gräber zu schaufeln. Manchmal kommt es vor, daß sie sie stapeln müssen bis zum Frühjahr. So ein Risiko möchte ich aber nicht eingehen. Ich will, daß mein Stefan gleich richtig seine ewige Ruhe neben seinem Bruder Dieter bekommt. Stefan hat seinem Bruder nämlich alle die schlimmen Dinge, die er vor Jahren angestellt hat, vergeben. Nun, mein Stefan war immerhin fast ein Priester und ohne Zweifel ein Heiliger. Wer soll Sündern sonst vergeben, wenn nicht Priester und Heilige? Außerdem ist es bei uns in der orthodoxen Ostkirche auch so üblich, gleich am nächsten Tag zu begraben.«

»Wie bei den orthodoxen Juden. Tot vor Sonnenaufgang, begraben vor Sonnenuntergang.«

»Ich weiß nicht, woher Sie manche Ihrer Vorstellungen haben«, sagt sie. »Sie sind doch irre, oder? Also, kommen Sie dann heute abend, wenn er hergerichtet ist, und sehen sich meinen Stefan an?«

»Es wird mir ein Vergnügen sein, Mrs. Bilina.«

Wir essen früh zu Abend, um fünf, weil ich Mary im Passavant-Hospital (da arbeitet sie als Krankenschwester) angerufen und ihr gesagt habe, daß ich heute abend eine ganze Menge erledigen muß. Mein alter Herr ist auch da.

»Was grübelst du denn?« fragt Mary.

»Ich habe eben grade über Mr. Bilina nachgedacht.«

»Machen sie ein Hausbegräbnis?«

»Sieht so aus!«

»Er war ein alter Mann, und ein guter Mensch. Er muß sich keine Sorgen machen. Was beschäftigt dich sonst wegen ihm?«

»Nichts weiter.«

»Doch was weiter«, sagt Mike (mein alter Herr).

»Ihr seid mir vielleicht ein paar Typen«, sage ich. »Hockt hier rum wie irische Hexen, die aus Teeblättern weissagen.«

»Wir wissen, wenn du Ärger hast, Jim«, sagt mein Vater.

»Sie haben mich heute zum Bürgermeister gerufen«, sage ich. »Und er hat mich gefragt, was man mit dem Gorilla machen soll.«

»Baby?« ruft Mary, aufgeregt wie ein Kind, das von seiner Lieblingspuppe reden hört.

Ich sage so ganz von oben herab: »Wir haben in unserer Stadt immerhin eine ziemliche Menge Gorillas. Wie kommst du darauf, daß man sich nur um einen Sorgen macht?«

»He, he!« sagt sie.

»Also«, fragt Mike, »was ist los mit dem Affen?«

»Der Bürgermeister hat mich beauftragt, einen Platz zu finden, wo er, sie bleiben kann, bis eine neue Heizung im Affenhaus installiert ist. Er will so kurz vor den Vorwahlen auf keinen Fall eine Tragödie erleben.«

»Da fällt mir was ein«, sagt Mary.

Als ich sie anblicke, um zu erfahren, was ihr denn

einfällt, kriege ich nur ein Kopfschütteln von ihr, und sie sagt, ich soll fortfahren.

»So, dann hast du also einen Sechshundert-Pfund-Gorilla am Hals«, sagt Mike.

»Na ja, genaugenommen weniger als die Hälfte. Sie wiegt gerade erst knappe zweihundert.«

»Das spielt gar keine Rolle«, sagt Mike. »Ich dachte ja auch mehr an den Scherz, wo ein Sechshundert-Pfund-Gorilla, also der sitzt . . .«

»Der soll sitzen, wo er will«, führe ich ihn aufs Stichwort zurück, »aber das ist keineswegs ein Scherz.«

»Ich kann nicht sehen, was es für Probleme geben soll«, sagt Mary. »Im Gegenteil, ich sehe, daß der Bürgermeister in einer äußerst bedeutsamen Angelegenheit sein ganzes Vertrauen in dich setzt.«

»Also erstens mal«, erklärt da mein Vater, »wäre das eigentlich die Zuständigkeit der Jungs von Parks und Erholung. Das Ressort leitet sogar einer von den eigenen Leuten des Bürgermeisters. Wieso also macht er das nicht mit denen? Ich werd' dir sagen, warum. Geht es schief, bleibt es nicht an ihnen hängen. Außerdem ruft der Bürgermeister Jim statt Dunleavy, der Straßen und Hygiene unter sich hat, oder Delvin, der immerhin der Boß der Kanalisation ist. Um nämlich Dunleavy und Delvin deutlich merken zu lassen, daß sie noch immer in Ungnade sind. Er macht ihnen damit klar, daß sie zu der Situation Null beizusteuern haben. Wenn alles glatt geht, kriegt einer von seinen Jungs die . . .«

»He, Vorsicht«, sage ich. »Wenn du so weiterredest, bin ich als nächstes wieder der Kettenhund auf dem Schrottplatz.«

»– Lorbeeren. Wenn es aber schiefgeht, kriegen es Dunleavy und Delvin ans Hemd geschmiert. Zusätzlich sät der Bürgermeister damit Zwietracht. Wenn Jim es Delvin erzählt, könnte Delvin zwar durchaus denken, daß Jim bloß der direkten Anweisung des Bürgermeisters gehorcht; was soll er denn auch machen. Aber es ist nicht unwahrscheinlich, daß er statt dessen denkt, aha, Jim sieht sich auch schon nach den neuen Bataillonen um, hinter Delvins Rücken, und ist bereit, ihm irgendwann das Messer in den Rücken zu stechen. Alles denkbar.«

»Na ja, das klingt alles sehr verschwörerisch und kompliziert und . . .«

»Hinterhältig«, sagt Mike. »Weil es nämlich Politik ist.«

»Ach Gott. Wenn ich jedenfalls du wäre, James, ginge ich einfach direkt zu Delvin und sagte ihm alles, was Mike eben gesagt hat.«

»Um Himmels willen, Mary«, erklärt Mike, »das ist doch das Schlechteste, was er machen könnte. Er gäbe damit doch zu erkennen, er denkt schon so wie der Bürgermeister, und das würde direkt dazu führen, daß ein an sich ganz unschuldiger Auftrag von Delvin so interpretiert wird, daß Jim ihn bereits hintergeht.«

»Wenn du mir das mal nochmal erklären könntest«, sagt Mary.

»Ist doch alles völlig klar. Wir wollen nicht, daß Delvin denkt, Jim hat die ganze Sache geschluckt, weil er tatsächlich daran dachte, hinter seinem Rücken die Seiten zu wechseln, möchte aber jeden Verdacht in dieser Richtung nur ablenken, indem er sie annimmt.«

»Also ich muß zugeben, dieser Art Um-die-Ecke-denken kann ich nicht folgen.«

»Es ist einfach, wie schon gesagt, Politik, welche eine von den exakten Wissenschaften ist, um nicht zu sagen, eine der geheimen Künste.«

»Ich muß es ihm jedenfalls sagen«, sage ich, »ganz gleich, was ich ihm sonst noch sage«, und schneide den Kern von meinem Pfirsich heraus. »Wenn er es nämlich von jemand anderem erfährt, dann hat er wirklich Grund, zu vermuten, ich gehe ihm von der Fahne.«

»Sage ich doch«, sagt Mike, als ob er mir diesen Rat schon die ganze Zeit gegeben hätte.

Ich wische mir den Mund ordentlich mit der Serviette ab und denke sogar daran, sie danach zweimal zu falten.

»Ich habe gerade noch Zeit, Delvin zu Hause aufzusuchen, bevor ich mich um einen Platz für Baby kümmere.«

»Nämlich wo?« fragt Mike.

»Na, ich dachte, ein Badehaus wäre gut geeignet.«

Mike nickt, also ist er sehr befriedigt von dem Gedanken, daß der Gorilla (das Gorilla-Mädchen) ein bißchen Dampf kriegt.

»Gehst du auch zum Begräbnis morgen?« frage ich.

»Wo graben sie den alten Bilina denn ein?«

»Draußen in St. John's, glaube ich.«

»Ich würde gern kommen, glaub' aber nicht. Mein Knie macht mir bei diesem feuchten Wetter mit all dem Schnee immer so verdammt zu schaffen. Ich werde aber wenigstens in St. Pat anhalten und ihm eine Kerze anzünden.«

»St. Pat ist katholisch. Die Bilinas sind orthodox.«

»Meinst du, das weiß ich nicht? Was ist da für ein Unterschied, römisch oder orthodox? Kerze ist Kerze, Gebet ist Gebet, aus.«

»Wie lange, denkst du, bist du bei Delvin?« fragt Mary. »Ich kriege Besuch von einer Freundin, die dich gern kennengelernt hätte.«

»Heute abend wollen mal wieder alle was von mir.«

»Du willst es doch so haben«, sagt Mary.

»Was ist das für eine Freundin?«

»Na, warte es doch ab.«

Ich kann es nicht ausstehen – nicht mal von Mary –, wenn man mich so abspeisen will. Aber ich kann mich jetzt nicht auf Diskussionen einlassen, wenn ich noch zu Delvin kommen will, ein Badehaus aussuchen und mit den Eigentümern sprechen, ob sie es uns vielleicht als Tierasyl überlassen, und alles vor zehn Uhr abends.

Delvins Haus ist eines von den ganz alten drüben in Bridgeport, wo einst Hizzoner gelebt und sich nie wegbewegt hat. Delvins Haus liegt knapp einen halben Block davon weg, und gleich an der nächsten Ecke steht das Daley-Haus auf der South Lowe. Eine ziemlich lange Holztreppe führt hinauf zu Delvin auf den Hügel, bis zu einer schweren Eichentür mit Butzenscheiben in der Mitte. Seine Haushälterin, Mrs. Banjo, macht mir auf. Man kommt in eine lange Eingangshalle, und es riecht wie in einer ganz alten Buchhandlung.

»Ja, worum handelt es sich denn?« fragt sie, als hätte sie mich nicht schon fünfhundertmal in dieses Haus eingelassen.

»Jimmy Flannery ist mein Name, Mrs. Banjo, und ich möchte den Boß sprechen.«

»Sie haben keine Galoschen an«, sagt sie.

»Nein, habe ich nicht.« Sie meint Boots, Gummiüberschuhe. Früher sagte man Galoschen.

»Sie werden schon sehen, wie Sie sich da den Tod holen.«

»Ich bin gerade nur schnell aus dem Haus gelaufen, wegen dieser Sache, über die ich mit Mr. Delvin reden muß, und da habe ich sie ganz vergessen.«

»Bleiben Sie hier stehen, damit Sie auf dem Teppich abtropfen«, sagt sie. »Ich will nachschauen, ob er Sie sehen wil. Er macht gerade ein Nickerchen.«

Ich stehe da wie Pik Sieben und schaue auf die alten Bilder mit lauter toten Leuten drauf, die unter Zylindern und Riesenblumenhüten auf mich runterschauen, als platzte ich ganz unangebracht in ein Familientreffen hinein.

Mrs. Banjo kommt wieder, winkt mich rein und legt mir im Vorbeigehen die Hand auf den Rücken: Ob ich einen Kaffee will?

»Ich hab' schon drei Tassen zum Abendessen getrunken.«

»Aber in meinem ist ein Schuß drin.«

Ich sage nichts weiter. Zu Mrs. Banjo nein zu sagen, ist ein sehr schwieriges Unterfangen.

Delvin sitzt in seinem Wohnzimmer in einem gewaltigen, schwellend gepolsterten Mohairsessel mit Häkeldecken auf den Armlehnen und da, wo der Kopf aufliegt. In der Ecke hat er ein Majestic-Radio stehen, und ich frage mich schon seit jeher, ob der alte Kasten eigentlich noch funktioniert, und woher, verdammt, er noch diese Röhren kriegt, wenn mal eine kaputtgeht. Seine Lampen haben Schirme aus gelbem Wachspapier, und vor den Fenstern hängen Spitzenvorhänge. Alles ist hygienisch sauber und düster. Der ganze Raum riecht nach Bitumenkohle.

Delvin sitzt in seiner grauen Hose und dem dicken Sweater da wie ein Elefant im Zirkus vor dem Auftritt.

Er verschwendet keine Zeit mit Begrüßungsfloskeln.

»Bist du schon dabei, gegen mich das Messer zu wetzen, Jimbo?« fragt er und blinzelt mich auf die bekannte Weise aus seinen Schweinsäuglein an.

»Nein, Sir. Das würde ich nie tun, und Sie wissen das ganz genau.«

»Immerhin gibt es ja genug, die mich absägen wollen. Setz' dich.«

»Das weiß ich«, sage ich und setze mich folgsam hin.

»Sind nicht mal alle von der Opposition. Gibt sogar Freunde von mir, die sagen, ich bin zu alt als Schlachtroß. Sie sagen mir, ich soll endlich das Schwert niederlegen. Glaubst du auch, daß ich das Schwert niederlegen soll?«

Ich würde ihm eigentlich gern sagen, Zirkuselefanten schicken sie noch viel jünger als ihn aufs Altenteil, weil er nämlich wie einer aussieht. Ein alter Elefant. Aber das bewirkt nur, daß man ganz sanfte Gefühle für ihn hat.

»Ich glaube«, sage ich, »Sie sollten mitspielen, solange Ihre Beine Sie noch tragen.«

Er wischt sich mit einem weißen Tüchlein die Augen aus. Seine Augen tränen schon pausenlos. Genau wie bei einem alten Elefanten eben. »Und du würdest doch nicht versuchen, mir in die Kniekehlen zu schneiden, oder?«

»Ich sagte ja schon, daß ich nicht das Messer gegen Sie wetze, also warum sollte ich Ihnen dann in die Kniekehlen schneiden?«

»Na, wegen dem Ehrgeiz, Jimmy! Und du hast ja schließlich einen, oder?«

»Mary Ellen Dunne und mein Vater sagen, keinen Funken.«

»Vielleicht haben sie bloß kein Ohr für die Geräusche eines hungrigen Mannes.«

»Also, mein Magen knurrt nicht, Mr. Delvin. Wenn ich je den Wunsch haben sollte, mich auf Ihren Platz an der Tafel zu setzen, würde ich es Ihnen sagen.«

»Ja, das glaube ich dir, Jimbo. Wem kann man schließlich auch mehr vertrauen als dem Mann, dem man alles verdankt? Oder vielleicht seinem schlimmsten Feind . . .«

Mrs. Banjo kommt mit zwei riesigen, dicken Gläsern rein, in denen vielleicht drei Finger hoch was drin ist. Eines gibt sie Delvin, eines mir.

»Kaffee ist keiner mehr da im Pott«, sagt sie und geht wieder raus.

Delvin nippt lange und vorsichtig. Er spitzt die Lippen, als wenn er Angst hätte, das Glas würde zerbrechen, wenn auch nur ein Tropfen danebengeht. Ich selber bin kein Trinker, deshalb feuchte ich mir grade nur die Lippen an und stelle das bauchige Glas dann auf das Tischchen neben meinem Stuhl.

». . . welcher in meinem Falle der Bürgermeister ist«, fährt Delvin fort, als sei er nie unterbrochen worden. »Der uns ein Gorilla-Mädchen anhängt, für das kein Platz da ist, wo es seinen Schädel hinbetten kann. Als du ihnen von dem Bad erzählt hast – welches hattest du da im Sinn?«

»Tja, da wäre zum Beispiel das *Paradise* drüben am Hotel Essex House.«

»Wieso gerade das?«

»Da war ich schon mal. Es ist sauber, und sie gießen Eukalyptusöl auf die heißen Steine in der Sauna.«

»Ist das gut?«

»Riecht auf jeden Fall besser als Schweißsocken.«

»Baby wird's mögen, was?«

»Absolut.«

»Willst du wissen, woher ich alles weiß, was es über diese Geschichte zu wissen gibt, die du mir erzählen wolltest? Daß ich alles weiß, kommt davon, daß der Mann des Bürgermeisters, Barker Jefferson, mich angerufen und es mir gesagt hat. Was, meinst du, haben die sich von dir erhofft?«

»Daß ich Ihnen nichts sage.«

»Die spielen da ein sehr böses Spielchen, sage ich dir. Es ist fast wie in den alten Zeiten mit Hizzoner.«

»Gute alte Zeit«, sage ich.

»Also dann zieh los und mach. Meinen Segen hast du.«

Ich stehe auf und will zur Tür.

»He, Jimbo«, sagt Delvin.

Ich drehe mich um und sehe, wie er mich ganz scharf anblickt, obwohl auf seinem fetten Gesicht ein Lächeln liegt.

»Wenn du je auf meinem Platz an der Tafel sitzen möchtest«, sagt er, »dann sagst du es mir nicht. Du *fragst* mich.«

4

Die *Paradise*-Badeanstalt besitzen und führen Shimmy Dugan und Prinzessin Grace. Dugan ist weiß, und Grace ist schwarz. Dugan hat dunkle Haare und kleidet sich sehr *butch*, was, wie man so hört, der Ausdruck für einen Schwulen ist, der als Mann fungiert und Jeans und Stiefel trägt und Arbeitshemden Grace dagegen trägt eine blonde Perücke und putzt sich als *loop hooker* heraus, was wiederum die Bezeichnung für, na sagen wir, Edelnutte ist; das bedeutet also: Hot Pants aus purpurfarbenem Satin, Rüschenblüschen, fließende Schals und so. Die grellblau-gelben Laufschuhe, die Dugan immer anhat, passen nicht so ganz ins Bild. Doch er sagt, weiter runter als bis zu seinen Eiern lebt er sowieso nicht, und Beine und Füße seien eben zu nichts weiter nütze als zum Gehen.

Sie freuen sich beide sehr, mich zu sehen, weil ich ihnen schon bei mehr als einer Gelegenheit einen Gefallen erwiesen habe, etwa als jemand auf den Gedanken kam, für Homosexuelle sollte es nicht auch noch Bäder geben, wo sie sich treffen können. Da habe ich einmal nicht weniger als fünfzig normale Schwänze zusammengetrommelt, daß sie eine Eingabe unterzeichneten, sie müßten was haben, wo sie nach der harten Arbeit auf der Straße duschen könnten.

Wie sie allerdings hören, weshalb ich hier bin, freuen sich Dugan und Grace schon beträchtlich weniger.

»O mein Gott!« jammert Grace und fummelt an ihrem Chiffonschal herum, der sich in Dugans Armkette verfangen hat. »Wollen Sie uns ruinieren? Wollen Sie unsere Existenz vernichten? Wollen Sie uns das Bad schließen?«

»Ich habe doch erst mal nur gesagt, da ist dieses

wunderschöne Gorilla-Mädchen, das die ganze Stadt heiß liebt, und es hat kein warmes Plätzchen, wenn demnächst womöglich ein richtig schlimmer Blizzard kommt und gleich hinterher die Saukälte.«

»Und was würden Sie haben wollen?« fragt Dugan. »Den Naßraum? Oder den Trockenraum?« Und ich kann sehen, wie es in seinem Kopf bereits rechnet und die Vorteile überschlägt.

»Der trockene wäre am besten, denke ich. Wir könnten ihr da auf einer der Schwitzbänke ein kleines Bett richten.«

»Ist sie schon stubenrein?« fragt Grace.

»Also, ehrlich, das kann ich nicht so genau sagen.«

»Na bitte, da haben wir's. So ein Gorilla scheißt uns bestimmt in den Trockenraum. Und da können Sie sich ausrechnen, wie das stinkt. Zum Himmel nämlich. Das ist nichts als ein Trick, mit dem wir ruiniert werden sollen!«

»Ich kann wirklich nicht sehen«, sage ich, »wie Sie eine krumme Tour bei der Bitte des Bürgermeisters vermuten können, Sie möchten dabei helfen, dem Maskottchen der Stadt Unterkunft und Wärme zu verschaffen.«

Daraufhin läßt Grace einen Schrei los wie ein kastrierter Papagei. »Aaaahhh! Sie sind ja sooo clever, Jimmy Flannery! Wissen Sie, was Sie sind? Ein Aufzug, das sind Sie!«

»Der Sinn Ihres Vergleichs ist mir nicht ganz klar. Meinen Sie vielleicht eine Rolltreppe?«

»Ich meine, Sie sind so einer, der von einer Äffin im Zoo anfängt, und dann ist sie schon das Maskottchen der Stadt, und wahrscheinlich als nächstes gleich die heilige Schutzpatronin von Chicago. Und das machen Sie immer so. Jimmy Flannery! Aber das können Sie vielleicht mit den anderen Idioten machen; ich durchschaue Sie! Immer eskalieren Sie alles. Das ist Ihr Talent, Ihre Gabe.

Warum machen Sie es nicht zu Ihrem Beruf, Schecks als Drachen steigen zu lassen?«

»Ich versuche doch nur, Ihnen die Perspektiven dieses kleinen Problems zu erläutern, dem sich der Bürgermeister gegenübersieht und das er vertrauensvoll in unsere gemeinsamen Hände gelegt hat.«

»Gorillascheiße ist kein kleines Problem!«

»Wir könnten vielleicht eine dicke Schicht Sägemehl streuen, und Stroh«, wirft Dugan ein.

»Ich sorge dafür, daß Sie alles bekommen, was Sie brauchen«, sage ich.

»Wir könnten ein Schild an der Tür des Heißraums anbringen.«

»Das die Medien sicher nicht ungern fotografieren würden«, ergänze ich und schiebe ihn damit ein wenig in die Richtung, in die ich ihn haben möchte.

»›Ein Ferienaufenthalt für Baby – dank der freundlichen Unterstützung der *Paradise*-Badeanstalt!‹« sagt er auch prompt. »Ich sehe es direkt vor mir. Die Öffentlichkeit wird merken, daß Baby es praktisch so gut hat wie am Strand von Florida.«

Prinzessin Grace reißt die Arme hoch, bereit, sie um mich zu schlingen, und kreischt: »Sie guter Mensch, Sie! Sie haben ja soviel für unser Ansehen getan!«

Aber ich gehe mit den Fingerspitzen auf Distanz zu ihrem Gummibusen und sage: »Ich lebe mit einer Freundin zusammen. Ich möchte nicht, daß sie Lippenstift an meinem Kragen entdeckt.«

»Sagen Sie ihr, ich bin eine glücklich verheiratete Ehefrau, Sie Trottel!« lispelt Grace und rauscht davon und sagt im Herausgehen noch, er soll mal schon anfangen, den Heißraum als Schlafzimmer für Baby einzurichten.

5

Der Gast, den wir an diesem Abend haben, ist niemand anders als diese Janet Canarias, die in meinem Siebenundzwanzigsten in den Vorwahlen für den Stadtrat kandidiert, bei den Demokraten. Wie ich reinkomme, sitzen sie alle drei – die Canarias, Mary und Mike – da, lachen über irgendwas und hören mit einem Schlag auf, wie ich aus dem Flur in der Tür auftauche.

Mary steht auf und kommt her, um mir einen Begrüßungskuß zu geben, was sie durchaus nicht immer tut, wenn ich zur Tür reinkomme. Jetzt aber will sie dieser Canariastante zeigen, wie wahre Zuneigung zwischen einem Mann und einer Frau aussehen kann, und ich soll sehen, wie leid es ihr tut, daß sie mich verärgert hat, weil sie mir nicht sagen wollte, wer da heute abend zu Besuch kommt.

Dann macht sie uns förmlich bekannt, während Mike die ganze Zeit da hockt und grinst wie ein Blöder.

Die Canarias wartet eine Weile und sieht mich von ihrem Stuhl her an, auf dem sie sitzen bleibt, den Kopf zurückgelegt, schwarze Haare wie Rauch locker um ihre Schultern, schwarze und freche Augen, ein Ellbogen auf der Stuhllehne, so daß ihre Hand wie eine Fahne in die Luft steht. Sie trägt eine Rüschenbluse und einen Rock und hat ein Paar Beine übereinander geschlagen, mit denen sie an jeder beliebigen Ecke und zu jeder Zeit einen Verkehrsstau erzeugen könnte. Und das Lächeln, das sie mir schenkt, könnte Stahl schmelzen, mein lieber Mann. Dann steht sie auf, Absätze sooo hoch, und streckt mir, von Frau zu Mann, die Hand hin. Die ist völlig trocken und außen ganz weich. Aber drunter ist Härte spürbar.

»Ich hoffe, ich bin nicht unwillkommen. Mr. Flannery«, sagt sie.

»Marys Freunde sind auch meine Freunde und in diesem Hause jederzeit willkommen. Ich sehe, Sie haben schon Kaffee.«

»Möchtest du auch welchen, James?« fragt Mary.

»Ja, bitte.«

»Setz dich und mach dich näher bekannt. Ich mache dir frischen.«

»Woher kennen Sie Mary?« sage ich, um irgendwie anzufangen.

»Oh, vom Passavant-Hospital. Ich hatte dort wegen einer Klientin von mir zu tun.«

»Sind Sie Anwältin?«

»Genau. Die Verwaltung im Passavant versuchte, mir alle Knochen zu brechen, Arme, Beine. Mich schwindlig zu drehen, bis mir die Luft ausginge.«

»Na, Sie sehen nicht geradeso aus, als würden Sie auf solche Methoden hin aufgeben.«

Sie lächelt wieder, aber diesmal geht es mehr in die Richtung vom Zähnefletschen eines Hais. »Richtig. Macht mich nur scharf und gemein.«

Mary kommt mit meinem Kaffee.

»Und? Sind Sie mit der Verwaltung im Passavant gemein geworden?«

»War nicht nötig. Mary hat mir besorgt, was ich brauchte.«

Ich blicke zu Mary rauf, aber sie zwinkert nicht mal.

»Sie müssen sich keine Sorgen deshalb machen, Mr. Flannery«, beruhigt mich die Canarias. »Mary hat absolut nichts getan, was gegen ihre Berufspflichten verstoßen hätte. Der Einblick, den sie mir verschafft hat, stand mir juristisch eindeutig zu.«

»Ich dachte auch gar nicht an die Vorschriften.«

»Ich verstehe. Sie meinen mehr die Pflichten und Verpflichtungen.«

Ich nicke bedeutsam.

»Und Loyalitäten?« fügt die Canarias hinzu.

»Natürlich, wenn Sie so wollen.«

»Aber das hängt doch wohl auch davon ab, wer sie verlangt?«

»Es kann mehr eine Sache des Herzens als des Kopfes sein, ja«, sage ich und halte ihrem Blick genauso stand wie sie meinem.

»Das ist das, was an Ihnen so besonders ist, Mr. Flannery. Für die meisten Menschen kommen Profit und persönlicher Ehrgeiz vor allem anderen, solange sie damit klarkommen, was sie dafür tun müssen.«

»Wenn Sie mich hochjubeln wollen, dann nennen Sie mich lieber gleich Jim oder Jimmy«, sage ich und knalle ihr mein breitestes Lächeln hin. Die Situation ist so: würden mein Lächeln und das ihre mitten im Zimmer zusammenstoßen, wir würden alle blind. »Ich denke, Sie können mir ruhig sagen, warum Sie Mary gebeten haben, Sie heute einzuladen, damit Sie mich kennenlernen.«

»Nun, ich möchte mich Ihrer Unterstützung in den kommenden Vorwahlen versichern.«

Die gefällt mir. Der macht es überhaupt nichts aus, eine so absolute Zumutung wie diese einem Mann ins Gesicht zu knallen, der sein Lebtag ein treuer Parteimann war.

»Sie sprechen mit einem Mann der Partei.«

»Und einem des Apparats. Weiß ich. Aber der Apparat ist nun mal kaputt. Und ich gehöre schließlich auch zur Partei. Zu den Demokraten.«

»Sie kandidieren gegen meinen Chinamann.«

»Delvin ist alt. Seine Zeit war schon vorbei, als sein alter Freund, Bürgermeister Daley, von uns ging. Er hat keine Zukunft mehr, nur noch Vergangenheit. Es ist an der Zeit, daß ihm einer, der ein Siegertyp ist, nicht mehr die Stange hält.«

Ich merke, daß mein alter Herr gar nicht mehr grinst und sein Nacken über dem Hemdkragen rot geworden ist.

»Sie müßten sich nur mal aufraffen«, sagt die Canarias, »und Delvin die Tatsachen des Lebens klarmachen.«

Jetzt ist selbst Mary der Meinung, daß das ein bißchen zu weit geht.

Ich wende den Kopf ab und sage nichts.

»Barker Jefferson wird auch kandidieren«, sagt die Canarias. »Und er ist der, den wir schlagen müssen.«

»Auch Anthony Calcazone, Manny Rosenquist und Steve Trebova kandidieren.«

»Mit denen bin ich schon klar.«

»Soll das etwa heißen, die sind bereit, zurückzustehen und Sie als Koalitionskandidatin laufen zu lassen?«

»Es heißt, das ist wie Geld sammeln für ein ziemlich riskantes Unternehmen. Der Anfang ist das Schwierigste. Weil jeder erst mal lieber abwarten möchte, ob der andere einsteigt und etwas investiert.«

»Sie meinen, entweder wollen alle oder keiner will?«

Dazu nickt sie und sieht mich lange intensiv an. »Oder sind es am Ende meine sexuellen Neigungen, die Sie zögern lassen, Jim?«

Ich halte meine Stimme ganz im Zaum, obwohl sie mich damit auf die Palme gebracht hat. »Wenn Sie mich einen Chauvi nennen wollen, dann können Sie besser gleich wieder Mr. Flannery zu mir sagen«, meine ich.

»Das hätte ich wissen müssen«, sagt sie und ist tatsächlich zum erstenmal etwas nervös und unsicher.

»Wieso hätten Sie das wissen müssen? Habe ich Sie etwa gefragt, ob Sie keine Männer mögen, nur weil Sie hier sitzen und meinen Kaffee trinken?«

Sie nimmt sich zusammen und zieht eine Augenbraue hoch, genau auf die Art, wie das manche Leute machen, wenn sie einem überlegen kommen wollen. »*Ihren* Kaffee, Mr. Flannery?«

»Ganz recht. Heute früh, als uns der Kaffee ausging, bin ich runter in den Laden gegangen und habe mit meinem Geld neuen gekauft. *Mein* Kaffee!«

Und sie verbirgt ihr Gesicht in den Händen und fängt an zu lachen. Und dann lache ich auch. Und Mary lacht, und sogar mein alter Herr stimmt mit ein, obwohl ich nicht so sicher bin, ob er überhaupt kapiert, warum er lacht.

»Wie ist das nun«, fragt die Canarias, »macht uns all dies alberne Zeug, das wir da sagen, nun zu Feinden oder Freunden?«

6

Nachdem Janet Canarias wieder fort ist, bin ich mit meinem Programm für diesen Abend noch keineswegs zu Ende. Ich gehe rüber zum Zoo. Die ganze Unruhe, die das Umquartieren der Tiere verursacht, läßt die Löwen brüllen und die Elefanten trompeten und die Affen schreien und die Nilpferde belfern, oder was Nilpferde eben so machen.

Baby, ein zwei Jahre altes Gorillaweibchen mit dem traurigen, weisen Blick, den jedermanns liebe alte Großmutter besitzt, hockt auf einem Stapel Autoreifen in ihem Affenhaus und sieht zu, wie ihr fahrbarer Käfig auf Räder gestellt wird. Ihr Wärter, Riley Nasenlos, der selber ein wenig wie ein weißer Affe aussieht, steht dabei, ringt die Hände und gibt pausenlos Anweisungen, auf die kein Mensch hört. Als er mich erblickt, kommt er rüber und faßt mich am Arm.

»Flannery, das sind Sie doch, oder?«

»Richtig.«

»Haben Sie was Passendes gefunden für mein Baby?«

»Ein Ferienquartier.«

»Wo?«

»Das *Paradise*-Bad drüben in meinem Bezirk.«

»Haben Sie die überprüft?«

»Ich habe sie inspiziert?«

»Ja, aber Sie inspizieren doch sonst Abwasserkanäle! Wie können Sie da die nötigen Vergleichsmaßstäbe haben? Ich möchte nicht, daß Baby sich Fußpilz einfängt, Athletenfüße, wie man so sagt.«

»Die Art Athleten gibt es dort im *Paradise* nicht.«

Eine Fuhre Stroh und Heu ist ins *Paradise*-Bad geliefert worden und wird bereits auf dem Boden und den Bänken der Sauna verteilt, als wir mit Baby ankommen. Shimmy Dugan hat sogar schon das Schild fertig und an die Tür gemalt. Samt einem zweiten, das besagt: GEFAHR – KEIN ZUTRITT.

Und Barker Jefferson ist auch schon da und grinst mir entgegen.

Prinzessin Grace schreit vor Entzücken auf, als sie das Gorilla-Mädchen erblickt. »Schau dir mal diese Aaauuugen an! Da könnteste doch glatt einen Mord begehen für solche Augen, was?«

Baby schreit ebenfalls. Wobei ich aber nicht genau sagen könnte, ob aus Furcht beim Anblick von Grace in ihren rosa Satin-Torerohosen und der purpurnen Fandangobluse, oder weil sie fürchtet, Grace könnte gleich mit ihr zu plaudern versuchen.

Nasenlos nimmt Baby an der Hand, und sie läßt sich auch ohne weiteres hineinführen in die Sauna, die nach Eukalyptus riecht und hübsch und warm ist. Sie geht rüber bis zur Mitte und hinterläßt da sofort einen Haufen, als wenn sie sagen wollte, in Ordnung, gut, hier bin ich zu Hause. Prinzessin Grace sagt kein einziges Wort.

Jefferson sagt: »Okay, Flannery, um den Rest kümmere ich mich jetzt.«

Shimmy Dugan fragt mich, wann denn nun das Fernsehen kommt, und ich antworte ihm, daß ich das nicht weiß und daß er sich an Jefferson halten soll.

7

Es ist spät, aber Mrs. Bilina und alle ihre Freunde und Verwandten sitzen noch bei dem Toten. Ich kann das Stimmengemurmel auf der anderen Seite der Wand genau hören, da, wo ihre Küche ist.

Auf der Treppe zwischen dem ersten und zweiten Stock sitzt Stanley Recore, dieser kleine Junge, der auf dem Flur gegenüber von mir wohnt, mit Vater, Mutter, vier Brüdern und Schwestern. Er pflegte ständig an meine Tür zu klopfen und mich zu nachtschlafender Zeit aufzuwecken, bis Mary Ellen Dunne bei mir einzog und er sich in sie verliebte.

»Wieso sitzt du so spät noch hier auf der Treppe, Stanley?« frage ich ihn.

»Jimmy«, sagt er, was man wegen seines Sprachfehlers nur versteht, wenn man ihn gut kennt, »Mister Bilina liegt da drin im Wohnzimmer und ist tot wie ein Fisch, und ich trau' mich nicht, an der Tür vorbeizugehn. Ich sitz' hier schon seit acht.«

»Weiß deine Mutter, daß du hier bist?«

»Klar, die hat mir doch das Abendessen gebracht.«

Ich setze mich auf die Treppe zu Stanley und lege ihm

die Hand auf die Schulter, was er sich gefallen läßt. »Wovor genau hast du denn nun Angst, Stanley?«

»Vor drei Wochen klopf' ich an Bilinas Tür, wie immer auch überall sonst, und die alte Dame steckt ihren Kopf raus und sagt, wenn ich nicht ruhig bin, wo hier ein sehr kranker Mann liegt, verspukt er mich noch aus seinem Grab.« Er sieht zu mir hoch und hat tatsächlich Tränen in den Augen.

»Das hat sie doch gar nicht so gemeint.«

»Klar, hat sie.«

»Das sagt man nur, wenn man will, daß die Kinder Ruhe geben. Aber auf jeden Fall kann Mr. Bilina gar nicht mehr kommen.«

Klar, kann er.«

»Wer hat das gesagt?«

»Er selber. Hat er mir selber sagt. Klopft mich irgendwann auf den Kopf, und er sagt, ich bin ein guter Junge und er wird auch auf mich aufpassen vom Himmel runter, wenn er mal dort ist und dies Jammertal von Tränen hier verlassen hat.«

»Weißt du, ich glaube, er mochte dich sehr gern und wollte nur, daß du dich sicher und geborgen fühlst. So, weißt du, als wenn er dein Schutzengel ist.«

»Ja, aber wenn er Gutes tun kann für mich, dann kann er auch Schlechtes tun gegen mich.«

»Er kann dir nichts Gutes oder Schlechtes tun, so wie man nach dir greifen und dich anfassen kann. Mrs. Bilina wollte dir nur eben einfach ein wenig Angst machen, weil ihr das Herz wegen ihres Mannes weh tat, verstehst du. Sie wollte, daß er Ruhe hat, und du hast Lärm gemacht. Und Mr. Bilina hat einfach versucht, dir klar zu machen, daß du auf der Welt nicht allein bist.«

»Mann, ich hab' vier Brüder und Schwestern. Manchmal hab' ich gar keinen andern Wunsch, als allein zu sein.«

»Eines Tages, weißt du, gehen Sie aber vielleicht auch

fort wie Mr. Bilina. Und wenn der Tag dann kommt, fühlst du dich vielleicht doch einsam wegen ihnen. Mr. Bilina wollte dir sagen, daß die Menschen, die dich lieben und gern haben, immer gut von dir denken, ganz gleich, was auf der anderen Seite ist.«

»Andere Seite von was?«

»Dem Jammertal von Tränen! Nun komm schon, sagst du jetzt Lebewohl zu Mr. Bilina?«

»Nein.«

»Aber du willst doch?!«

Wir stehen auf, und er nimmt meine Hand.

»Aber nur, wenn er nicht Lebwohl antwortet«, sagt Stanley.

Mrs. Bilina macht die Tür auf, noch ehe ich klopfen kann, und bittet uns mit einer Verbeugung hinein und hat ein trauriges Lächeln für Stanley, als sie ihm ihre alte Hand auf den Kopf legt. »Bist du gekommen, um deinen Freund zu sehen, Stanley? Ich habe das nicht so gemeint, was ich neulich gesagt habe, weißt du. Mein Stefan würde nie auch nur eine Wanze erschrecken, geschweige ein Kind.«

Stanley geht den Korridor entlang vor uns her, durch das Eßzimmer und in das Wohnzimmer, wo Mr. Bilina in seinem Sarg liegt, wie man das vor fünfzig Jahren gemacht hat. Joe und Pearl Pakula, die den Lebensmittelladen mit Imbiß unten haben, sind auch da. Und Myron Shapiro, der Lehrer von gegenüber, und seine Frau Shirley, die Bibliothekarin. Und Mary Ellen.

Vier alte Frauen, ganz in Schwarz, mit Babuschkas auf ihren grauen und weißen Köpfen – diesen unterm Kinn geknoteten Kopftüchern – sitzen in einer Reihe auf Klappstühlen neben der Bahre. Eine liest in einer Sprache aus der Bibel vor, ich bin mir ziemlich sicher, daß es tschechoslowakisch ist. Sie haben schon abwechselnd den ganzen Abend aus der Bibel gelesen und werden damit weitermachen, bis wir gemeinsam Mr. Bilina in die Erde senken.

Ich gehe nach vorne, um mich neben Stanley zu stellen, der Mr. Bilina ins Gesicht sieht, das sich von Stanleys Blickwinkel aus über den Rand des einfachen Fichtenholzsarges hochtürmt wie ein Gebirge. Ich senke den Kopf, und Stanley macht es mir nach.

Mr. Bilina hat ein hübsches, frisches Hemd an mit gestreifter Krawatte, zu einem blauen Anzug. Seine Schuhe kann ich nicht sehen, weil der Fichtenholzsarg so gebaut ist, daß man nur die obere Hälfte von Mr. Bilina sieht.

Stanley zupft mich am Ärmel, und ich beuge mich hinunter, damit er mir was ins Ohr flüstern kann.

»Sagst du für mich mit Lebwohl, Jimmy? Ich weiß nicht, wie man das sagt.«

Also beuge ich meinen Kopf noch einmal. Dann geht Stanley raus, und ich setze mich zu Mary Ellen.

»Sehr viele solcher Gelegenheiten werden wir wohl nicht mehr mitmachen«, sagt sie mit ganz weicher Stimme zu mir.

»Was redest du denn da? Wir sind doch noch so jung, fast wie Kinder. Und außerdem, leben wir vielleicht nicht ewig?«

»Nein, ich meine doch, es gibt nicht mehr so viele Leute hier, die so nach der alten Art leben. So wie hier, wo fast alle zu Hause aufbahren und nicht im Bestattungsinstitut.«

Wir sitzen, Mary Ellen macht sich Gedanken über die Veränderung der Begräbnisgebräuche, vermute ich, und ich meinerseits denke an die Klemme, in die mich der Bürgermeister und seine Freunde gesteckt haben, samt Delvin und vielleicht sogar Dunleavy, dem Leiter von ›Straßen und Hygiene‹.

Ich kehre erst wieder in die Wirklichkeit zurück, als mich Mary Ellen sachte ans Knie stößt. Über mich beugt sich Mrs. Bilinas Gesicht wie einer dieser schrecklichen Wasserspeier in den alten Kirchen in Europa.

»Um sieben«, sagt sie.

»Ich werde da sein, Mrs. Bilina.«

»Mit einem schwarzen Flor am Ärmel.«

8

Am nächsten Morgen, als ich in die Bilina-Wohnung runterkomme, ist da schon eine ziemliche Menge Menschen versammelt. Ich habe meinen blauen Serge-Anzug an und einen schwarzen Trauerflor am Ärmel. Mrs. Bilina redet grade mit einem alten Priester in einem prächtigen Talar und zwei jungen, die aber schwarz angezogen sind und so eine Art Brotlaibhüte auf dem Kopf haben.

Ich sage Mrs. Bilina, Mary wäre gern mit auf den Friedhof gekommen, aber Mr. Bilinas Tod kam für sie zu unerwartet, und sie konnte niemanden finden, der mit ihr tauschte und ihre Schicht übernahm. Trotzdem werde sie in Gedanken und Gebeten bei uns sein, bis zum Friedhof und auch danach. Mrs. Bilina tätschelt mir die Hand und sagt mir, ich solle nur in die Küche gehen, da wären die anderen Männer schon versammelt, und noch ein Glas Whisky trinken, damit ich mich nicht so leicht erkälte, wenn ich vielleicht schwitze, wenn wir ihren Stefan tragen.

In der Küche ist kein Durchkommen, nur gerade bis zur Tür. In meinem ganzen Leben habe ich noch nirgends so viele Männer, breit wie Schränke, auf so engem Raum zusammengepfercht gesehen. Abgesehen vielleicht von einer Baustelle. Man macht mich ringsherum mit etlichen Männern bekannt, speziell natürlich mit den anderen Sargträgern. Das sind drei aus Bilinas Gemeinde, zwei aus dem Klempnerladen, wo er gearbeitet hat, dann dieser Anwalt Hodonin und ein Neffe Jan Dunica, der grinst, als habe er einen Orden gekriegt, als sein Onkel erwähnt, daß er den Sarg gezimmert hat.

»Aha, Sie sind also Zimmermann?« sage ich.

»Er lernt noch«, antwortet Hodonin für ihn. »Der Junge ist gerade erst aus der alten Heimat gekommen, noch keine fünf Jahre her, und ist immer noch so schüchtern wegen seinem Englisch, wenn er mit jemandem redet, der so gut Englisch spricht wie Sie oder ich.«

»Zimmermann ist ein wundervoller Beruf«, sage ich.

»Jedenfalls besser als Bulleneier braten«, sagte Hodonin, aber ich verzichte darauf, ihn nach dem Sinn dieser Bemerkung zu fragen. Wahrscheinlich bezieht sich das wieder auf irgendeine alte Lebensweisheit aus der alten Heimat.

Ein kleiner Mann in einem abgewetzten schwarzen Anzug mit einer roten Papierrose im Knopfloch, mit einem kahlen Flecken auf dem Kopf wie eine rausgewachsene Untertasse und mit einem Draht, der ihm hinter dem Ohr hervorkommt, geht herum und haut alle diese Riesenkerle von Männern auf den Rücken, als wenn wir gerade beim Seitenwechsel von einem dieser Fußballspiele aus der alten Heimat sind. Nur mich haut er nicht auf den Rücken, sondern schüttelt mir feierlich die Hand, als wenn ich einer von den Würdenträgern wäre, die uns die Ehre ihrer Anwesenheit geben, und er sagt, er wäre Miroslav, der Bestatter. »Es ist so fern«, meint er. »Und sollten wir gehen.«

Ich gehe also rüber auf meinen Platz am Sarg, den Dunica mit zwei langen Griffstangen versehen hat, eine an jeder Seite. Eine Weile lang diskutieren wir rum, bis feststeht, wer vorne sein soll und wer hinten und wer in der Mitte. Dann wird bestimmt (weil ich der einzige kleine Mann bin), daß ich hinten gehen soll, was mir nicht so ganz recht ist, weil es ja bedeutet, daß beim Runtertragen auf der Treppe das ganze Gewicht auf mir lastet. Dunica kriegt, weil er den Sarg gezimmert hat, die Ehre, vorne zu gehen.

Wir warten noch, bis Mrs. Bilina, die Priester und die Trauergäste rausgegangen sind, dann nimmt Dunica einen kleinen Hammer und holt aus seiner Manteltasche ein paar Nägel und nagelt den ganzen Deckel zu.

Auf das Kommando von Miroslav, dem Bestatter, heben wir den Sarg von den Stühlen hoch, die sie zum Aufbahren genommen haben, und er rutscht etwas auf meine Seite, und ich merke, wie es in den Brettern eine Spur nachgibt. Mir ist sogar so, als hörte ich einen der Nägel knarren.

»Miroslav«, flüsterte ich, so leise ich kann, »ich glaube, mit der Kiste kriegen wir Ärger. Scheint mir nicht sehr stabil zu sein.«

»Was ist, Mr. Flimmery? Wie meinen Sie? Sie müssen lauter sprechen!« Er klopft sich an seine Papierrose, und ich begreife. Er hat hinter ihr das Mikrophon von seinem Hörgerät verborgen.

»Dieser Sarg hier ist nicht so besonders stabil«, sage ich also eine Spur lauter.

Und sofort starren alle diese alten Tschechen mich an, als hätte ich sie schlimm beleidigt.

»Ich habe ihn ausprobiert, er hält es schon aus«, sagt Miroslav.

Bitte. Was weiß ich schon vom Särgemachen.

Die Fahrt raus zum Friedhof oben in Skokie ist lang. Ich mache mir schon Sorgen, daß es die gemieteten Limousinen und der Leichenwagen vielleicht überhaupt nicht schaffen. Schließlich ist dies hier kein Erster-Klasse-Begräbnis, wenn ich auch weiß, daß es das Beste ist, was sich Mrs. Bilina leisten kann. Außerdem heißt es bei so etwas, das Wichtigste zuerst. Drei Priester, Weihrauch, ein neuer Anzug für die Leiche und Whisky für die Sargträger – das alles hat Vorrang vor der Qualität des Transports.

Als wir in St. John's ankommen, hat es zu schneien aufgehört. Die Heiligen und Engel überall auf den Gräbern stehen mit den Füßen im Schnee herum und haben Schneemützen auf den Köpfen. Hier und da gibt es auch schon mal etwas Dramatischeres, wie beispielsweise einen mit einer Schlange kämpfenden Adler oder zwei ringende Bären. In der Mitte eines kleinen Wäldchens von Granit und Marmor ist ein frisches Loch in der Erde, mitten im Schnee, und genau dieses Loch wartet nun auf Mr. Bilina. Erst das macht mich so richtig traurig.

Wir heben den Sarg aus dem Leichenauto raus. Wieder höre ich die Nägel knirschen, als pfiffen Mäuse, und spüre deutlich, wie die Bretter an meinem Ende nachgeben. Aber ich halte den Mund und hebe mein Ende einfach etwas höher, und wenn Bilina jetzt zu rutschen anfangen sollte, dann rutscht er wenigstens zur anderen Seite.

Die Pfarrer schwingen vorne am Kopfende des Grabes ihre Weihrauchgefäße, aus denen Wolken hochsteigen. Mrs. Bilina steht auf der linken Seite – der Herzseite –, und die paar Verwandten und vielen Freunde scharen sich um sie. Zwei Totengräber lehnen im Hintergrund auf ihren Schaufeln, während wir mit dem Sarg auf dem Rollwagen den Hügel heraufkommen.

Das hier ist keiner von den Friedhöfen, die so modern sind, daß sie schon diese Motorgeschichten haben, mit denen die Gurte, auf denen der Sarg liegt, automatisch in die Grube gesenkt werden. Hier in St. John's hievt man den Sarg immer noch von Hand hinab.

Vier von den Wartenden, Schränke von Kerlen wie die anderen Sargträger, treten vor und greifen sich die

Enden der Gurte, die quer über das offene Grab gelegt sind. Sie packen zu wie bei einem Tauziehen. Und wir setzen nun den Sarg auf die Gurte. Ich fange schon an aufzuatmen, daß wir es doch noch geschafft haben, trotz der schlampigen Arbeit von Jan Dunica. Bis ich merke, daß die Totengräber noch viel schlampiger gearbeitet haben. Das Grab ist gut zwei Handbreit zu kurz.

Einer von den beiden jungen Pfarrern winkt mich zu einer hastigen Besprechung, an der noch der Sargzimmerer Dunica, der Anwalt Hodonin, die zwei Weihrauch-Pfarrer und die beiden Totengräber teilnehmen. Diese haben ihre Mützen abgenommen und verbeugen sich und katzbuckeln, als erwarteten sie ihr Trinkgeld bereits jetzt auf der Stelle.

»Sie«, erklärt mir der Pfarrer, »sind sozusagen neutral. Würden Sie es vielleicht übernehmen, in unserem und im Namen der Familie mit diesen Arbeitern hier zu reden?«

»Ich sehe da kein besonderes Problem . . .«, will ich gerade sagen, aber da legt schon einer der Totengräber los:

»Uns hat man jedenfalls gesagt, ein Grab für einen Mann von sechs Fuß, und das haben wir gemacht. Was können wir dafür, wenn der Mann ein Riese war?«

Ich trete zwei Schritte zurück, weil ich sonst von der Wolke umfalle, die aus seinem Mund kommt. Der andere ist mindestens genauso betrunken und hat, wie mein Vater immer zu sagen pflegt, Augen wie Pißlöcher im Schnee.

»Dann grabt Ihr eben einfach noch das Stück dazu«, sage ich.

Aber keiner hört mich, weil der Pfarrer, der Neffe, der Familienanwalt und die Totengräber einander auf tschechisch anzuschreien anfangen. Außerdem werden auch in der Trauergemeinde, die darauf wartet, Bilina der letzten Ruhe zu übergeben, heftige Diskussionen laut.

Der Priester wendet sich mir zu. »Diese Idioten behaupten, es geht gar nicht mehr, weil der Boden schon zu gefroren ist, um noch weiter auszugraben. Sie sagen, sie wollen dafür helfen, den Sarg so runterzukriegen.«

»Was?«

»Ja, man müßte den Sarg eben ein klein wenig neigen, dann würde er schon reingehen.«

»Dann möchte ich Sie aber nur darauf hinweisen, daß nach meinem Eindruck dieser Sarg nicht sehr stabil gezimmert ist. Wenn ich Sie wäre . . .«

»Wollen Sie damit etwa sagen, daß mein Neffe Jan Dunica ein schlechter Handwerker ist?« unterbricht mich Hodonin mit einer Stimme, die mir gar nicht gefällt, weil ich weiß, sie bedeutet Unannehmlichkeiten. Dunica starrt mich finster an, also weiß ich, man hat ihm meine Bemerkung über seine Handwerkskünste schon in der Wohnung hinterbracht.

»Ich sage ja nur, es wäre vielleicht keine schlechte Idee, wenn jeder, der dazu bereit ist, sich eine Schaufel greift und mithilft, das Grab noch das kleine Stückchen länger zu machen«, sage ich.

»Die Totengräber sind gewerkschaftlich organisiert. Wollen Sie sich da etwa Ärger einhandeln?«

»Ich will lediglich das Beste für Mr. Bilina«, sage ich.

»Was das Beste ist, wissen wir schon selbst«, sagt er.

Bitte. Ich trete also zurück und zeige ihm damit, daß ich meinen Ratschlag gegeben habe und daß sie damit machen sollen, was sie wollen.

Wir gehen alle an unsere Plätze zurück. Die Totengräber fassen mit an den Gurten am Fußende des Sarges an, Dunica und Hodonin übernehmen von den beiden Trauergästen die Plätze am Kopfende. Sie fangen an, die Gurte durch ihre Hände gleiten zu lassen, den am unteren Ende etwas schneller als den anderen, so daß der Sarg sich grade ein wenig schräg stellt und so in die Grube paßt.

Der alte Priester in seinem Pracht-Talar gestikuliert und liest aus seinem Buch vor. Die beiden schwarzgekleideten Pfarrer machen mit den Weihrauchgefäßen herum. Die vier alten Kopftuchfrauen lesen alle zusammen aus der Bibel. Mrs. Bilina weint, und sie ist nicht die einzige.

Und dann höre ich, wie die Nägel wieder in dem Holz knirschen. Ich mache noch den Mund auf, um eine Warnung zu rufen, da ist es auch schon passiert. Der Boden des Sargs fällt raus, samt Mr. Bilina. Es stellt sich raus, daß Miroslav, der Bestatter, nicht nur Zeit, sondern auch Kosten gespart hat. Er hat Mr. Bilina die Anzughose nicht angezogen, sondern sie ihm nur einfach über die nackten Beine gelegt. Mr. Bilina fällt also runter in die Grube und knickt zusammen wie ein Taschenmesser. Mrs. Bilina schreit auf und fällt in Ohnmacht, ein halbes Dutzend anderer Frauen mit ihr. Die Pfarrer raffen ihre Soutanen hoch und rennen davon. Hodonin zeigt mit dem Finger auf alle und jeden, mich eingeschlossen, und schreit, er wird uns samt und sonders gnadenlos verklagen für die Scham und Schande, die wir über Mrs. Bilinas Haupt gebracht haben.

Und ich sehe hinab zu Mr. Bilina, wie er der trauernden Gemeinde einen bloßen Hintern entgegenreckt.

9

Ich bin noch nicht über die Türschwelle, da klingelt das Telefon schon.

Es ist Delvin. »Wo, zum Teufel, warst du?« sagt er.

»Bei einer Beerdigung.«

»Vielleicht solltest du besser schon mal über deine eigene nachdenken.«

»Ich bitte um Verzeihung«, sage ich, »aber wäre es Ihnen vielleicht möglich, mich aufzuklären, was das bedeuten soll?«

»Geh rüber in die *Paradise*-Badeanstalt, da siehst du's dann schon. Und ruf mich dann auf der Stelle wieder an.«

Ich gehe erstmal ins Bad zu einigen intimen Verrichtungen. Mr. Bilinas Schwanenflug hat mich doch etwas mitgenommen. Da klingelt es schon wieder. Diesmal ist es mein Vater.

»Da bist du ja«, sagt er. »Alles gut abgelaufen?«

»Nein, alles ist nicht gut abgelaufen. Mr. Bilina ist aus dem Sarg gefallen, und es hat einen Skandal gegeben.«

»Davon mal abgesehen«, sagt Mike, als komme es jeden Tag vor, daß Leichen aus dem Sarg fallen, »ist es besser, du gehst gleich mal rüber zum *Paradise*-Bad.«

»Hat man mir bereits gesagt.«

»Na, dann muß ich dir ja nicht noch extra sagen, daß du Schwierigkeiten hast.«

»Warte doch mal. Ich weiß ja noch gar . . .«

Aber er hat schon eingehängt.

Ich erledige also das Nötige und bin bereits so gut wie weg, da klingelt das Telefon noch einmal.

»Bevor ihr mir sagt«, sage ich, noch ehe ich mich gemeldet habe, »daß ich zum *Paradise*-Bad soll, sagt mir gefälligst erst mal, weshalb.«

Es ist Barker Jefferson, und er fährt mich an: »In der ganzen Stadt telefonieren wir nach Ihnen rum, Flannery. Was ist los? Sind Sie auf der Flucht oder was? Der Bürgermeister gibt Ihnen genau zwanzig Minuten Zeit. Wenn Sie dann nicht hier sind, schicken wir Jarwolski persönlich, um Sie zu holen.«

Vor der *Paradise*-Badeanstalt steht ein Polizist und besieht sich seine polierten Schuhspitzen. Er sieht mich heranfahren und winkt mich in die Seitenstraße rein. Dort steht schon ein ganzer Haufen Dienstfahrzeuge und verstopft alles. Alles ist da, von der Feuerwehr bis zur Kanalisation. Barker Jeffersons Riesen-Cadillac ist auch da, gar nicht zu übersehen wegen seiner weißen Effektlackierung und den Zebramuster-Schonbezügen innen auf den Sitzen hinter den Rauchglasfenstern, und sein Fahrer Huron steht obendrein daneben.

An der Seitentür sind zwei weitere Cops postiert. Ich gehe den Korridor entlang bis zu der großen Halle vor der Sauna. Der fahrbare Käfig steht in der Mitte, Baby drinnen. Riley, der Nasenlose, sitzt auf einem Schemel daneben. Er hat den Arm durchs Gitter gesteckt und hält ihr die Hand.

Nasenlos sieht mich und sagt: »Da ist der Schweinehund.«

Alles dreht sich um, und ich weiß jetzt, wie es ist, wenn man bei einer Hinrichtung am Galgen die Hauptattraktion darstellt.

»Ah, unser liebes Schätzchen!« kreischt Prinzessin Grace auf. »Sie haben uns ruiniert, Mann!«

Shimmy Dugan legt seinen Arm um sie und funkelt mich bitterböse an.

Barker Jefferson streckt seine Arme vor, und die Schinken, die seine Hände darstellen sollen, sehen aus, als wolle er mich gleich damit packen und erwürgen.

Ich gehe trotzdem tapfer weiter.

Und ich höre dieses komische Geräusch. Und dann sehe ich, es ist Baby, die vor sich hinwimmert. Mitten im Gesicht hat sie zwei böse Striemen und ziemlich schlimm aufgeschürfte Haut. Getrocknetes Blut hat sich in ihrem Fell verbacken und in den Wunden ihres Gesichts. Sie sieht aus wie ein Kind, das die ersten fürchterlichen Prügel seines Lebens bezogen hat und völlig schockiert darüber ist, weil es gar nicht gewußt hat, daß es sowas gibt.

Ich bleibe direkt vor ihr stehen und sehe sie genau an. Ich will, daß sie weiß, wie leid es mir tut, was ihr da irgend jemand angetan hat.

»Wer war das?« sage ich.

»Irgendein Saukerl hat ihr eine Kette durch das Gesicht gezogen, genau zwischen die Augen«, sagt Jefferson.

Ich sehe Nasenlos an, dann Jefferson und dann Dugan. Ich blicke auch Captain Pescaro an, der in unserem Bezirk Polizeichef ist und seine beiden besten Detektive, O'Shea und Rourke, bei sich hat. Die beiden stehen in der Saunatür und beobachten mich. Keiner will den Schwarzen Peter haben.

»Daß der Affe verprügelt wurde, ist noch nicht alles«, sagt Jefferson. »Gehen Sie nur rein, sehen Sie es sich an.«

Ich gehe auf die Sauna zu. O'Shea ist sonst immer darauf aus, mir bei jeder Gelegenheit eines auszuwischen. Aber er sagt nichts und grinst bloß wie eine Katze, die gerade den Vogel gefressen hat.

Rourke, der immer den guten Polizisten spielt, weil das so seine Natur ist, legt mir einen Augenblick die Hand auf den Arm. »Das haben Sie fein ausgesucht«, sagt er.

Ich gehe in die Sauna hinein. Es stinkt schlimmer als in jedem Zookäfig, Stroh und Dung bedecken den Boden. Eine verchromte Kette, wie sie aggressive Schwule als Gürtel benützen, liegt im Stroh bei den Gorillahaufen wie eine glitzernde Schlange. Ein Bündel von Ästen und Zweigen – Babys Nest, das sie sich selbst jeden Abend baut – ist auf der obersten Bank aufgeschichtet. Und auf den niedrigeren Holzbänken darunter liegen die nackten Leiber von zwei jungen Männern. Auf den Zedernlatten und an einer Wand klebt Blut. Aus ihren Nasen, Ohren, ihren Hintern und den offenen Mündern ist auch jede Menge gelaufen. Sie sind buchstäblich zu Tode geprügelt worden.

10

Wir sind zu fünft im Büro des *Paradise.* O'Shea und sein Kollege Rourke, Captain Pescaro, Riley und ich. Baby wird gerade hinüber zur Garage des Bürgermeisters gebracht – wozu dieser sich im Rathaus unten vor den Fernsehkameras sofort freiwillig bereit erklärt hat –, und dorthin will auch Nasenlos, um sich weiter um sie zu kümmern, sobald die Polizei hier mit ihm fertig ist.

»Der da ist völlig überflüssig«, sagt O'Shea, indem er auf mich zeigt.

Ich widerspreche ihm aber: »Alle werfen mir das Baby nach – wenn Sie mir die bildliche Ausdrucksweise nachsehen wollen –, also habe ich auch das Recht, hier dabei zu sein.«

»Wundert Sie das etwa?«

»Hören Sie mal, das ist doch alles genauso, als wenn sie einen bitten, ein Hotel zu empfehlen, und dann entdecken sie Schaben in der Toilette. Macht einen das schon zu dem, der gehängt werden muß?«

»Das ist doch alles scheißegal«, sagt Pescaro. »Irgendeinen müssen wir doch haben, an dem wir unsere Wut auslassen können. Und so lange noch kein anderer dafür in Sicht ist, können das genauso gut Sie sein. Oder erwarten Sie vielleicht Rosen?«

»Mr. Riley«, sagt Rourke, »haben wir das nun also alles richtig festgehalten? Haben Sie beantragt, daß auch für Sie hier in der *Paradise*-Badeanstalt ein Bett aufgestellt wird, damit Baby sich nicht fürchtet, wenn sie an einem ihr völlig unvertrauten, neuen Ort mitten in der Nacht aufwacht?«

»Das ist richtig.«

»Wo haben Sie Ihr Bett aufgeschlagen?«

»Auf der Couch im Büro.«

»Welches sich über den Korridor zehn Meter vom Saunaraum entfernt befindet.«

»Ich wußte gar nicht, daß es so weit ist.«

»Zehn Meter und achtunddreißig Zentimeter, um ganz genau zu sein.«

»So weit entfernt von Baby war ich also.«

»Um welche Zeit haben Sie sich hingelegt?«

»Halb zwei morgens.«

»Und was haben Sie gemacht, bevor Sie schlafen gingen?«

»Pinkeln.«

»Ich meine, was haben Sie in Hinsicht auf Babys Wohlbefinden noch gemacht?«

»Durch das Fenster in der Saunatür reingeguckt.«

»Konnten Sie Baby sehen?«

»Sicher.«

»Hören Sie mal, dies hier ist kein Gerichtssaal wie im Fernsehen«, mischt sich O'Shea ein. »Hier gibt es keinen Preis für kurze Antworten.«

»Mr. Riley«, übernimmt nun Pescaro und spricht dabei so weich und glatt wie Olivenöl, weil er sieht, daß Riley schon ganz verschüchtert ist durch die Tatsache, mit so vielen Leuten in einem Raum zu sein, »erzählen Sie uns einfach mit Ihren eigenen Worten, was sich alles abspielte, bevor Sie zu Bett gingen.«

»Na, ich ging wie gesagt runter zu dem Raum, in den sie Baby getan haben. Sie hat sich auf der obersten Saunabank ihr Nest gemacht, was ein gutes Zeichen ist, weil nämlich Gorillas normalerweise auf die Bäume raufgehen zum Nestmachen, wenn sie sich sicher fühlen und schlafen wollen. Ich gehe also zurück zum Büro und breite die . . . nein, also zuerst geh' ich noch pinkeln, danach breite ich die Decken auf der Couch aus und stelle den Timer von meiner Armbanduhr auf eine Stunde . . .«

Pescaro hebt dramatisch die Hand. »Sie haben also vor, nun, Sie sehen nach Baby . . .«

» . . . jede Stunde, ja.«

»Fahren Sie fort.«

»Genau. Aber irgendwas mit meiner Uhr stimmt nicht, und ich wache deswegen nicht auf. Ich schlafe einfach durch bis acht, als diese beiden Schwulen kommen und aufsperren.«

»Wieso haben Sie voll durchgeschlafen?« fragte ich.

»Sag ich doch. Weil der blöde Summer von meiner Uhr nicht funktioniert hat.«

»Wann hat Ihre Uhr das letzte Mal gesummt und Sie aufgeweckt?«

»Lieber Gott, wer kann sich an sowas erinnern?«

»Sie meinen, normalerweise brauchen Sie sie gar nicht zum Aufwachen?«

»Zu Hause hab' ich einen normalen Wecker.«

»Mit anderen Worten, Sie haben die Uhr zwar gestellt, aber nicht kontrolliert, ob sie auch funktioniert?«

Riley sieht hilfesuchend die Cops an.

»Gut, also Sie sind um acht aufgewacht«, sagt Rourke. »Mr. Riley. Was haben Sie dann gemacht?«

»Pinkeln gegangen.«

»Großer Gott nochmal«, explodiert O'Shea. »Mann, wir wollen gar nicht jedes Mal wissen, wenn Sie eine Stange Wasser in die Ecke stellen. Oder sich den Hintern wischen.«

»Der Herr da hat aber gesagt, ich soll es einfach mit meinem eigenen Worten erzählen«, sagt Nasenlos beleidigt.

»Haben Sie auf dem Weg«, fährt Rourke fort, »einen Blick in den Saunaraum geworfen?«

»Nein, da noch nicht. Erst wie ich vom – wie ich also zurückkomme, da seh ich Baby zu Tode erschrocken in die hinterste Ecke gekauert. Ich also sofort rein, und sie ist so verschreckt, sie fletscht sogar die Zähne gegen mich, als würde sie mich überhaupt nicht kennen, und ich muß sogar einen Moment fürchten, sie greift mich an. Dann sehe ich erst, wieso sie sich so fürchtet, und ich gehe raus und sage den zwei Schwulen, da liegen in der Sauna zwei tote Typen. Und einer von ihnen ruft die Bullen. Und ich rufe meinen Chef im Zoo an.«

»Sie sagen, Sie sind gleich reingegangen«, sage ich. »War denn da an der Tür zum Saunaraum kein Vorhängeschloß?«

Er sieht mich an, als versuchte ich, ihn direkt in die Gaskammer reinzutricksen.

»Sie können Mr. Flannerys Frage ruhig beantworten«, sagt Pescaro und beugt sich auf seinem Stuhl ein wenig vor.

»Ja, da war das Schloß«, sagt Riley, als wenn ihm die Kehle mit Schlamm verstopft wäre.

»Das war aber jetzt am Morgen nicht zugesperrt?«

»Nein.«

»Wer hatte den Schlüssel?«

»Einen ich, den anderen einer von den Schwulen.«

»Wieso Sie?«

»Na, falls ich rein mußte, wegen Baby.«

»Haben Sie ihn überhaupt benützt?«

Daraufhin knöpft er umständlich seine Tasche auf und holt sein Portemonnaie herus. »Kein einziges Mal«, sagt er und holt den Schlüssel raus, den er da drin verwahrt hat.

»Nicht mal vorher in der Nacht, wie Sie nachgesehen haben, ob es Baby auch bequem hat?«

»Nein. Ich hab' ihn überhaupt kein einziges Mal aus dem Portemonnaie rausgeholt.«

»Nicht ein einziges Mal die ganze Nacht?«

»Hab' ich doch gesagt, ich hab' durchgeschlafen.«

Mir ist ehrlich gesagt nicht ganz klar, wie es kommt, daß ein Mann, der so ein wertvolles Tier in seiner Obhut hat, ein Mann, der so besorgt ist um dieses Gorilla-Mädchen, daß er sogar immer in ihrer Nähe schläft, nicht sensibel genug ist, um an einem so ungewöhnlichen Ort schon beim kleinsten Laut aufzuwachen, ganz egal, ob nun sein Armbanduhr-Timer funktioniert oder nicht. Ich würde ganz gerne wissen, wie ein solcher Mann tief und fest schlafen kann, wenn nebenan zwei Männer zu Tode geprügelt werden und dabei ja wohl auch schreien. Aber kein Mensch stellt diese Frage.

»Ich hab' den Schlüssel nicht benützt, und ich bin nicht aufgewacht«, sagt Riley bockig; als spuckte er Reißzwekken aus.

»Gut, Sie können dann gehen, Mr. Riley«, sagt Pescaro. »Wir brauchen Sie vielleicht später nochmal. Sie wollen jetzt wohl rüber zum Haus des Bürgermeisters, zu Baby?«

»Wo sie hingeht, da geh' auch ich hin«, sagt Nasenlos.

Gut. Nur, daß mir der Gedanke kommt, er wird wohl dahin gehen, wo sie hingeht, weil er sonst sowieso nicht wüßte, wohin. Weil er ja seinen ganzen Lohn versäuft.

Pescaro nickt, und Rourke bringt Riley nach draußen.

Ich gehe rüber zum Papierkorb und setze mich daneben. Ich fummle in meinen Taschen herum, als würde ich Notizzettel lesen, die ich mir gemacht habe, und werfe weg, was ich nicht mehr brauche. Dann beuge ich mich runter und hole einen Zettel wieder raus, als hätte ich es mir anders überlegt und bräuchte ihn doch noch. Fast ganz unten in dem Papierkorb liegt eine leere Flasche von billigem Whisky und obendrauf, in einer braunen Papiertüte, noch ein Flachmann. Das behalte ich aber für mich. Ich sage mir, was habe ich davon, wenn ich mit dem Finger auf Nasenlos zeige?

Shimmy Dugan und Prinzessin Grace kommen rein. Grace würdigt mich keines Blickes.

»Gott, es tut mir so leid, was passiert ist, Prinzessin«, sage ich trotzdem.

»Soll das etwa eine Entschuldigung sein?«

O'Shea mag mich bekanntlich nicht, aber Schwule und Lesbierinnen noch viel weniger. Ich bin also nicht völlig von den Socken, als er mich tatsächlich verteidigt. »Was zum Teufel soll Flannery denn tun, meinen Sie? Auf die Knie fallen und Ihnen die Füße lecken? Oder was sonst noch?«

Prinzessin Grace ist natürlich wütend auf mich, aber O'Shea verabscheut sie regelrecht. Also sieht sie mich ganz mütterlich beschützend und indigniert an und sagt: »O mein Gott, wie dieser Mensch vulgär ist. Sowas. Nicht?« Und wir sind schon fast wieder die dicksten Freunde.

»Könnten Sie uns Ihren wirklichen Namen nennen, Prinzessin Grace?« fragt Pescaro. »Für die Akten, wissen Sie.«

»Roosevelt Modeste. Wirklich. Aber wagen Sie es nicht, mich Rosie zu nennen oder so. Oder unanständige Scherze und Anspielungen zu machen.«

»Wir nennen Sie einfach Prinzessin Grace, wie immer«, beruhigt sie Rourke. »Haben Sie gesehen, wie das Vorhängeschloß an die Tür kam?«

»Na sicher. Wir waren ja mit dabei. Damit alles ordentlich vor sich geht.«

»Haben Sie gesehen, wie es abgeschlossen wurde?«

»Ja, der kleine schwarze Angeber vom Rathaus hat zugeschlossen und verriegelt.«

»Barker Jefferson?«

»Oder so. Er gab mir den Schlüssel, und einen zweiten dem Tierwärter mit dem platten Gesicht.«

»Hat er die Schlüssel von so einem weißen Drahtring

runtergenommen, so einem, an dem sie meist hängen, wenn man Schlösser kauft?«

Prinzessin Grace schüttelt den Kopf und sagt, das könnte sie nicht sagen, das wüßte sie nicht mehr.

»Nein«, sagt aber Dugan statt dessen, »er hat sie einzeln gegeben. Er holte sie lose aus der Tasche.«

»Wo haben Sie den Schlüssel hingetan? Haben Sie ihn da auf den Ring an der Wand gehängt?«

»Nein, in die Schreibtischschublade, und die haben wir dann zugesperrt.«

»Mit einem Schlüssel von diesem Ring da? Es befanden sich also zwei Schlüssel für das Vorhängeschloß im Hause. Ihrer in der Schublade; und der von Mr. Riley in dessen Tasche?«

»Ich kann nur etwas über unseren sagen.«

»Warum haben Sie ihn denn in die Schublade gesperrt und nicht bei sich behalten?« O'Shea fragt das, als sei das sehr verdächtig.

Dugan kriegt ganz kalte Augen. »Wozu? Kann man damit vielleicht unsere Wohnung aufschließen?«

»Na, es hätte ihn sich doch irgendwer unter den Nagel reißen können, wenn er hier im Büro hängt.«

»Aber man mußte doch rankönnen. Wenn es brennt zum Beispiel.«

»Okay, aber warum war er dann in der abgeschlossenen Schublade?«

»Shimmy, ich glaube, diese Schweine wollen uns das in die Schuhe schieben!«

»Haben Sie«, fragt jetzt Pescaro weiter und greift einen anderen Aspekt auf, »die beiden Männer in der Sauna gesehen?«

»Ich wollte, ich hätte nicht«, sagt Dugan.

»Ich werde Alpträume kriegen«, sagt Grace.

»Sind sie Ihnen bekannt?«

»Stammkunden«, sagt Dugan.

»Freunde auch?«

»Nein, nein, das nicht. Einfach nur gute Stammkunden.«

»Aufreißer? Stricher?«

»Hab' ich nie gefragt. Geht mich doch einen Scheißdreck an.«

»Reden Sie mal nicht in diesem Ton mit uns«, fährt O'Shea ihn an. »*Uns* geht das sehr wohl was an.«

»Ich glaube nicht, daß einer von beiden was auf dem Kerbholz hatte. Aber das weiß ich natürlich nicht sicher.«

O'Sheas Voreingenommenheit gegen Homosexuelle vergiftet die ganze Atmosphäre.

»Wenn Sie uns nun ihre Namen sagen möchten.«

»Der größere heißt Spencer. Der andere ist . . . war . . . ein gewisser Frye.«

»Vornamen?«

»Roger Spencer und Harold Frye.«

»Straßennamen?«

»Boo-Boo und Chicky.«

Captain Pescaro steht auf. »Ich muß Sie hiermit auffordern, sich bei uns auf dem Revier einzufinden und dort vor dem Polizeistenographen eine formelle Aussage zu machen.«

»Ich kriege Kopfweh«, sagt Grace.

»Was möchten Sie trinken?« frage ich.

»Weißwein. Das einzig Zivilisierte überhaupt.« Und sie fügt hinzu: »Falls Sie daran denken sollten, mir ein kleines Geschenk zu machen, Schätzchen: Asti Spumante ist auch ganz ordentlich.«

»Also, Sie kommen dann irgendwann heute«, sagt Pescaro. »Es ist zu Ihrem wie zu unserem Nutzen. Wir protokollieren das ganz korrekt und ohne Fehler.«

Und er warnt sie, daß er sehr ungemütlich werden könnte, wenn sie sich nicht auch weiterhin kooperativ verhalten.

»Noch was, Entschuldigung«, sage ich. »Fehlen Ihnen vielleicht zwei Handtücher?«

»Was soll das denn, Schätzchen?« fragt Grace. »Denken Sie etwa, wir ziehen hier Tricks mit Handtüchern ab, wie im Puff?«

»Was meinen Sie damit, Flannery?« fragt auch Pescaro.

»Haben Sie, bevor der Leichenbeschauer kam, Handtücher im Saunaraum gesehen? Wie ich reinkam, lagen jedenfalls bei den Leichen keine Handtücher. Und wissen Sie, was mir noch auffällt?«

»Was noch?«

»Die beiden Toten haben auch keinerlei Bißspuren.«

11

Mitte der nächsten Woche stellt sich bei der Autopsie heraus, daß Spencer an einer geplatzten Milz gestorben ist und Frye an heftigen Schlägen auf das Herz.

Eine offizielle Untersuchung wird durchgeführt, und als Ergebnis hält man fest, daß beide Männer durch Gewalteinwirkung eines wildgewordenen Tieres zu Tode gekommen sind.

»Das ging aber wirklich sehr schnell«, sagt mein Vater beim Abendbrot, »wenn man bedenkt, wie voll der Terminkalender des Gerichtsmediziners ist.«

»Läßt einen in der Tat auf die Idee kommen, der Bürgermeister möchte es möglichst rasch unter den Teppich kehren.«

»Und ich dachte immer, Gorillas wären ganz sanftmütige Wesen«, sagt Mary.

»Jeder wird böse, wenn man ihn schlimm genug mißhandelt oder provoziert«, sagt Mike. »Erinnert ihr euch an diesen Gargantua vom Zirkus Barnum und Bailey? Ach nein, könnt ihr ja gar nicht. Da wart ihr noch viel zu jung. Jedenfalls, das war, wie eins von diesen grausamen Arschlöchern ihm ein Glas Batteriesäure ins Gesicht schüttet. Ich kann euch sagen, das hat den gemeinsten Affen aller Zeiten aus ihm gemacht. Jeden kannst du zum Wahnsinn treiben. Einer von diesen warmen Brüdern haut . . .«

»Sag das nicht.«

». . . Baby zwischen die Augen, mit einer Kette, die er als Gürtel trägt.« Mike unterbricht sich und sieht mich an. »Was meinst du damit: Sag das nicht?«

»Wieso mußt du sie immer Schwule und Tunten nennen?«

»Ich hab' sie nicht Schwule und Tunten genannt. Ich hab' gesagt ›Warme Brüder‹. So wie wir sie eben genannt haben, als ich so alt war wie du.«

»Wieso immer diese schlimmen Wörter?«

»Was, verdammt nochmal, ist schlimm an ›warm‹ und ›Brüdern‹? Die ganze Zeit verwendet man diese Wörter.«

»Du weißt ganz genau, was ich meine.«

»Eine Tunte ist eine Ableitung von Tante. Und schwul kommt von schwül. Und Schwuchtel . . .«

»Schon gut, Mike, schon gut«, sage ich. »Du weißt sehr genau, daß alle diese Wörter eine bestimmte, abwertende Bedeutung haben, je nach dem Sinn, wie man sie gebraucht. Wenn man jemanden eine Tunte, einen Warmen Bruder oder eine Schwuchtel nennt, dann drückt man Geringschätzung für ihn aus, und das weißt du ganz genau. Ich meine, wenn du eine Frau mit diesem gewissen Unterton ›kesser Vater‹ nennst, dann meinst du ja auch nicht ein munteres Familienoberhaupt, sondern eine Lesbe, die die Männerrolle hat.«

»O Mann, du und deine langatmigen Erklärungen«, sagt Mike. »Und bloß, weil ich sage, was ist schon ein Name!«

»Na schön, wenn es also nicht darauf ankommt, warum nennst du sie dann nicht ganz einfach *Gays*, wie alle Welt heutzutage, ohne daß sie irgendwer dadurch runtermachen will?«

»Na, siehst du, da hast du es doch. Gay, das hat doch eigentlich einmal bedeutet: fröhlich, heiter, glücklich, ungezwungen. Ich meine, wir pflegten zu unserer Zeit doch noch zu sagen, nach einem Picknick oder einem Ballspiel, daß das sehr *gay* war, lustig eben. Heute muß ich mich schön hüten, zu sagen, etwas war sehr *gay*, weil ich dann riskiere, daß mir irgend so ein junger Schnösel gleich die Hand aufs Bein legt. Also, von wessen Rechten reden wir hier in Wirklichkeit, he?«

»Von denen der Homosexuellen«, sagt Mary.

»Was?« sagen Mike und ich wie mit einer Stimme.

»Warum sie nicht ganz einfach Homosexuelle nennen, und alles ist erledigt?«

Da klingelt es an der Tür, und Mary steht auf, um zu öffnen.

»Das ist genau, was ich meine«, sagt Mike. »Also dieser Homosexuelle drischt Baby seinen Gürtel über die Visage. Vermutlich kam er eben nichtsahnend mit seinem Kumpel da reinmarschiert, und sie hatten was Nettes miteinander vor, und was passiert? Sie sehen sich unvermutet dieser häßlichen Bestie gegenüber. Sowas jagt selbstverständlich jedem einen Heidenschreck ein. Also zieht er sich seinen Gürtel aus der Hose und langt damit hin.«

Draußen im Gang höre ich Stimmen, aber wir achten nicht weiter darauf. Wir sind mitten in der hitzigsten Debatte.

»Wenn es sein Gürtel war«, frage ich, »wieso bitte hat er ihn dann in der Sauna um, wo alles, was man braucht, ein Handtuch ist, und nicht einmal das, wenn man keinen Wert darauf legt?«

Mike schaut nach unten und steckt sein Gesicht fast in sein Irish Stew, dann sieht er so schräg zu mir rauf. »Tja, weißt du«, murmelt er.

»Nein, eben nicht«, sage ich. »Ich weiß es nicht.«

»Er könnte ihn doch umgehabt haben, so wie ... manche Nutten diese Goldketten um die Hüfte haben, um ...«

»Glaub' ich nicht.«

»Oder um seinen Freund damit zu versohlen. Wie diese Typen das eben so machen.«

»Mein lieber Mann, du scheinst ja einiges über diese Sachen zu wissen«, sage ich.

»Paß du ja auf, wie du mit deinem Vater redest!«

Mary und Janet Canarias kommen in die Küche. Mike steht auf und gibt ihr die Hand. Ich will auch gerade aufstehen, der Höflichkeit halber, aber sie sagt: »Nein, nein, lassen Sie sich nur nicht stören.«

»Ich glaube«, sage ich also, »die Kette hat einer absichtlich dagelassen, damit es aussieht, als ob Spencer oder Frye Baby in die Schnauze gehauen hätte.«

Mein Vater greift nach hinten, holt einen Teller vom Bord und füllt ihn mit Irish Stew für die Canarias.

»Punkt Nummer zwo«, sage ich, »die beiden hatten überhaupt keine Handtücher dabei.«

»Na also. Das heißt, sie waren nicht wegen der Sauna da drin. Gib doch Janet mal Brot rüber, Mary.«

»Ich hab' schon zu Abend gegessen, vielen Dank«, sagt die Canarias.

»Probieren Sie's doch erst mal, und dann sehen wir schon, ob Sie diesem Stew widerstehen können«, erklärt Mike.

»Drittens«, sage ich und halte noch einen Finger hoch, »muß man blind sein, um das Schild nicht zu sehen, das Shimmy Dugan an der Tür angebracht hat und wo drauf steht GEFAHR – KEIN ZUTRITT. Das kann man gar nicht übersehen, es sei denn, man geht rückwärts rein.«

»Oder besoffen.«

»Nichts davon in der Bluntersuchung. Und nichts in

den Mägen außer minimalen Mengen Wein. Entschuldigung, Miß Canarias, beim Essen.«

»He«, sagt Mary, »und wieso entschuldigt ihr euch nicht auch bei mir, wegen solcher Sachen beim Abendessen?«

»Du bist Krankenschwester«, sage ich.

»Und ich Anwältin«, sagt die Canarias. »Keine Angst, ich habe schon Sachen gesehen, da würden Ihnen die Haare zu Berge stehen.« Sie probiert anstandshalber das Stew, streicht sich daraufhin Butter auf eine Scheibe Schwarzbrot und setzt sich für ein zweites Abendessen zurecht.

»Und, Jim? Was versuchst du mir nun zu beweisen?« fragt Mike. »Du sagst also, so ein paar Schwulenprügler – 'tschuldigung –«, und die Canarias brummelt etwas in sich rein, fast hätte ich gesagt, in ihren Bart, ». . . schnappen sich diese beiden Homosexuellen da drin und bringen sie um die Ecke, einfach bloß so? Wie meinten Sie, Janet, habe ich was überhört?«

»Ich sagte Herrgott noch einmal, was ein Ausbruch milder Mißbilligung und Frustration war. Sie müssen sich keine gesteigerte Mühe geben, meinetwegen Ihre Ausdrucksweise besonders zu kontrollieren. Sie verhalten sich eben genauso wie alle um jemanden herum, der einen lieben Menschen verloren hat. Alle schnattern durcheinander, und dann sagt irgendwer im Spaß ›ach, fall' doch tot um‹ und hält sich sofort verlegen die Hand vor den Mund, und alle anderen erstarren genauso und schauen gespannt und ängstlich, ob der oder die Trauernde daraufhin gleich die Wände hochgeht oder in Ohnmacht fällt. Mein Gott, ich sage doch selbst manchmal Schwuchtel oder so etwas, also macht kein Theater wegen mir und tut um Himmels willen einfach nur so, als wäre ich auch ein ganz normaler Mensch. Voller Fehler, Irrtümer und Sünde.«

»Mann, Sie haben vielleicht eine Silberzunge«, sagt

mein Alter. »Und was halten Sie nun von dieser Tragödie?«

»Ich bin der Ansicht, daß das Urteil des Untersuchungsausschusses nicht von den Fakten gedeckt wird. Jch bin der Ansicht, Roger und Harold sind ermordet worden. Ich glaube, daß niemandem in der Regierung oder bei den Justizbehörden zwei in einer Sauna ermordete *Gays* auch nur einen Pfifferling wert sind, wo sie schließlich ›aus schmutzigen Motiven‹ dort gewesen sein müssen. Wenn alles nach dem Willen der Mächtigen abläuft, werden wir wohl nicht mehr viel von der ganzen Angelegenheit hören. Nun, zufällig glaube ich nicht, daß alles nach dem Willen der Mächtigen ablaufen wird. Roger und Harold waren nicht nur meine Haupt-Sponsoren, sondern ich war darüber hinaus auch persönlich mit ihnen befreundet. Sie waren ein Paar, das aus Liebe zusammengefunden hatte.

Ganz genauso wie Sie und Mary. Die beiden hatten es nicht nötig, für illegalen oder bizarren Sex Badehäuser zu frequentieren. Sie verkehrten auch nicht in *Gay*-Lokalen, um da jemanden für schnelle Abenteuer aufzureißen. Nein, sie bewohnten zusammen eine Wohnung und waren das, was man sehr häuslich nennt. Und sie waren seriöse, gefühlvolle Leute, stets loyal zu ihren Freunden . . . zu mir.«

»Und wie meinen Sie das, ›es wird nicht alles nach dem Willen der Mächtigen gehen?‹« frage ich.

»Genau deshalb bin ich hier. Morgen abend findet vor dem *Paradise*-Bad eine Kundgebung statt. Und ich möchte, daß Sie dabei zusammen mit mir vorne auf dem Podium sitzen. Sie sind die vermutlich bekannteste Persönlichkeit des Unterbezirks, und Ihre Anwesenheit wird der Demonstration eine neutrale Legitimation verleihen.«

Als sie mich zögern sieht, fügt sie noch hinzu: »Das Ganze ist absolut unpolitisch.«

»Also, bitte, beleidigen Sie freundlicherweise meine Intelligenz nicht, indem Sie solche Sachen sagen. Als wenn es irgend etwas gäbe, das Sie und ich in der Öffentlichkeit tun könnten, was nicht politisch wäre. Politik ist das Geschäft, sich selbst und seine Ideen der Öffentlichkeit zu präsentieren. Wenn ich mich in dieser Sache zusammen mit Ihnen zeige, dann heißt das für jeden einiges mehr als nur, daß ich nicht damit einverstanden bin, daß die Sache unter den Teppich gekehrt wird. Wenn Sie es nicht ausdrücklich darauf anlegen, mich für dumm zu verkaufen, dann müssen Sie doch genau wissen, daß meine Anwesenheit bedeuten würde, daß ich Ihrer Kandidatur zum Stadtrat meinen Segen gebe. So funktionieren die Dinge ja nun mal.«

»Sie lehnen also ab?«

»Gerade eben noch haben Sie so schön über die Loyalität von Frye und Spencer gesprochen. Was glauben Sie eigentlich, was ich mit meinen Freunden mache?«

»Selbst wenn Sie von denen nicht in gleicher Weise behandelt werden?«

»Ach, kommen Sie, damit locken Sie doch keinen Hund hinterm Ofen hervor. Auf die Tour sind Sie mir schon einmal gekommen.«

»Ich wußte, Sie würden das Stew großartig finden«, sagt Mike dazwischen. »Da, Sie können noch mehr haben. Der Rest wandert sonst doch nur in den Abfall, wenn Sie ihn nicht aufessen.«

»Also, Mike, wirklich«, sagt Mary, »so was sagt man doch nicht.«

»Ich verstehe schon, wie er es meint«, sagt die Canarias. »Und auch das, was Sie sagen, Jimmy. Können Sie mir dann wenigstens einen kleineren Gefallen tun?«

»Nämlich?«

»Es dauert immer so lange, bis man eine Versammlungserlaubnis vom Amt für Straßen und Hygiene kriegt.«

»Das betrifft Wally Dunleavy.«

»Sie können uns die Genehmigung nicht verweigern, werden es auch nicht. Ich könnte sonst ein Wahlkampfthema daraus machen, und das wissen sie ganz genau. Aber sie können es natürlich bis auf die letzte Minute rauszögern.«

»Politik«, sage ich.

Die Canarias lächelt. Sie hat diesen dunklen Teint von der Blutfülle direkt unter der Haut, der sie immer aussehen läßt, als sei sie pausenlos aufgeregt. Und dann aber dieses weißeste aller weißen Lächeln, mit dem einen nicht so schönen Zahn in der Mitte, der die ganze Überperfektion der Frau wenigstens wieder auf ein normales menschliches Maß zurückführt.

»Also, wie ist es?«

»Ich werde für Sie tun, was ich für jedermann aus meinem Siebenundzwanzigsten tun würde, der mich darum bäte.«

12

Am nächsten Morgen gehe ich als erstes zu Wally Dunleavy. Ich suche mir meinen Weg durch das Labyrinth von Büros im Amt für Straßen und Hygiene. Und während ich noch so bis zum allmächtigen Zentrum vorstoße, nämlich dahin, von wo Dunleavy sein Reich dirigiert, von einem kleinen, vollgestopften Kabuff von Büro aus, ohne ein richtiges Fenster (das einzige, das es gibt, geht nur auf den Luftschacht raus), ist mir völlig klar, daß ich wie immer schon beobachtet werde. Bis ich dann bei Dunleavy angelangt bin, weiß er nicht nur bereits längst, daß ich auf dem Weg zu ihm bin, sondern hat auch schon meine Personalakte auf seinem Tisch und sie schon halb überflogen, damit er mir gleich Proben seines erstaunlichen Gedächtnisses liefern kann.

»Setz dich, Jimmy Flannery«, sagt er, wie immer. »Wie geht es deinem alten Herrn?«

»Es geht ihm gut, Mr. Dunleavy.«

»Du kannst ruhig Wally sagen. Und such dir einen Platz.«

Und ich räume mir wieder erst mal einen Stuhl von all den Karten und Büchern frei und setze mich.

»Du warst ja dort, wie es passierte, nicht?« sagt er.

»Ich weiß nicht, Wally, was Sie denken, wo ich war, und ich bin hier auch nur . . .«

»Na, dieser Mitbürger, der oben in Skokie in St. John's aus seinem Sarg rausgefallen ist, und seine Witwe und die ganze versammelte Trauergemeinde sind in Ohnmacht gefallen.«

»Woher wissen Sie denn das schon wieder?«

»Na, die Friedhöfe gehören schließlich zu meinem Ressort.«

»Oben in Skokie auch?«

»Das ist noch nicht offiziell Skokie. Es liegt gerade noch innerhalb der Stadtgrenze von Chicago.«

»Aber wieso die Friedhöfe?«

»Was glaubst du, was alles unter Straßen und Hygiene fällt? Meistens sowieso Hygiene.«

»Das war schon eine komische Geschichte.«

»Na ja, komisch. Jedenfalls landet die Sache bei mir auf dem Tisch, weil irgendeiner deswegen Gott und die Welt verklagt, im Namen der trauernden Witwe. Ein Anwalt, ein gewisser Hodonin. Er verklagt erstens die Heilige Synode, weiter den Patriarchen von Moskau, Friedhof und Kirchengemeinde von St. John's, einen gewissen Miroslav, Bestatter; zwei Totengräber namens Tanos

Boglaschewitz und Miro Varetzka, die Stadt Chicago, den County und den Bundesstaat Illinois. Nun ist das Ärgerliche mit Klagen dieser Art, daß die Stadt die einzige von allen Beklagten ist, an deren Taschen überhaupt ranzukommen ist. Also wer, meinst du, bezahlt am Ende den ganzen Quatsch?«

»Chicago?«

»Genau. Also, nun erzähl mir mal. Was hast du gemacht, wie dieser Blödian aufgestanden ist? Ich meine, möglicherweise kannst du mir irgend etwas berichten, das hilfreich sein könnte. Und tust du mir einen Gefallen, tue ich dir einen.«

»Also, eigentlich aufgestanden in dem Sinne ist er nicht, Wally«, sage ich.

Und da sehe ich diesen pfiffigen Blick in seinen kleinen Schweinsäuglein, und das gibt mir eine, wie soll ich sagen, religiöse Erleuchtung.

»Eher so eine Art auf-er-standen«, sage ich.

»Wie ein Geist?«

»Eher so eine Art Heiliger Geist.«

»Aha, ich verstehe, was du meinst. Tolle Sache, was? Wie wäre es, wenn du mal mit seiner Witwe reden würdest . . .«

»Mrs. Bilina. Sie wohnt unten bei . . .«

»Ich weiß, ich weiß, bei dir im Haus. Weiß ich denn etwa solche Dinge nicht immer, Junge? Ist es denn nicht mein bekanntes Talent, solche Dinge zu wissen? Und – würdest du vielleicht auch gleich mit diesem, ihrem Berater, diesem Hodonin, reden?«

»Gut. Ich werde mit den beiden die wahre Bedeutung des Ereignisses erörtern, bei dem wir gemeinsam Zeugen waren.«

»Na also, was will man mehr. Komm ruhig mal wieder vorbei.«

»Wally, weswegen ich eigentlich, also der Gefallen . . .«

»Ich sagte, ich schulde dir danach einen. Bis jetzt hast du ihn dir doch noch gar nicht verdient, oder?« meint er scheißfreundlich.

»Ja, aber den tun Sie mir bestimmt ohne Zögern. Weil er Ihnen nämlich selber Ärger erspart.«

»Ich höre.«

»Janet Canarias hat einen Antrag auf Genehmigung einer Versammlung gestellt. Für eine friedliche Trauerfeier auf der Straße vor dem *Paradise*-Bad.«

»Sag kein weiteres Wort mehr.« Er sieht mich an, vom Scheitel bis zur Sohle, obwohl sein Blick meine Augen dabei keine Sekunde losläßt. »Wieso versichert sich diese Janet Canarias dafür deiner Hilfe?«

»Ich vermute, sie hält das für besser, als offen zu drohen.«

»Jimmy, mein Junge, laß dich nicht von anderen Leuten einspannen!«

»Ich tue mein Bestes.«

Dunleavy haut auf seinen Schreibtisch und fummelt in dem Durcheinander von Papierkram darauf herum, ohne seine Augen auch nur einen Lidschlag lang von mir zu wenden. Schließlich zieht er einen grünen Genehmigungsschein hervor, unterschreibt ihn und reicht ihn mir rüber.

»Also, da hast du ihn. Du für mich, ich für dich.«

Ich stehe auf und bin schon halb draußen.

»Bist du schon eifrig dabei, Brücken zu bauen, Jimmy?«

»Warum sollte ich? Ich tue nur, was ich immer mache. Ich helfe den Leuten aus meinem Unterbezirk.«

»Fiel mir nur gerade so ein, ob du etwa schon eifrig beim Brückenbauen bist. Schließlich fallen die Alten früher oder später alle mal, nicht?«

Ich gehe nachdenklich raus. Dunleavy war ja mal selber ein junger Hüpfer und hat sich nach oben durchgeboxt. Am Ende hatte er dann eben das Amt für

Straßen und Hygiene unter sich und kennt seitdem die Stadt wie seine Westentasche. Doch irgendwann im Lauf der Zeit, bei all dem ständigen Herumfahren mit dem Finger auf Plänen und Bevölkerungsstatistiken, erlahmt jeder. Auch er allmählich, wie er sieht, wie sich alles ringsrum verändert oder die Farbe wechselt. Und dann kommt auch der Moment, wo er gar keinen gesteigerten Ehrgeiz mehr hat, sich noch weiter die Leiter raufzukämpfen, weil auch der Mumm dafür allmählich erlahmt ist. Zumal er ja weiß, kein Mensch käme je auf den Gedanken, ihm seine ›Straßen und Hygiene‹ abspenstig zu machen, solange er nicht von selbst geht. Ganz egal, wer im Rathaus sitzt. Sie hätten alle nur Angst, es käme ihnen sofort eine halbe Meile Kanalisation abhanden, oder ein halbes Dutzend Straßen. Wenn nicht gleich ein ganzes Viertel irgendwo, wenn Wally Dunleavy nicht mehr da wäre und sie darauf aufmerksam machte. Dabei signalisiert er überhaupt keine Absichten, seinen Stuhl zu räumen, sondern gibt zu erkennen, er möchte vorläufig noch sitzen bleiben und dem Spiel zuschauen. Auch wenn er selbst schon seit langer, langer Zeit nur noch auf der Bank am Spielfeldrand sitzt.

13

Hodonin trägt noch immer denselben schwarzen Anzug, den er schon bei der Totenwache und bei der Beerdigung anhatte. Nur mit dem Unterschied, daß er jetzt noch eine goldene Uhrkette am Bauch hat, mit einem Anhänger dran, mit dem er spielen und bedeutsam aussehen kann. Er lehnt sich auf seinem Stuhl in Mrs. Bilinas Wohnzimmer auf eine Art zurück, als wäre sein Bauch zu groß, um ihm zu erlauben, aufrecht zu sitzen; wobei der große Bauch bei den Böhmen als ein Zeichen von Alter und Weisheit zu verstehen sein muß.

Sein Neffe Jan Dunica sitzt neben seinem Onkel und sieht mächtig fromm aus.

Mrs. Bilina ist immer noch in Schwarz, und auch ich habe den schwarzen Trauerflor wieder um meinen Ärmel gemacht.

Wir trinken Whiskey – einen Fusel, der einem das Hemd auszieht – aus kleinen, bunten Schnapsgläsern. Genauer gesagt, die anderen trinken. Ich feuchte mir lediglich die Lippen an.

»Es bekümmert uns, daß wir aus dem Geschehenen bedauerlicherweise einen Rechtsfall zu machen gezwungen waren«, sagt Hodonin. »Sie dürfen nicht etwa glauben, daß uns das nicht bekümmerte.«

Ich neige das Haupt. Ich meine, ich nicke nicht, als pflichtete ich ihm bei. Ich beuge es, zum Zeichen, daß ich mit allem Respekt lausche.

»Wenn man sogar gegen die Heilige Kirche vorgehen muß, ist das sehr schmerzlich«, erklärt Hodonin.

»Und gegen den Bestatter Miroslav«, wirft Mrs. Bilina an dieser Stelle ein, »der ein alter Freund ist.«

»Und zwei einfache Arbeiter«, sage ich.

Hodonin neigt nun seinerseits das Haupt: »Und die große Stadt Chicago. Das bekümmert uns über die Maßen.«

»Das glaube ich Ihnen gern«, sage ich und mache so eine Art Schmollmund, von dem ich hoffe, er läßt auch mich so fromm aussehen wie einen Ministranten. »Ich verstehe sehr gut, wie schwer es ist, seinen eigenen Augen und Ohren zu trauen.«

Das macht Hodonin nun aber gleich mächtig mißtrauisch.

»Wie meinen Sie das, Augen und Ohren?«

Jan Dunica sitzt ganz stocksteif da, als würde er es

schon kommen sehen, daß ich gleich wieder etwas Abschätziges über seine Handwerkskunst sage.

»Nun, ich hörte die himmlischen Posaunen . . .«

»Was taten Sie?« schreit Hodonin fast.

»Zuerst glaubte ich ja auch, es sei das Geräusch von Nägeln, die sich aus dem Holz lösen. Aber dann auf dem Friedhof wurde mir klar: es sind die Posaunen, die sich einstimmen und warmblasen, und . . .«

»Was ist das denn jetzt, wollen Sie mir das verraten?«

». . . wie dann Mr. Bilina aus seinem Sarg auferstand . . .«

»Sie meinen wohl, rausplumpste wie ein Stein!«

». . . erinnerte ich mich an das, was Mrs. Bilina über ihren Stefan gesagt hatte. Und da war mir dann alles klar.«

»Was, zum Teufel . . .«, fängt Hodonin zu protestieren an, aber Mrs. Bilina legt ihm die Hand auf den Arm, um ihn davor zurückzuhalten, daß er gleich ganz in mein Gesicht reinkriecht, und sie fragt: »Woran haben Sie sich erinnert?«

»Na, daran, wie Sie sagten, Ihr Stefan wäre ja fast wie ein Priester und ganz bestimmt ein Heiliger gewesen.«

Hodonin ist schon aufgesprungen. »Nicht ein Heiliger! Ein heiligmäßiger Mann, das vielleicht. Sagen Sie mal, Flannery, was versuchen Sie uns da aufzutischen? Was für eine Art schmutzigen Trick ziehen Sie da für die Stadt Chicago ab?«

»So setzen Sie sich doch, bitte setzen Sie sich doch«, sagt Mrs. Bilina. »Wie können Sie so zu einem Mann sprechen, der uns eine Botschaft von Gott überbringt?«

»Was denn für eine Botschaft von Gott?«

»Ja, haben Sie denn nicht gerade gehört, wie Mr. Jimmy Flannery meinen Stefan auferstehen sah, als wäre er schon in der Gemeinschaft der Engel?«

Und an dieser Stelle empfehle ich mich dann, damit sie den Fall mal richtig unter sich erst ausdiskutieren können.

Unten vor dem *Paradise*-Bad hat irgendwer ein kleines, tragbares Podium aufgestellt. Auf dem sitzt Janet Canarias, auf einem Klappstuhl. Neben ihr Mary. Das erste, was ich höre, daß sie sich da an der Geschichte beteiligt. Neben ihr steht noch ein Stuhl. Ich habe die Absicht, mich ganz hinten in der Menge zu halten, aber Mary entdeckt mich und winkt mich hin. Als ich aber nur bis ganz vorn gehe, jedoch nicht weiter, kommt sie zu mir.

»Setz dich mit zu mir, James.«

»Du weißt anscheinend wenig über Politik«, sage ich.

»Genug, um zu wissen, daß du für den Apparat der Demokraten arbeitest. Außerdem weiß ich auch, daß du jedermann gefällig und hilfreich bist, ganz gleich, wie sie wählen und ob sie überhaupt wählen.«

»Wenn ich mich da oben auf das Podium setze, ist das wie eine Empfehlung und eine offizielle Unterstützung.«

»Ach was, du sitzt da, und es ist lediglich eine Bekundung, daß du nicht mit Mord und seiner Vertuschung einverstanden bist.«

»Augenblick mal. Wie kommst du auf Mord?»

»Das hast du doch selbst so auseinandergesetzt, James. Die fehlenden Handtücher. Der Kettengürtel, der da drin normalerweise gar nichts zu suchen hatte. Das unübersehbar große Schild, das aber übersehen wurde. Und daß keine Bißspuren vorhanden sind.«

»Das alles macht es noch nicht automatisch zu einem Mordfall«, sage ich. »Es kann sich immer noch um Zufall und Unfall handeln. Es passieren die verrücktesten Sachen, aber so verrückt sind die Umstände, von denen ich da gesprochen habe, auch wieder nicht. Jeder einzelne könnte sich noch ganz harmlos und einfach erklären.«

»Dann gib mir mal so eine einfache Erklärung für die Ergebnisse der Ermittlungen.«

»Auch die bedeuten noch gar nichts. Manchmal leisten sie sich einfach nur ein leichtes Urteil, und die Polizei bleibt danach trotzdem weiter dran.«

»Denkst du wirklich, sie geben sich besonders große Mühe, einen Fall mit zwei toten Gays in einem öffentlichen Bad aufzuklären?«

»Und du, bist du sicher, daß die Canarias nicht die ganze Geschichte nur für ihre politischen Zwecke ausschlachtet?«

»Sie hat mir in die Hand versprochen, daß diese Kundgebung einzig und allein darauf abzielen wird, den Fall der beiden Toten wirklich aufzuklären und darum die Ermittlungen fortzusetzen.«

Ich sehe mich um. Es versammeln sich ordentlich Leute.

»Das sieht aus«, sage ich, »als kriegte die Canarias hier die meisten Leute in ihrem ganzen Wahlkampf zusammen. Und blöd müßte sie sein, wenn sie die Chance nicht nützt.«

»Nein, ich glaube nicht, daß sie den Mord an zwei Freunden für eine Wahlkampfrede ausnützt.«

Ich gehe auf das Podium. Ein paar Leute unten erkennen mich auch gleich und rufen meinen Namen. Ich winke und habe ein paar Augenblicke lang das aufregende Gefühl, ich wäre selbst ein Wahlkämpfer für ein Amt. Und ich verstehe mit einem Schlag, wie besoffen man davon werden kann. Und wie hungrig danach.

Eine halbe Stunde danach sind an die vierhundert Leute vor dem *Paradise*-Bad versammelt, und die Canarias steht auf. Sie kriegt ein wenig Applaus, aber besonders bekannt ist sie nicht, also muß sie auch gar nicht erst noch eine ganze Weile stehenbleiben und die Klatscher gerührt und dankbar beschwichtigen, indem sie die Arme hochhält und sich so nach links und rechts wendet, bis sich das, was sie ›die Menge‹ nennen, beruhigt hat. Immerhin, was sie macht, ist recht geschickt. Es sind ja auch die Medien anwesend, und sie tut ganz, als hätte sie eine ganze Menge Jubler zu beschwichtigen.

»Irgendwann in den frühen Morgenstunden vor jetzt einer Woche«, beginnt sie ganz leise und still, »wurden hier in diesem öffentlichen Bad, vor dem wir uns befinden, zwei Männer – Freunde von mir, Freunde von Ihnen allen – brutal ermordet. Damit wir uns recht verstehen: so natürlich wie mein sonnenbrauner Teint ist, mit dem ich nun einmal geboren wurde, so selbstverständlich liegt es mir fern, die Badeanstalt selbst für irgend etwas verantwortlich zu machen. Mr. Martin Dugan und Miß Roosevelt Modeste . . .«

»He, Shimmy, he Grace!« schreit jemand aus der Menge dazwischen. Aber er ist tatsächlich der einzige, der dies hier für eine Fan-Show hält, und der Rest der Zuhörer zischt den Trottel denn auch sofort nieder.

»Richtig, Shimmy und Grace haben im Gegenteil lediglich ein wohltätiges Werk vollbracht! Sie stellten ihr Etablissement als fürsorgliche, provisorische Unterkunft für dieses wunderbare Tier, die Gorilla-Dame Baby, zur Verfügung, die vorübergehend aus ihrem Haus im Zoo im Lincoln Park ausquartiert werden mußte, weil dort die Heizungsanlage erneuert wird, was sich leider gerade jetzt während dieser winterlichen Kälteperiode als unumgänglich erwies. Sie befand sich in demselben Saunaraum, in dem die beiden Männer zu Tode geprügelt wurden. Und nun muten es die Behörden uns und Ihnen zu, daß wir glauben sollen, Roger Spencer und Harold Frye, zwei anständige, wertvolle Mitglieder unserer Gesellschaft und eine Zierde für diese Stadt, seien entweder betrunken oder völlig von Sinnen in diesen Raum hineingestolpert, der für dieses Tier bereitgestellt worden war, hätten es brutal mit einer Kette geschlagen und es so in einen Zustand der Wut versetzt, daß sie anschließend von ihm zu Tode geprügelt wurden. Von einem Tier, das für seine Sanftmütigkeit geradezu sprichwörtlich ist!«

Und sie fährt fort: »Es ist typisch für diese sogenannte Reform-Stadtverwaltung, daß der Gerichtsmediziner tatsächlich dieses offiziell gewünschte Ergebnis lieferte, und zwar in einer bisher nie dagewesenen Rekord-Schnelligkeit!« Und mit diesem Stichwort steigert sie, nachdem sie bisher schon ganz allmählich ihre Lautstärke gesteigert hat, auch ihr Redetempo. »Da fragt man sich doch – da frage *ich* mich doch –, ob die gegenwärtige Stadtverwaltung nicht doch wieder die alten Praktiken der Kungelei und des Apparats aus der Versenkung geholt hat, um die eigene Macht zu zementieren! Ich stehe hier, um Ihnen zu sagen: es gibt eine Alternative dazu! Sie haben die Möglichkeit, sich gegen den Zynismus dieser Mauscheleien und Absprachen zur Wehr zu setzen . . .!«

Mary legt mir die Hand auf das Bein und sieht mich an. Ich schüttle den Kopf, nein, sie muß sich keine Vorwürfe machen. Gott, logisch, die Canarias konnte der Gelegenheit natürlich nicht widerstehen. Hat ja auch kein Mensch erwartet. Ich jedenfalls nicht.

»Dabei hat sie es mir ausdrücklich versprochen«, murmelt Mary so leise, daß nur ich es hören kann.

»Vielleicht glaubst du, sie hat; aber sie selbst glaubt das sicher nicht.«

Als ich hinter der versammelten Menge Delvins schwarzen Packard heranrollen sehe, stehe ich auf. Delvins Mann, Beanie Bennett, fährt ihn. Das hintere Fenster geht runter, und Delvin steckt sein Mondgesicht heraus, damit er mich besser sehen kann.

Ich wollte ohnehin gehen, weil es nun wirklich wie eine Unterstützung von Janet Canarias ausgesehen hätte, würde ich weiter bleiben. Aber jetzt, wo Delvin gekommen ist, würde es nur aussehen, als ginge ich, weil mein Boß sein tadelndes Auge auf mich gerichtet hat, als wäre ich sein Hündchen. Also setze ich mich doch wieder hin und versuche mir über meine Handlungen klarzuwerden. Nur weiß ich nicht, was für Handlungen.

Ich bin natürlich nicht sehr überrascht, als ich in Delvins Büro gerufen werde. Und ich bin auch nicht sehr überrascht, als er mich mit seinen bekannten traurigen Elefantenaugen festnagelt, mit einem Blick, als hätte ich ihn mitten durchs Herz geschossen. Aber so ganz richtig kriegt er das nicht rüber. Er möchte, daß ich von mir aus in Reue zerfließe, aber den Gefallen tue ich ihm nicht. Ich sehe ihn mit keiner Spur von Schuldgefühl an.

»Ich würde gerne verstehen können, wie dein Gehirn eigentlich so tickt«, sagt er.

Aber ich packe den Stier einfach bei den Hörnern. »Ich unterstütze doch Janet Canarias überhaupt nicht«, sage ich.

»Mrs. Banjo«, sagt er, »erzählt mir schon die ganze Zeit, daß meine Augen nachlassen. Und ich sage ihr ständig, daß sie sich irrt. Willst du mir sagen, sie hat doch recht? Oder habe ich etwa nicht dich – oder jedenfalls jemanden, der dir verdammt ähnlich sieht – auf diesem Podium gesehen, zusammen mit dieser Damenliebhaberin Canarias, als die eine doch wohl eindeutig politische Ansprache hielt?«

»Ich habe lediglich neben meiner Freundin gesessen, die Krankenschwester ist und aufgeschlossen für alle humanitären Anliegen.«

»Dann entschuldige, wenn ich den nebensächlichen Umstand erwähne, daß die Dame, neben der du gesessen hast, einen Button trug, auf dem stand: WÄHLT JANET CANARIAS.«

»So einen Button habe ich nicht gesehen.«

»Wenn das so ist, brauchst vielleicht du die Augenuntersuchung. Welchen Augen soll ich denn nun vertrauen, deinen oder meinen?«

»Ich war dort bloß deshalb, weil auch ich der Meinung bin, daß der Bericht beziehungsweise die Schlußfolgerungen des Gerichtsmediziners nicht zufriedenstellend sind.«

»Ach? Nicht zufriedenstellend, wie? Das klingt ganz so, wie Anwälte reden. Diese Canarias ist doch Anwältin, nicht? Machst du jetzt mit Anwältinnen rum?«

»Zwei Personen aus meinem Bezirk sind zu Tode gekommen. Ich weiß nicht – war es ein Unfall, war es Dummheit und Unvorsichtigkeit, oder war es Mord? Aber jedenfalls bin ich der Ansicht, daß das geklärt gehört.«

»Was liegt dir denn so an den beiden Typen? Waren die Freunde von dir?«

»Wenn jemand im Siebenundzwanzigsten wohnt, sind das meine Nachbarn und direkten Mitbürger. Wenn irgend jemand im Siebenundzwanzigsten zu Tode kommt oder sonst Schaden oder Nachteil erleidet, dann ist das mein Bier.«

Delvin starrt mich an, als hätte ich auf einmal zwei Köpfe. Doch dann verändert sich sein Ausdruck, und er schmilzt geradezu dahin.

»Mein Gott, Jimmy, ich sehe mich selbst in dir wieder, vor jetzt schon fast fünfzig Jahren. Genau mich selbst höre ich, als ich so alt war wie du. Dieselben Worte, Mann. Und weißt du, was mein Chinamann damals zu mir sagte, der alte Sullivan? Er sagte: Was heißt da dein Siebenundzwanzigster, Delvin? Das ist noch immer mein Siebenundzwanzigster. Du hast lediglich einen Unterbezirk davon, das ist alles!«

Die Uhr oben auf seinem Bücherschrank mit den Glastüren, die so schmutzig sind, daß man kaum noch die Bücher dahinter sieht – übrigens das einzige verstaubte Möbelstück im Zimmer –, die Uhr tickt so laut wie ein hinkender Krüppel mit Holzbein. Und Delvin ist auf der Reise in seine Vergangenheit, als er noch ein junger Mann war wie ich jetzt, bis er sich schließlich einen Ruck gibt und wieder da ist. »Weißt du, wie alt ich bin?«

Ich weiß nicht recht, wie ich mich verhalten soll. Ich will nicht, daß er glaubt, ich schmeichle ihm und will ihm hintenrein kriechen.

»Ich gehe mächtig auf die achtzig zu«, sagt er. Dann lacht er, und es klingt, als explodierte ein Teekessel. »Und die drücken mich ganz ordentlich. Ich bin reif für die Weide, Jimmy. Ich bin auch bereit, die Bürde abzulegen. Vielleicht sollte ich sogar noch eine Reise nach Irland machen. Eine Abschiedsreise, nach Hause.«

Dabei weiß ich, daß er hier in Chicago im Stadtteil Bridgeport geboren ist und niemals weg war. Und daß sein Iren-Akzent bloß angenommen ist.

»Aber ich habe natürlich keine Angehörigen mehr dort drüben. Vielleicht spaziere ich also nur durch die Parks und gehe in den Zoo. Eben einfach in den Ruhestand, weißt du?«

»Das kommt alles erst noch«, sage ich.

»Wer, meinst du, sollte meinen Platz oben an der Tafel einnehmen?«

»Na ja, beim Abwasser – da ist ja dann wohl Harry Fogarty an der Reihe, nicht?«

»Nein, diesen Job meine ich doch nicht. Da habe ich sowieso kein Mitspracherecht. Ich höre auf, und der Bürgermeister nimmt natürlich die Chance wahr, einen von seinen Leuten hinzusetzen. Ich rede vom Delegierten für den Siebenundzwanzigsten. Darüber kann ich bestimmen, in meinem politischen Testament.«

»Seien Sie mir nicht böse, aber was ist der schon wert, wenn er nicht mit einem Stadtratssitz gekoppelt ist?«

»Ja, heutzutage wohl nicht besonders viel. Aber immerhin, ein Wort von mir, und der ganze Apparat wird sich hinter den Mann stellen. Und weißt du was? Ich denke genau an dich dafür – wenn ich mich entschließe aufzuhören. Was sagst du dazu?«

Was ich wirklich denke, sage ich lieber nicht. Was bietet er mir denn schon groß an? Er lädt mich zum Essen ein, aber auf den Tisch wird nicht viel kommen. Ich müßte auch dann immer noch in den Wahlkampf um den Stadtratssitz. Und um den Knochen balgen sich für meinen Geschmack schon zu viele Hunde. Große wie Barker Jefferson und kleine wie Janet Canarias. Aber ich bedanke mich bei Delvin natürlich trotzdem artig. Samt der Versicherung, daß ich über das Angebot eingehend nachdenken werde.

Wenn ich in einem – ohnehin überlaufenen – Apparat Delegierter werde und für den Stadtrat kandidiere, aber durchfalle, dann bin ich in meinem jetzigen Unterbezirk gar nichts mehr. Nur einer von vielen Verlierern, die nur noch in den Bars rumhängen und groß davon tönen, wie toll es doch in den guten alten Zeiten war, als der gute alte Parteiapparat noch lief wie geschmiert. Auf der anderen Seite kann ich, wie die Dinge stehen, unangefochten und ewig Unterbezirkshäuptling der *Old Party* im Siebenundzwanzigsten bleiben, wenn ich das will. Ganz egal, wer dort nach Delvin der Boß wird. Und ich kann nach wie vor ein Mann mit etwas Einfluß im Rathaus sein, der Gefallen gegen Gefallen zu erweisen imstande ist. Eine Zeitlang jedenfalls noch.

14

Ich begebe mich runter zur Gerichtsmedizin, wo ich mit Abe Binderman reden will. Der kann einem nicht nur allein von den Fusseln an der Unterhose sagen, in welchem Bett man geschlafen hat, sondern sogar, auf welcher Seite. Er hat eine Nase wie eine Essiggurke, mit so kleinen Warzen und Narben überall; sie ist die Tragödie seines Lebens.

Weil er nämlich davon überzeugt ist, daß er deshalb nie im Leben ein anständiges Mädchen finden kann, das ihn wirklich liebt – weil keine den Schock der ersten Begegnung durchsteht, wenn sie seine Nase sieht –, hat er sich so etwa vor sechs Jahren entschlossen, sich dann eben ganz auf die Mietdamen zu konzentrieren. Nur hatte er auch damit seine Schwierigkeiten, weil er nicht so recht wußte, wie man das konkret anstellt. So kam er zu mir, weil von mir bekannt ist, daß ich alles kenne, was da kreucht und fleucht, nicht nur in meinem Block, sondern im ganzen Bezirk. Aber ich mußte ihm natürlich sagen, daß der Freundschaftsdienst, den er da von mir erwartet, im allgemeinen unter dem Begriff Kuppelei läuft, und daß ich da selbstverständlich schlecht tätig werden kann.

Daraufhin sagt er, er will ja auch nur mit irgendeiner freizügig eingestellten Bekannten von mir bekannt gemacht werden, die vielleicht nicht völlig abgeneigt ist, ihre Gunst einem Mann zur Verfügung zu stellen, der wie ein Warzenschwein aussieht. Nachdem er persönlich ein sehr diskreter Mann sei, sei es auch gar nicht nötig, daß er irgend etwas über das Privatleben der betreffenden Dame erfahre oder über die Art, wie Sie ihren Lebensunterhalt verdient. Das könnte doch wohl kein Gesetz verletzen, nachdem man schließlich nicht einmal politischen Funktionären und Huren verbieten könnte, Freunde zu haben.

Nachdem er dies so formuliert, sehe ich tatsächlich keinen rechten Grund mehr, nein zu sagen, und arrangiere also, daß Binderman Ba-Va-Voom-LaRue kennenlernt, die sich üblicherweise im Club Babalu aufhält, wenn sie nicht gerade langliegt. Ich wähle gerade sie aus, weil sie ziemlich kurzsichtig ist, ohne Brille, die sie natürlich nur ganz selten trägt. Davon abgesehen ist sie auch schon mal gar nicht der Typ, der Bemerkungen über das Aussehen von Personen von sich gibt, mit denen sie in geschäftliche Beziehungen tritt.

Und es kommt sogar soweit, daß sie Binderman wirklich mag und ihn daher an die Hälfte aller Mädchen in der Stadt weiterreicht, von denen sie weiß, sie sind in jeder Beziehung in Ordnung und passen auf sich auf. Und so lernt Binderman mit der Zeit mehr Tricks als ein Zirkuspony, und da nun mal diese Mädchen alle sehr offen ihre Vorlieben äußern, wenn man sich nur die Mühe macht, sie danach zu fragen, wird Binderman einer der routiniertesten Liebhaber von ganz Chicago. Bis er schließlich, nach einem Jahr oder zweien, kaum noch jemals das branchenübliche Entgelt entrichten muß. Und Ba-Va-Voom stellt ihn obendrein auch noch ihrem Beschützer vor, der ein sehr freundlicher Mann ist, wenn auch ein Ausbund an Häßlichkeit, und ihr im übrigen den Rat gibt, sie solle die Geschichte zügig zu Ende bringen, bevor Binderman sie womöglich noch mit Genüssen vertraut macht, von denen die meisten Frauen höchstens träumen können.

Mercedes und Abe Binderman sind inzwischen seit drei Jahren verheiratet. Sie haben drei Kinder, und das vierte ist unterwegs. Sooft ich ihn sehe, versichert er mir, er verdanke mir buchstäblich sein Leben. Ausgenommen diesmal, als ich in sein Labor komme.

Ich frage ihn, was er mir über die Kette sagen kann

und über den Zustand der Leichen von Spencer und Frye.

»Haben Sie meinen Bericht an den Gerichtsarzt gesehen?«

Ich sage, ja, habe ich.

»Ich habe ihm nichts hinzuzufügen.«

»Wie geht's Mercedes?« sage ich.

»Die zwei Männer sind zu Tode geprügelt worden.«

»Und den Kinderchen?« frage ich.

»Die Verletzungen widersprechen der Annahme nicht, daß sie durch ein wildgewordenes Tier, wie zum Beispiel einen Gorilla, verursacht worden sind.«

»Und wie geht's dem größten Liebhaber Chicagos selbst?«

»Wenn«, sagt er, »der Gorilla Ringe trug.«

Womit er sich endlich dazu durchringt, daß er mir doch wohl etwas mehr schuldig ist als dem, der ihm eingeredet hat, diesen Mist zu erzählen.

»Ringe.«

»Auf den Körpern befinden sich gewisse Flecken, kleine Wunden und Schürfungen, die von schweren Ringen verursacht worden sind. Von zweien. Schwere Ringe von der Sorte, wie sie Mitglieder von Logen tragen, oder von Abschlußklassen, oder von militärischen Organisationen.«

»Und keine Bisse.«

»Keine Bisse.«

»Was können Sie mir über die Kette sagen?«

»Es handelt sich um eine Chrom-Stahl-Fahrradkette. Die Art, die man dazu benützt, sein Fahrrad an einen Baum oder so etwas zu schließen.«

»Die Art, die üblicherweise auch einen Plastiküberzug hat?«

»Genau die. Jemand hat dieses Plastik von der Kette entfernt, aber noch ein Stück drangelassen, als Griff.«

»Also wissen wir es, nicht?«

»Wissen was, Flannery?«

»Na, daß jemand die beiden armen Hunde umgebracht hat.«

»Worauf ich jede Wette halten würde.«

»Und wer hockt auf den Beweisen?«

»Niemand ganz speziell«, sagt Binderman achselzuckend. »Es will sich einfach nur niemand den Klotz ans Bein hängen.«

»Die Geschichte wird unter den Teppich gekehrt. Und Sie wissen das ganz genau.«

»Wir haben Wahljahr.«

Das haben wir, ja. Und kein Mensch will irgendeine Affäre. Genauso wenig, wie sich anno achtundsiebzig irgendwer für den nichtgeräumten Schnee verantwortlich fühlte, will jetzt jemand etwas von Blut wissen, das von den Schwitzbänken einer Schwulensauna trieft.

Janet Canarias hat in der Gaylord Street einen leerstehenden Laden als ihr Wahlkampfbüro gemietet, so vier Blocks von meiner Wohnung entfernt. Auf einem Raum, der gerade für zwei reichen würde, haben sie da sechs oder sieben Schreibtische hingepackt und Hängeregale an der Wand befestigt. Wenn da nur eine Schublade aufgezogen ist, kommt kein Mensch mehr in die Toilette. Der ganze Fußboden liegt voller Papierstapel, und die Papierkörbe quellen nur so über.

Ein Dutzend Leute tritt sich gegenseitig auf die Füße. Einer davon, ein junger Bursche mit rosa Slacks, ist so dürr, daß er wie eine Trauerweide aussieht. Zwei Frauen stemmen gerade einen Schreibtisch hoch, als wäre er aus Löschpapier, während der Dürre ihnen sagt, wohin sie ihn stellen sollen. Ich würde ja meine Hilfe anbieten, wenn ich nicht damit rechnen müßte, sie würden höchstens sagen, Platz da, und ob ich sie vielleicht beleidigen wollte. Ein Mädchen mit purpurrot und orange gefärbten Haaren und fünf Ohrringen, die in Löchern überall in ihrem Gesicht hängen, packt Briefe in Umschläge. Janet Canarias selbst hält sich im Hintergrund auf und hängt am Telefon.

Es wirkt alles, als wäre das hier die Redaktion einer Schülerzeitung, die so tut, als spielte sie in *Extrablatt* mit. Sie scheinen alle zu denken, sie müßten nur wild genug herumrennen und entschlossene Gesichter machen, und schon hätten sie das Rathaus erstürmt.

Die Canarias sieht mich und schmettert mir wieder dieses umwerfende Lächeln hin, über das nur sie verfügt und das so wirkt, daß ich, wenn ich nicht Mary hätte und gar keine andere wollte, auf der Stelle Männchen machen und dann betteln würde, sie sollte es mir doch wenigstens einmal jede Stunde schenken. Sie winkt mich zu sich.

»Wollen Sie einsteigen oder nur bei der Opposition spionieren?« fragt sie.

»Ich komme, um über Spencer und Frye zu reden.«

»Setzen Sie sich«, sagt sie. »Sind Sie ganz sicher, daß ich Sie nicht davon überzeugen kann, daß es vielleicht doch an der Zeit ist, in dieser Stadt hier mal richtig aufzuräumen?«

»Sie können mich gerne davon überzeugen, daß das wirklich nötig ist. Aber neu ist es nicht. Was Sie nicht können, ist, mir einen neuen Besen zu verkaufen. Nicht einmal Sie. Obwohl ich gut weiß, daß Sie wirklich meinen, was Sie sagen.«

»Sie meinen, niemand könnte etwas erreichen?«

»Ach, wissen Sie, so eine Stadtverwaltung ist wie ein aus vielen Streichhölzern geklebter Turm. Sieht nicht sehr stabil aus. Man glaubt, es braucht nur einer richtig hinzupusten, und die ganze Geschichte fällt um. Und das bringt dann diesen und jenen auf die Idee, der Bau müßte mal neu abgestützt werden. Und sie nehmen diesen morschen Balken raus und jenen verrotteten

Ziegel, räumen ganze Etagen leer, pumpen das Basement aus und legen einen Wintergarten an. Und sie sind total überrascht, wenn dann plötzlich wirklich alles in sich zusammenfällt.«

»Das wäre womöglich sowieso das Beste. Und man kehrt den ganzen Schutt in den See.«

»Und wer hält die Stadt am Laufen, bis Sie eine neue Verwaltung aufgebaut haben?«

»Das Volk.«

»Der einfache Mann von der Straße?«

»Genau.«

»Aufopfernde Amateure?«

»Machen Sie sich über mich lustig?«

»Ich versuche nur, Ihnen klarzumachen, daß das eine Illusion ist. Weil man dazu Leute braucht, die zumindest eine Ahnung davon haben, wie man eine Stadt verwaltet. Damit die Züge fahren. Und das Wasserwerk arbeitet. Und die Fernheizung für die Häuser klappt. Und die Müllabfuhr funktioniert.«

»Sie sind also im Grunde ganz zufrieden damit, wie es ist?«

»Ich will, daß der Betrieb weiterläuft, während wir ihn reparieren, und zwar stückchenweise.«

»Was sehen Sie mich so an?« fragt sie plötzlich.

»Ich war mir gar nicht bewußt, daß ich Sie irgendwie besonders ansehe.«

»Dann wissen Sie's jetzt. Aber das ist schon in Orndung. So empfindlich bin ich nicht.«

»War jedenfalls nicht meine Absicht.«

Und nach diesem Dialog starren wir einander so etwa eine Minute lang nur stumm an. So, als würden wir jede Sekunde aufeinander losgehen. Zum Kämpfen. Oder um Liebe zu machen. Und wieder spielt dieses Lächeln um ihren Mund.

»Soll ich Ihnen sagen, warum Sie mich so angesehen haben?«

»Das würde mich interessieren.«

»Sie dachten, was es doch für ein Jammer wäre, daß eine Frau wie ich kein Interesse daran hat, sich mit Männern einzulassen.«

»Mit einem Mann«, sage ich.

»Und Sie dachten, daß ich dazu auch nicht den Hauch einer Chance habe, solange dieser ganze Haufen von Freaks und Spinnern hier um mich herum ist.«

»Na ja. Fünfzig Prozent Treffer. Gar nicht schlecht als Ausbeute.«

»Geben Sie mir denn mehr als den entfernten Hauch einer Chance?«

»Gott, in einer Stadt wie Chicago hat jeder früher oder später mal seine Chance.«

»Und wann kommt ihre? Oder haben Sie sie schon verpaßt?«

»Ich stehe nach gar nichts an. Ich will weiter nichts als mein Auskommen haben und meinen Freunden und Nachbarn behilflich sein.«

»Auch Spencer und Frye?«

»Die sind tot. Für die kann ich nicht viel tun. Allerdings kommt da jemand aus einem Mordfall ungestraft davon, und das hilft meinen Freunden und Nachbarn gar nicht.«

»Ich bin bereit, Ihnen zu helfen.«

»Sicher. Ist ja auch gut für Ihren Wahlkampf.«

»He, he. Mary hat mir erzählt, daß Sie wegen meiner Rede bei der Demonstration sauer sind. Aber was das angeht, habe ich ihr nichts zugesagt.«

»Ich sage ja gar nichts. Ich werde mich nur nächstes Mal mehr in acht nehmen.«

»Politik ist Ihnen wohl ziemlich egal, wie?« sagt sie.

»Nicht auf die Art, wie Sie meinen. Also, was nun Spencer und Frye angeht: Ich möchte genau rekonstruieren, was die beiden am Freitagabend gemacht haben, ehe sie ins *Paradise*-Bad gingen. Was wissen Sie vielleicht darüber, das mir . . .?«

Sie sieht sich um und entdeckt ganz unten diese gutaussehende Walküre; mit dem hübschen Kleid, den Strümpfen und den hochhackigen Schuhen sieht sie für mich aus wie eine dieser Vorortshausfrauen, die endlich eine Aufgabe gefunden haben. Janet pfeift sie zu uns herüber.

»Ja, Janet, was ist, Darling?« sagt die Frau und steht gleich darauf vor uns, mit der Haltung eines Mannequins. Dabei hat sie eine Stimme wie ein dürrer, erkälteter Fernfahrer.

»Mabel Halstead. Jim Flannery.«

Ich stehe artig auf, und Mabel lächelt entzückt. Wie man das eben so macht. Irgendwie kommt mir die Frau so vor, als hätte ich sie schon mal gesehen. Ich komme aber nicht drauf, wann und wo das gewesen sein könnte. Und eigentlich, denke ich, vergißt man ja ein solches Prachtstück wie die nicht so ohne weiteres. Also wird es wohl eher so sein, daß sie nur irgendeiner Frau, die ich schon mal gesehen habe, sehr ähnlich sieht. Obwohl es auch bei ihrem Namen irgendwie bei mir klingelt.

»Mr. Flannery«, sagt Janet Canarias, »untersucht den Tod von Harold und Roger. Hast du nicht gesagt, du warst am Abend vor ihrem Tod mit ihnen zusammen?«

»Ja, ich habe mit Boo-Boo und Chicky zu Abend gegessen. Wir waren drüben im *Ma Maison*. Es war mein Geburtstag, und sie hatten mich zu einem schicken Essen eingeladen. Mir war ja eigentlich mehr nach Steak und Pommes frites, aber wie sollte ich es ihnen abschlagen? Ich habe allerdings in meiner *Sole meunière* nur herumgestochert und ihnen gesagt, daß ich mich nicht gut fühlte; Hormongeschichten, ihr wißt schon. Aber ich fühlte mich tatsächlich nicht gut, also war es nicht mal gelogen. Ich habe mich also bei ihnen entschuldigt und bin in eine normale Kneipe gegangen, wo das Essen zwar nicht fein ist, aber dafür die Portionen groß sind. Und dort stellte ich dann fest, daß ich gar nicht so scharf auf Steak und Kartoffeln war, sondern eher auf Pickles. Ich glaube, ich habe ein ganzes Glas davon gegessen.«

Sie stemmt ihre Faust unter ihre netten Brüstchen und meint wahrscheinlich, auf diese Art stünde sie so richtig *ladylike* da.

»Ich meine, diese Gier nach Pickles . . . Also wirklich. Denkst du, daß . . .?«

»Ach, ein kleiner Eingriff und ein paar Spritzen«, sagt die Canarias, »tun oft Wunder. Aber das wäre bei dir vermutlich übertrieben.«

Langsam dämmert mir, daß diese Mabel offenbar eine Geschlechtsumwandlung hinter sich hat. Und in dem Zusammenhang fällt bei mir dann auch der Groschen, woher ich sie kenne.

»Tut mir leid«, sagt sie zu mir, »aber mehr kann ich Ihnen auch nicht sagen.«

»Um welche Zeit war das, als Sie aus dem *Ma Maison* weggingen?« frage ich.

»Halb neun. Bestimmt nicht später als neun. Gibt es sonst noch was?«

»Danke, Mabel, das war es schon«, sage ich.

Sie gewährt mir ein leichtes Kopfnicken und stakst davon, als liefe sie über die Promenade in Atlantic City.

»Also, was Mabel angeht: Wer, glauben Sie«, fragt die Canarias, »ist hier arm dran?«

»Wie hieß sie vor der Operation?« frage ich.

»Milton.«

»Milton Halstead. Früher Polizist.«

»Richtig.«

»Was macht er jetzt?«

»Also, ganz bestimmt ist sie jedenfalls kein Bulle mehr.«

Vermutlich gibt es in jeder Stadt überall im Land so ein französisches *Mein Haus*. Und vermutlich sehen sie auch alle gleich aus. Blümchentapeten, Kristallüster, Eichenanrichten, und auf den Tischen Kerzen oder kleine Ölfunzeln.

Ich kenne schon eine ganze Anzahl von ihnen, und die Knaben, die einen dort zu den Tischen führen, sehen so abgerissen aus, als wären sie alle Brüder. Und überall steht auf der Speisekarte Ente à l'Orange, und überall drücken sie die Kartoffeln mit solchen Kuchenformen auf den Teller, damit sie ein bestimmtes Muster haben.

Der *Maitre de* in diesem *Ma Maison* kommt schräg von der Seite auf mich zugesegelt, mit diesem bedauernden Lächeln. »Leidärr zu früh«, sagt er, »wirr sind noch nischt offen.«

»Ich will auch gar nicht essen«, sage ich. »Ich will mich nur wegen zwei Männern erkundigen, die hier am Freitagabend letzte Woche gegessen haben.«

Seine Augenbrauen machen fast den Abflug nach oben (ob ich vielleicht spinne, wie soll er sich an zwei x-beliebige Gäste erinnern, und das in einem so frequentierten Etablissement. Und dann noch letzte Woche).

Ich reiche ihm einen Zehner rüber, was seine Augenbrauen wieder nach unten bringt.

»Sie sind mit einer Dame dagewesen, die früher mal keine Dame war«, sage ich.

Ich vermute nämlich, daß er für diese Art Finessen durchaus ein Auge hat. Und ich täusche mich nicht.

»*Miß* Halstead?« meint er prompt. »Ja, richtig. Das war ihr Geburtstag.«

»Sehen Sie, genau die meine ich. Sie ging aber schon vor dem Ende des offiziellen Dinners. Diners.«

»Was aber, wie ich Ihnen versichern kann, nicht an der Küche von *Ma Maison* lag.«

»Nur eine kleine Hitzewallung«, bestätige ich.

»Wissen Sie, ich finde, wenn jemand schon anfängt,

an dem rumzubasteln, was Gott ihm mitgegeben hat, und wenn er eine Sie-Er sein will statt einer Er-Sie, bitte schön, dann muß diese Person eben auch die Konsequenzen davon in Kauf nehmen.«

Ich sage: »Ich verstehe immer nur Bahnhof, glaube ich.«

»Ach, das ist doch ganz klar«, sagt er. »Als Miß Halstead noch ein Mann war, mochte sie Frauen. Und als aus Milton Mabel geworden war, hätte dann doch, wie man meinen sollte, auch wieder alles im Lot sein müssen, oder? Aber nein, Mabel, dieses perverse Stück, mag auch jetzt nur Frauen. Wozu, bitte, wollte sie dann anders werden, na?«

Also das wird mir nun zu kompliziert. Ich habe nicht die Absicht, mich mit den Leiden und Frustrationen des Ex-Polizisten Halstead zu befassen, weder mit den einstigen noch mit den jetzigen, oder tiefer in die Problematik einzudringen, wer er/sie einst war und wer sie/er jetzt ist, oder wie er/sie damit zurechtkommt, wer sie/er nun ist oder sein will.

»Sie haben meinen Zehner noch immer«, sage ich.

»Oh«, sagt er, als hätte ich ihn mit einer Nadel gestochen. Offenbar hat er genauso über die delikaten Sonderbarkeiten sinniert, wer oder was Milton/Mabel Halstead nun eigentlich sein mag oder nicht. »Boo-Boo und Chicky.«

»Ah? Sie waren also so gut bekannt mit den Herren Spencer und Frye, daß Sie per Boo-Boo und Chicky mit ihnen waren?«

»Ach, wissen Sie, in meinem Beruf ist man mit jedermann per Du und Spitznamen. Wir kannten uns, aber wir waren nicht befreundet. Nur auf der Ebene von kleinen Berührungen, ohne daß es schon zu gefühlvollem Tätscheln gelangt hätte. Die beiden waren ja auch ein Paar, wie verheiratet.«

»Das habe ich gehört.«

»Sehr konservativ. Sehr häuslich und zurückgezogen. Das wird ohnehin ziemlich Mode. Mit diesem ganzen AIDS-Mist geht alles Abenteuerliche aus dem Gay-Leben verloren.«

»So kann man es natürlich auch sagen.«

»Ach, meinen Sie? Ich wollte jedenfalls nur sagen, daß Boo-Boo und Chicky schon ewig lange ausschließlich füreinander da waren, lange bevor dieser Mist losging.«

»Nachdem die Halstead gegangen war, weil sie sich nicht so gut fühlte – wie lange sind Spencer und Frye da noch geblieben?«

»Lassen Sie mich nachdenken. Die Halstead ging so gegen neun. Ja, ich erinnere mich. Ich hoffte, ich würde den Tisch noch schnell für vier Leute kriegen, die ohne Reservierung reinkamen. Aber daraus wurde nichts. Boo-Boo und Chicky saßen und aßen Dessert. Drinks hinterher. Cappuccino. Und dann auch noch zum Käsewagen, man glaubt es kaum. Zehn Uhr war es mindestens, wenn nicht schon Viertel nach, ehe sie gingen.«

»Nüchtern?«

»Stocknüchtern. Etwas gehobener Stimmung sicher, aber eindeutig nicht beschwipst.«

»Ist irgendwer zu ihnen an den Tisch gekommen, nachdem die Halstead weg war?«

Er denkt angestrengt nach, schüttelt dann aber den Kopf.

»Oder ist jemand bei ihnen stehengeblieben, ganz kurz nur vielleicht?«

»Das kann ich leider nicht sagen. Das kann natürlich sein, aber ich behalte selbstverständlich keinen Gast ununterbrochen im Auge.«

»Sind sie allein weggegangen, oder war jemand bei ihnen?«

»Nein, bei ihnen war keiner, das weiß ich genau.«

»Wissen Sie, ob sie einen Wagen hatten?«

»Wenn, dann würden sie es sich natürlich nicht antun, ausgerechnet an einem Freitagabend selbst zu fahren. Sie würden ein Taxi genommen haben. Ich meine, die Familienjuwelen würde ich nicht unbedingt darauf wetten, aber ich bin ziemlich sicher.«

Ich bedanke mich. Er lächelt und mustert mich, als wollte er mir eine Badehose anmessen.

»Immer zu Diensten. Wenn Sie mal an einem Abend mit weniger Betrieb kommen, kriegen Sie das Beste, was ich zu bieten habe.«

»Ich habe eine feste Lebensgefährtin, wissen Sie«, sage ich.

Mike und Mary und ich sitzen am Küchentisch beim Abendessen. Ganz komisch, aber immer trifft es mein alter Herr ganz zufällig so, daß er jedesmal genau zum Abendbrot hereinschneit. Manchmal, wenn ich heimkomme, sitzt er schon auf der Treppe vor dem Haus, mit einer braunen Tüte voller Zeug, das gerade Saison hat oder von Mexiko raufkommt. Es ist ein bißchen so, als wäre die Wohnung, die Mary und ich uns teilen, eigentlich seine, und er würde nur woanders schlafen. Aber immer, wenn ich sage: »Na, dann bis morgen abend«, erklärt er: »Weiß ich noch nicht.«

Ich erzähle ihnen von Delvins Angebot.

»Was willst du machen, Jim?« fragt Mike.

»Heutzutage hat das überhaupt nichts mehr zu besagen, ob du Bezirkshäuptling bist oder nicht. Ich müßte extra noch zum Stadtrat kandidieren – und gewinnen.«

»Und, warum tust du's nicht?«

Ich merke, wie an diesem Punkt Mary praktisch den Atem anhält.

»Das ist doch logisch, daß du früher oder später

kandidieren mußt, wenn du ein Politiker sein willst«, sagt Mike.

»Ich weiß doch gar nicht, ob ich Politiker werden will.«

»Wenn dich einer fragt, ob du Lebensretter sein willst, kannst du doch auch nicht sagen, ja, schon, aber naß werden darf ich nicht dabei.«

Und Mary sagt: »Du hättest durchaus eine Chance, James. In der ganzen Stadt gibt es keinen Unterbezirkshäuptling, der so beliebt ist wie du.« Sie legt mir ihre Hand auf den Arm, um mir zu zeigen, wie sehr sie meint, was sie sagt. Weil sie weiß, daß ich weiß: sie hofft, daß ich Nein sage. Weil sie ja eigentlich glaubt, daß es endlich Zeit ist, daß die ganze alte Kumpanei – mitsamt solchen Leuten, wie ich einer bin – zum Tempel rausgejagt und durch Reformer wie Janet Canarias ersetzt wird. Das alles gibt ihr aber gleichzeitig das Gefühl, nicht loyal zu sein. Ganz besonders, nachdem die Canarias sie dazu benutzt hat, mich auf das Podium raufzukriegen, wo sie dann ihre Wahlrede gehalten hat. Und deshalb will Mary jetzt, daß ich weiß, daß sie hinter mir steht. Und wenn ich Bürgermeister in der Hölle werden möchte.

»Auch ohne mir den Kopf über eine Kandidatur zu zerbrechen«, sage ich, »habe ich eine reichliche Menge Zeugs am Hut.«

»Er ziert sich bloß«, sagt Mike.

»Oh nein«, sage ich und werde langsam ein wenig hitzig.

»Oh doch. Du weißt es vielleicht nicht, daß du dich zierst. Aber du zierst dich.«

»Ich bin zum Tanzen aufgefordert worden«, sage ich, »aber ich habe noch nicht Ja gesagt«, erkläre ich. »Und das hat mit sich zieren nichts zu tun.«

»Vielleicht hat dich nur noch nicht die richtige Person aufgefordert«, sagt Mike.

»Ich habe die Spur von Spencer und Frye schon bis vor

die Tür des *Ma Maison* rekonstruiert«, sage ich und habe selbst ein wenig das Gefühl, das Thema etwas abrupt zu wechseln.

»Wenn du die Geschichte aufklären würdest«, sagt mein Vater listig wie ein Fuchs, »dann hättest du sogar den Canarias-Haufen in der Tasche.«

»Na, dann geh mal los und treib für mich das Taxi auf, mit dem Spencer und Frye nach Hause gefahren sind«, sage ich.

»So unmöglich kann das auch nicht sein«, sagt er.

Und da kommt ohne Anklopfen Stanley Recore zur Tür reinmarschiert und sagt: »Jimmy, da unten ist dieser kleine, schwarze Typ mit dem großen, schwarzen Wagen und will dich sprechen.« Das ist natürlich die bereinigte Version von seinem Kauderwelsch.

Barker Jefferson verteilt gerade ein paar Münzen und macht sich damit bei den Kids im ganzen Block beliebt. Außer bei Stanley, der eines Tages Polizist, Politiker oder Kongreßabgeordneter werden möchte und ihn äußerst mißtrauisch beäugt.

»Willst du dir denn nicht deinen Nickel abholen?« frage ich ihn.

»Jimmy«, meint Stanley da, »für einen Nickel kriegst du heutzutage nicht mal ein Lächeln.«

Als mich Jefferson auffordert, hinten in seinen Wagen einzusteigen, sieht Stanley kurz sehr besorgt aus. Ich weiß aber nicht genau, ob deshalb, weil er mich mag, oder eher, weil er befürchtet, man könnte Marys Freund etwas tun.

»Es ist schon okay, Stanley«, sage ich deshalb zu ihm, und er setzt sich auf die Treppe, um zumindest alles im Auge zu behalten.

»Ist das Ihr Leibwächter?« fragt Jefferson.

»Er ist mein zentraler Kontaktmann hier im Haus«,

sage ich. »Früher ist er auch noch mein Wecker gewesen. Er ist nur leider immer zu den blödesten Zeiten losgegangen.«

»Ich beneide Sie, Flannery«, sagt Jefferson und lehnt sich dabei tief in seine Zebrapolster zurück. »Sie haben noch den direkten Kontakt zu den Leuten in Ihrer Gegend und reden mit ihnen. Sie haben noch Ihre Wurzeln.«

»Wenn Ihnen Ihre fehlen, brauchen Sie doch bloß zurück in den Fünfundzwanzigsten zu gehen«, sage ich.

»Das würde meine Beweglichkeit auf dem Weg nach oben einschränken«, gibt er mir zu bedenken. »Wissen Sie, ich bin kein Mann des Volkes. Ich bin einer zum Vornewegmarschieren bei der Parade. Außerdem – wenn ich zurück in den Fünfundzwanzigsten gehen würde, wie könnte ich da im Siebenundzwanzigsten für den Stadtrat kandidieren?«

So kreist er dezent ein, weswegen er wirklich gekommen ist.

»Glauben Sie, daß Delvin den Bezirk auch diesmal schon fest in der Tasche hat?« fragt er.

»Ich weiß ganz gut, daß man so etwas nicht behaupten soll, wenn man einigermaßen intelligent ist. Die soziale Struktur hat sich verändert. Es gibt hier nicht mehr so viele Iren, Deutsche, Schweden und Böhmen wie früher mal.«

»Die Farbe hat sich geändert«, sagt Jefferson. »Der ganze Teint.« Und darüber lacht er.

»Es gibt aber schon noch einiges mehr«, sage ich.

»Zum Beispiel?«

»Zum Beispiel helfen wir hier immer noch einem Mitbürger, wenn er Hilfe braucht. Wir sehen etwa zu, daß eine Frau ihre Fürsorge bekommt, ohne daß man sie demütigt, wenn ihr Mann sich entschlossen hat, sich für immer zu empfehlen. Und wenn ein Mann seinen Job verloren hat – oder wenn er nie einen hatte –, dann sehen wir zumindest zu, daß er eine Mahlzeit pro Tag kriegt und irgendwo schlafen kann.«

»Gut, Sie erweisen Gefälligkeiten, und Sie erwarten, daß man sich revanchiert.«

»Nein, ich kümmere mich darum, und ich erwarte gar nichts.«

Jefferson legt eine von seinen Schinkenpranken auf mein Knie. »Ich sage Ihnen was, mein Freund: ich glaube Ihnen das sogar. Ich nehme Ihnen alles ab, was Sie tun, und den Grund dafür auch. Aber Tatsache ist doch, daß der alte Delvin in seinem Ohrensessel sitzt und sich die tränenden Augen wischt und Leute wie Sie die ganze Arbeit tun läßt. Sie haben Freunde, gut. Aber die lassen sich nicht automatisch in Stimmen für Ihren Chinamann umrechnen.«

Ich sage kein Wort.

»Der Siebenundzwanzigste gehört mir«, sagt er. »Rosenquist, Calcazone und Trebova knabbern ein wenig von Delvins Kuchenstück, aber nicht an meinem.«

»Die zählen doch nicht besonders.«

»Natürlich haben sie keine Chance zu gewinnen, aber sie knabbern eben ein bißchen weg. Und das summiert sich alles gegen Delvin.«

»Die Canarias ist auch noch da.«

»Na großartig. Die schenk' ich Ihnen. Gut, sie hat ein Bündnis. Aber auch sie holt ihren größten Anteil von Delvins Stück Kuchen. Jede Stimme für irgendeinen anderen ist eine gegen Delvin und eine für mich. Nein, Sie haben doch Augen im Kopf und wissen, daß Sie hier den Gewinner haben. Nämlich den, der direkt Schulter an Schulter neben Ihnen sitzt, Flannery. Was?«

Jetzt kommt's, denke ich.

»Es sei denn . . .«

Irgendwie kribbelt mein Rückgrat.

»Es sei denn, ich kandidiere überhaupt nicht im Siebenundzwanzigsten«, sagt er.

»Sie meinen, Sie steigen einfach aus und lassen es Delvin und die Canarias unter sich ausmachen?«

»Nein. Ich steige aus, wenn Sie statt Delvin kandidieren.«

»Wie kommen Sie auf die Idee, daß ich das tun könnte?«

Er drückt mir das Knie, und ich glaube schon, die Kniescheibe springt mir ab, aber ich gebe trotzdem keinen Schmerzenslaut von mir, und er läßt auch gleich wieder los. Ich denke kurz darüber nach, was ein Mensch wie dieser Jefferson mit seiner Kraft einem Mann alles antun könnte . . . oder zwei Männern.

»Nun spielen Sie mir mal nicht die große ›Ich zier' mich noch‹ – Nummer vor, Flannery«, sagt er. »Delvin denkt daran, sich zur Ruhe zu setzen, und das ist ja nun wirklich nicht zu früh, also wem wird er seinen Stuhl schon vererben? Wen wird er da ein bißchen protegieren wollen, wenn nicht seinen Protégé Jimmy Flannery, den Freund des Volkes? Sagen Sie mir nicht, er hätte Sie nicht gefragt.«

»Ich nehme an, Sie wissen, daß Calcazone, Trebova und Rosenquist überlegen, ob sie zur Canarias überlaufen sollen.«

»Machen Sie sich mal um die keine Gedanken. Um die kümmern wir uns schon.«

»Bist du okay, Jimmy?« ruft mir Stanley zu.

Ich wundere mich ein bißchen. Was mag der Junge auf meinem Gesicht gesehen haben, das ihn zu dieser besorgten Frage veranlaßt?

»Und was ist für Sie dabei drin, Jefferson?« frage ich.

»Machen Sie sich mal um mich keine Sorgen. Ich bin mit vollem Schwung auf dem Weg nach oben. Lassen Sie uns mal nur über Sie reden. Tatsache ist, daß diese Canarias hier keinen Hauch einer Chance hat, wenn Sie den Bürgermeister, den Parteiapparat Ihres Bezirks, oder was davon noch übrig ist, und Rosenquist, Calcazone und Trebova hinter sich haben.«

»Wann ist das denn beschlossen worden.«

»Gar nichts ist beschlossen worden. Kein Gemauschel in verräucherten Hinterzimmern. Keine Verschwörung, um den Willen des Volkes zu verdrehen. Bloß ein paar Telefongespräche, ein paar Hände, die man drücken mußte. Wenn jemand so populär ist wie Sie, Flannery, dann sind die Dinge nicht besonders kompliziert.«

»Macht der Bürgermeister mir dieses Angebot persönlich?«

»Na, na, bester Freund! Andersrum wird ein Schuh draus. Sie entschließen sich erst mal, was Sie tun wollen, und dann wird auch der Bürgermeister seine Meinung öffentlich verkünden. Sie können doch nicht ernsthaft erwarten, daß er Ihnen eine Vorgabe gibt, damit Sie ihn jederzeit, wenn es Ihnen in den Kram paßt, in Verlegenheit bringen können!«

»Wieviel Bedenkzeit habe ich?«

»Die Wahlvorschlagsliste wird in fünf Tagen geschlossen. Und am Abend danach ist das große Solidaritätsdinner der Demokratischen Partei.«

»Drei Tage.«

»Sagen wir lieber zwei. Ein bißchen Zeit für Arrangements brauchen wir ja auch.«

Er nimmt seine Hand von meinem Knie. Ich frage mich, ob ich überhaupt noch aussteigen kann. Es geht. Aber ich hinke merklich. Stanley kommt herüber und nimmt meine Hand, während Jeffersons Chauffeur Huron losfährt.

»Da war ich aber einen Moment wirklich besorgt um dich, Jimmy«, sagt Stanley.

Ich fahre einfach mal rüber in Jeffersons Gegend, die direkt am Rande der Altstadt liegt, wo sie wirklich einiges mit ein paar von den ganz alten Häusern angestellt haben. Ich orientiere mich an der Straße, wo er wohnt, und fahre von dort aus im Zickzack immer zwei Blocks links und rechts und fünf rauf und runter. In dem ganzen Abschnitt gibt es ganze drei Einkaufszentren, aber dafür überall verstreut noch so kleine alte Tante-Emma-Läden für Lebensmittel, Süßigkeiten, Kramzeug.

Es ist mir klar, daß Jefferson nicht persönlich losgeht, um da irgendwo ein Vorhängeschloß zu kaufen, das er dann an die Sauna im *Paradise*-Bad hängen kann. So etwas erledigt natürlich Huron für ihn. Huron ist buchstäblich blauschwarz und mindestens so groß wie der verstorbene Mr. Bilina, also nicht gerade eine Erscheinung, die man sieht und sofort wieder vergißt.

Ich finde das Ladenschild, nach dem ich suche. SCHLÜSSELZENTRALE-SOFORTSERVICE. Das Licht ist noch an, obwohl es schon acht ist und eigentlich keiner mehr hoffen kann, daß jetzt, wo alles vor der Glotze hockt, noch Kunden kommen. Ich gehe rein und höre, wie hinten in der Wohnung eine Klingel läutet. Dann kommt eine kleine alte Lady rausgeschlurft.

Sie sieht so verhärmt aus wie Mrs. Lipshitz, die damals im Vierzehnten diesen Bonbonladen an der Ecke hatte, als ich noch ein Kind war. Deshalb erwarte ich fast, sie erkennt und begrüßt mich.

»Sie wünschen?« fragt sie.

Selbst der Geruch hier versetzt mich dreißig Jahre zurück. Mrs. Lipshitz hatte einen Laden mit einer Getränketheke. Es war nicht nur ein Bonbonladen, sie verkaufte auch Bleistifte, Schreibzeug und Papier. Es war aber auch keine richtige Schreibwarenhandlung, weil sie auch Schrauben, Nägel und Schlösser hatte, obwohl man nicht hätte sagen können, es wäre eine Eisenwarenhandlung. Und der Laden hier ist ganz genauso. Auch Mrs. Lipshitz wohnte damals genauso hinter dem Laden wie diese Lady jetzt hier.

»Also, möchten Sie?« fragt sie nochmal.

Damals, das weiß ich noch wie heute, habe ich immer etwas gemacht, wobei ich überzeugt war, daß Mrs. Lipshitz darauf reinfiel. Ich bestellte ein Kirsch- oder Vanille-Soda für einen Nickel, trank es halb aus und sagte dann, es wäre viel zu süß, damit sie mit etwas Sodawasser auffüllte. Davon trank ich dann wieder die Hälfte und behauptete nun, daß nicht genug Sirup drin wäre. Also gab sie mir auch davon noch einen Schuß. Ich trank wieder halb aus . . . also, das ging so weiter, bis sie es satt hatte (ich meinte, endlich hätte sie es kapiert) und dann so tat, als wäre sie fürchterlich wütend, und mich rausjagte.

Mein Gott, Jahre ist das her.

»Wenn Sie nicht wissen, was Sie wollen, gehen Sie woanders hin, damit ich zumachen kann«, sagt die alte Frau, und ich sehe deutlich, daß es ihr nicht geheuer ist. Sie hat Angst.

»Kennen sie einen großen Schwarzen namens Huron?«

»Ich will keinen Ärger haben.«

»Sie kriegen keinen. Kennen Sie den Mann, der Chauffeur bei Barker Jefferson ist?«

»Ja, den kenne ich. Huron. Ein sehr höflicher farbiger Gentleman, der von Zeit zu Zeit eine Zigarre bei mir kauft.«

»War er in letzter Zeit mal hier? Die letzten zehn Tage?«

Sie muß überhaupt nicht nachdenken. »Er kam wegen so Schlüsseln.«

»Was für Schlüssel?«

»Für ein Vorhängeschloß.«

»Wieviele haben Sie ihm gemacht?«

»Nur einen.«

»Könnten Sie mir wohl ein Kirsch-Soda machen?« sage ich.

»Ohne was?«

»Ja, ein ganz normales Fünfcent-Ohnewas.«

»Ein ganz normales Fünfcent-Ohnewas kostet heute fünfunddreißig Cent.«

Sie macht mir also das Kirsch-Soda, und ich sitze da und trinke es und denke an den Schlüssel. Das macht also insgesamt drei. Falls nicht jemand einen von den beiden, mit denen so ein Schloß normalerweise geliefert wird, verloren hat. Was ich bezweifle. Die alte Lady steht da und lächelt. Vielleicht, weil ich mich noch an die Fünfcent-Ohnewas erinnert habe.

Wie ich das Glas halb ausgetrunken habe, sage ich: »Entschuldigen Sie, aber das Soda ist ein bißchen zu süß.« Und sie nimmt das Glas und tut noch ein bißchen Sodawasser rein.

15

Mike hört überhaupt nicht, wie ich die Tür zum Dach aufstoße, obwohl die Scharniere völlig verrostet sind und quietschen, als hätte ich einer Katze auf den Schwanz getreten. Er steht auf dem Lattenrost, wo die Frauen stehen, wenn sie schon mal die Wäsche hier aufhängen – auch heute noch, wo sie ja eigentlich alle diese Waschmaschinen haben, und Trockenschleudern und Bügelautomaten –, und er lehnt sich über das Geländer, wo er einen Ausblick auf die ganze Stadt hat. Dabei hat er diesen Blick, den er selbst den Alte-Wünsche-Blick nennt. Ich lege ihm die Hand auf den Ärmel. Noch immer bin ich in dieser Nostalgiestimmung. Wegen der alten Lady, die so verhärmt aussah wie Mrs. Lipshitz und mir genau wie früher das Zeug in mein Soda reintat. Und fast ist mir, als müßte ich mich auf die Zehenspitzen stellen, als ich an seinem Ärmel zupfe, wie damals als kleiner Dreikäsehoch.

»Hallo, Jimmy«, sagt er, statt Jim, damit ich merke, daß er auch so ein bißchen die Nostalgie hat.

»Mary hat mir gesagt, daß du hier oben bist. Willst du nicht dableiben? Du kannst auf der Couch schlafen.«

»Nein, nein. Ich habe nur noch auf dich gewartet. Nachdem du weg warst, bin ich runter zum Taxistand bei der Feuerwache und hab' ein wenig herumgefragt. Hab' mich sogar von ein paar Taxis um den Block fahren lassen, oder ein bißchen in der Gegend rum. Und ich habe tatsächlich Glück gehabt. Ich hab' den Fahrer gefunden, der diese beiden warmen Brüder . . .«

Er sieht mich rasch an, ob ich den üblichen Einspruch erheben will, aber ich bleibe ganz still. Mir ist nicht danach, jetzt einen Streit anzufangen.

» . . . und er erinnert sich tatsächlich.«

»Wo hat er sie hingefahren?«

»Weißt du, Jimmy, die ganze Geschichte gefällt mir nicht. Warum läßt du nicht die Finger davon? Sollen sie doch in Gottes Namen denken, es wär der Gorilla gewesen.«

»Hast du letzte Woche die Zeitungen gesehen? Alles voller Leserbriefe. Alle möglichen Leute regen sich auf. Blutrünstiger Gorilla. Wildgewordene Bestie. Zwei Mitbürger umgebracht. Wo sind wir denn? Weg damit, Rübe runter.«

»Ach was, kein vernünftiger Mensch wird so etwas tun.«

»Ach, nein? Dann bist du wohl nicht ganz auf dem laufenden. Da gibt es beispielweise einen Bezirksstaatsanwalt, der ziemlich sicher ist, daß er ein bißchen was in

Sachen *Law and Order* tun muß, damit er die nächste Wahl gewinnt, wenn er einen Richterstuhl ergattern will. Oder es gibt beispielsweise diese und jene umtriebigen Leute, die glauben, sie müssen unbedingt ein paar Schlagzeilen kriegen. Und was macht eine tollere Schlagzeile als ein Gorilla, der zwei Mitbürger gekillt hat? Demnächst steht die öffentliche Voruntersuchung bevor. Alles nur für die Publicity. Und wenn das schiefläuft . . . Den Leuten ist es bierernst damit. Das Gorilla-Mädchen endet im Gefängnis. Womöglich richtet man sie offiziell hin. Und ganz wild sind sie alle, die ganze öffentliche Meinung. Wie konnte so was überhaupt passieren, welcher verdammte Idiot hat das denn geschehen lassen?«

»Du meinst, du tust das alles nur für einen Gorilla?«

»Ist doch kein schlechtes Motiv, oder?«

»Nein, das nicht.«

»Also. Wo hat der Taxifahrer nun seine Fuhre abgeladen?«

»Drüben am *Canals of Venice.*«

»Dem Club von Velletri?«

»Das wissen sowieso nur ganz wenige, daß der Laden Velletri gehört. Den Leuten genügt es, zu wissen, daß es ein Nachtlokal ist, wo man alles kriegt, was das Herz begehrt. Italienische Küche, Rotwein, Kokain, Bimbos jeder Hautfarbe, falsche Kerle und falsche Weiber, alles. Außerdem gibt es ganz hinten einen Salon, in dem verdammt scharf gepokert wird.«

»Weiß ich alles.«

»Und politisch wird alles mögliche ausgehandelt.«

»Soll das heißen, Velletri mauschelt mit dem Bürgermeister?«

»Velletri hängt sein Mäntelchen immer nach dem Wind. Was hat er gemacht, als sein Bezirk immer schwärzer wurde? Hat er vielleicht seine Zeit damit verschwendet, sinnlos dagegen anzukämpfen? Von wegen, eine Willkommen-Fußmatte hat er ihnen hingelegt. Damals, anno achtundsechzig, wie es diese Rassenkrawalle gab, hat er sich da etwa rausgehalten, wie die Schwarzen und die Weißen aufeinander losgingen und sich umbrachten? Denkste, die Black-Power-Organisation hat er sich auf seine Seite geholt. Und sein Bezirk blieb ruhiger als die meisten anderen, in denen es rund ging. Und während der letzten Vorwahlen, wie Köpfe gerollt sind und haufenweise Feindschaften zustandekamen, hat ihn da die Stadtverwaltung auf die Schwarze Liste gesetzt, obwohl er seine Leute für unseren Apparat auf die Straße schickte? Nichts. Von der ganzen alten Garde ist Velletri der letzte Überlebende und hockt obendrein noch mitten im Butterfaß. Er ist ein Polit-Praktiker. Er würde noch mit dem wärmsten Bruder ins Bett gehen, wenn es nötig wäre. Was nicht heißt, daß er normalerweise Küßchen austeilt oder Babygeplapper von sich gibt.«

»Soll das alles etwa darauf rauslaufen, daß Spencer und Frye in ein verräuchertes Hinterzimmer gerufen worden sind, wo sie ein Angebot bekamen, das sie aber abgelehnt haben, woraufhin sie schon so gut wie tot waren, als sie von dort weggingen?«

»Das hab' ich nicht gesagt. Ich sage nur, daß sie womöglich über etwas gestolpert sind, was sie eigentlich nicht hätten sehen sollen.«

Ich erinnere mich daran, daß Jefferson über die Koalition Rosenquist, Calcazone und Trebova sagt, das sollte ich mal ruhig seine Sache sein lassen. Und auch an das, was die Canarias über die drei dachte. »Ich frage nur, ob es nicht eigenartig ist, daß die beiden ausgerechnet am Abend ihres Todes in das *Canals of Venice* gegangen sind. Und daß Delvin gerade jetzt daran denkt, sich zur Ruhe zu setzen, und ganz freiwillig dir die Palme übergeben will. Und ob es nicht ganz besonders eigenartig ist, daß sogar Jefferson sich bereit erklärt, zurückzustehen.«

»Woher weißt du das denn?«

»Gott, irgendein Feuerwehrmann ist immer im Rathaus und hört dort dies und jenes.«

»Du hast einen verdammt guten Riecher, Mike«, sage ich.

»Auf jeden Fall habe ich mich nicht die ganze Zeit über nur unter dem Bett versteckt.«

16

Ich kann nicht einschlafen, also liege ich nur unbeweglich auf dem Rücken so da, weil ich Mary nicht aufwecken will, und denke nach. Ab und zu fährt draußen ein Auto vorbei, und seine Scheinwerfer zeichnen Muster an die Decke. Einmal bleibt eins eine ganze Weile genau so vor unserem Haus stehen, daß sein Scheinwerfermuster genau in der Mitte der Schlafzimmerdecke stehen bleibt. Der Motor läuft, zwei Leute reden miteinander, und eine Frau lacht.

»Haben die sich wirklich gut amüsiert, oder tun sie nur so?« fragt Mary.

»Haben sie dich aufgeweckt?«

»Nein. Ich bin schon die ganze Zeit wach. Ich kann es bei dir richtig ticken hören«, sagt sie. »Worüber denkst du denn nach?«

»Politik.«

»Nicht doch«, sagt draußen die Frau gedehnt und kichernd, so daß klar ist, daß sie überhaupt nicht ›Nicht doch‹ meint.

»Die kann Gedanken lesen«, sagt Mary. »Ich hatte gehofft, du würdest eher an mich denken.«

Ich drehe mich herum. Mary auch. Ihre Nase liegt an meinem Hals, und ihre Wange an meiner Schulter.

»Du bist einfach die warme Stelle neben mir und in meinem Herzen«, sage ich.

»Und die Politik? Ist das die warme Stelle in deiner Leber?«

»Was meinst du, soll ich, oder soll ich nicht? Kandidieren mein' ich.«

»He, he«, sagt draußen die Frau, aber so gedämpft und leise, daß es ein Wunder ist, daß man es überhaupt so weit hören kann. Der Fahrer stellt den Motor ab.

Nachdem Mary eine ziemliche Weile über meine Frage nachgedacht hat, sagt sie: »Einmal habe ich mir die Nachrichten angesehen. Beim Sportteil brachten sie Tennis, und der Kommentator redete über die Besten unter den Gesetzten. Die ganz großen Profis. Diese Spieler, die für ihren Sport leben und sterben. Und dann über die Freizeitspieler am Wochenende, die einfach nur aus Spaß auf den Ball dreschen. Die zwar auch so gut sein wollen, wie es irgend geht, die aber doch wichtigere Dinge im Leben zu tun haben. Und dann sagte der Mann: ›Wenn ich mir so überlege, was ich auf dem Platz mache, und dann sehe, was diese Champions anstellen, dann ist mir eins klar: irgendwer, die oder ich, spielt hier sonst was, aber ganz bestimmt nicht Tennis.‹«

»Das einzige Tennis, das ich jemals gespielt habe«, sage ich, »war mit einem Holzpaddel auf dem Asphalt, quer über den Schulhof.«

»Nein, verstehst du nicht, was ich meine? Paß auf. Was du Politik nennst, ist, den Leuten helfen, und damit sammelst du vielleicht ein paar Wählerstimmen für deine Partei und für deinen Kandidaten. Gefälligkeiten. Das ist etwas sehr Schönes und Gutes. Vielleicht läuft es am Ende darauf hinaus, daß du denen, die an der Macht sind, ein wenig verdankst. Aber näher ran an das Milieu, wo die, die sich pausenlos an die Gurgel gehen, ihre Geschäfte machen, kommst du nie. Weil du gar kein Killer bist, James. Und nie einer sein könntest.«

»Billy, bitte . . . Billy!« quiekt die Frau draußen.

Daraufhin verschwindet die Licht-und-Schatten-Schau an meiner Decke.

»Wenn du kandidierst, wird mit einem Schlag alles anders. Es fängt mit den Kompromissen an, die du mit dir selber schließen müßtest. Du mußt dann Dinge tun, die du gar nicht tun möchtest. Aus ›Gefallen gegen Gefallen‹ wird ›Eine Hand wäscht die andere‹. Ich sage ja gar nicht, daß man auf jeden Fall unweigerlich in dieses Schlammloch reinfällt, aber es ist tief und wird immer tiefer, und um darin zu überleben, muß man aus anderem Holz sein als du.«

»Oh!« haucht es draußen von der Straße herauf.

Ich denke schon längst nicht mehr an Politik. Ich denke an die warme Stelle in meinem Herzen.

Im Dunkeln ist Marys Körper geheimnisvoll.

17

»Wissen Sie, wenn man Charles Pinks heißt, dann wird man im Handumdrehen zu Pink Charlie. Da habe ich eben dieses blöde ›Pink‹, das sie mir angehängt haben, zu meinem Markenzeichen gemacht. Ich habe pinkfarbene Polstermöbel und eine pinkfarbene Mütze. Ich bin ein Chicagoer Original, und die Touristen lieben mich.«

Daß Pink Charlie ein Original ist, kann man in der Tat kaum übersehen. Er trägt heute zwar eine normale Schottenmütze, aber dafür ist sein Hemd pink, und seine spitzen Wildlederschuhe sind so pink, daß es in den Augen weh tut.

»Aber viele Einheimische mögen Sie doch bestimmt genauso«, sage ich.

»Sie meinen die Schwesternschaft, wegen der Art, wie ich mich anziehe?«

»Naja, die Betschwestern bestimmt nicht.«

»Die Tunten lieben mich«, bestätigt er.

»Sind die Ihre Hauptkundschaft?«

»Die Schwulen, meinen Sie? Ich weiß nicht, kann sein. Aber wissen Sie, an sich hat jeder Taxifahrer so seine Spezialität. Sicher, man fährt da und dort und in der ganzen Stadt rum, aber früher oder später kommt jeder auf eine Route, die er besonders mag. Wie beispielsweise ein Kollege aus West Chicago draußen. Ein Nichtorganisierter auf freier Wildbahn. Er fängt seine Schicht an, indem er zum O'Hare fährt und sich da ein paar Fluggäste schnappt; die karrt er dann über den John F. Kennedy Expressway in die Stadt. Oder er klappert die Hotels entlang der Vierundneunzigsten ab, Richtung Innenstadt, über den Eisenhower Expressway. Immer nimmt er sich vor, wenn er sich erst bis in die Stadt reingearbeitet hätte, würde er dort am Loop oder auf der Near North Side bleiben. Aber das tut er dann doch nie. Statt dessen versucht er immer wieder, lieber eine lange Fahrt zum Flughafen zu kriegen, Hin und her, raus, rein. Weil er nämlich auf die Art immer, wenn er schnell mal nach Hause aufs eigene Klo will oder zu seiner Frau, gleich in der Nähe ist. Der fährt natürlich in der Gegend der Sportparks und Stadien herum, je nach Saison und danach, was los ist. Oder einer . . .«

»Hab' schon kapiert, Charlie«, sage ich. »Und Sie selber?«

»Ich wohne drüben auf der Near North Side, wo sich eine Menge *Gays* alte, vergammelte Häuser wieder herrichten, wissen Sie. Sobald ich in meinen Karren einsteige, schnapp' ich mir als erstes irgendeinen Single, der wen sucht, oder ein Paar, das abends ausgehen will, Das heißt normalerweise, zum Kiez am Loop. Altstadt, oder Downtown. Manchmal aber auch über den Fluß ein paar Blocks rüber, in die Weststadt.«

»Ist da drüben nicht das *Canals of Venice*?«

»Sicher, das und noch ein paar andere Lokale, wo's gemischt zugeht. Ich meine, wo Sie Mädchen kriegen können, die tatsächlich Mädchen sind, und Jungs, die auch welche sind, aber auch Mädchen, die wie Jungs aussehen, und Jungs, die wie Mädchen aussehen, die auf Mädchen stehen, und Jungs, die wie Jungs aussehen, die auf Jungs stehen . . .«

»Schon klar, schon klar.«

Er sieht mich im Rückspiegel an. »Also, Sie sind der Junior von Mike.«

»Der bin ich. Sagen Sie mal, Charlie, wie war das, um welche Zeit haben Sie diese beiden *Gays,* Spencer und Frye meine ich, zum *Canals of Venice* gefahren?«

»Wie ich Ihrem alten Herrn schon sagte, ich hab' sie am *Ma Maison* um genau zwanzig nach zehn aufgelesen und sie drüben im *Canals* so gegen, sagen wir, dreiviertel elf abgesetzt.«

»Und Sie haben sie auch reingehen gesehen?«

»Na sicher; ich hab' gesehen, wie sie reingingen, und ich hab' auch gesehen, wie sie wieder rauskamen.«

»Was?« sage ich.

»Na sicher. Ich fahre also meine Tour weiter, Weststadt. Near North. Loop. Ich setze ein paar Touristen vor dem *Canals of Venice* ab, so kurz nach eins. Und wer kommt da gerade wieder raus? Ihre Schätzchen.«

»Und Sie haben sie auch jetzt wieder gefahren?«

»Richtig. Wir haben noch drüber gelacht. Von wegen ›Na so ein Zufall, fahr'n Sie auch mit diesem Taxi?‹ Die Art.«

»Ist sonst irgendwer zusammen mit ihnen aus dem Lokal rausgekommen?«

»Nicht, daß ich es gesehen hätte. Und ich sehe jeden.«

»Irgendwelche Autos, die da geparkt standen?«

Er überlegt ein Weilchen. »Eine extra lange Limousine, glaube ich.«

»Mit so einer weißen Effektlackierung?«

»Das könnte sein, ja.«

»Und wo haben Sie Ihre Fahrgäste abgesetzt?«

»Na, drüben am *Paradise*-Bad.«

»Was haben sie gemacht, als Sie dort waren?«

»Na, sie haben bezahlt und sind ausgestiegen.«

»Hatten sie einen in der Krone?«

»Könnt' ich nicht drauf schwören. Wenn, dann haben sie sich jedenfalls gehalten wie Gentlemen.«

»Hatten sie vielleicht noch irgendeine Flasche bei sich?«

Charlie Pink zieht seine Augenbrauen hoch und reibt sich die Nasenwurzel.

»Könnt' ich nicht drauf schwören. Ich glaube, einer von den beiden hatte irgend etwas Eingepacktes. Aber ob das eine Flasche war, das könnt ich nicht sagen.«

»Und was dann?«

Er sieht mich ganz überrascht an. »Na, sie sind reingegangen in das Bad.«

»War es denn zu dieser Zeit noch auf? An der Tür steht doch, geöffnet von zwölf bis zwölf. Und wie Sie sagen, war es schon nach eins, als Sie die beiden absetzten.«

»Sagen Sie mal, wo leben Sie denn? Überall gibt's doch Sonderregelungen für Freunde und Stammgäste. Jedenfalls, mehr weiß ich nicht, als daß sie gezahlt haben und reingegangen sind, aus.«

»Ohne zu klopfen oder zu klingeln, oder was? Einfach nur so rein?«

»Ja.«

Ich sitze in Pinks Taxi vorne neben ihm und versuche

angestrengt rauszufinden, warum die Geschichte von meinem Geschichtenerzähler nicht richtig klingt. Es gibt ja Leute, die sagen, sie erkennen sofort, wenn einer lügt. Also ich nicht. Im günstigsten Fall merke ich, daß mich einer verkohlt, wenn ich den Betreffenden sehr gut kenne oder jedenfalls schon mehr als zweimal getroffen habe. Aber trotzdem habe ich jetzt schon verdammt stark das Gefühl, daß mir mein rosa Freund hier einen mächtigen Bären aufbindet.

»In der Zwischenzeit«, sage ich, »als Sie Ihre Tour fuhren, wie oft sind Sie da am *Canals of Venice* gewesen?«

»Lieber Gott, fragen Sie mich was Leichteres. Ich meine, ich habe wirklich ein gutes Gedächtnis. Aber ein Computer bin ich nicht.«

Ich greife wie in Gedanken nach dem Klemmbrett mit seinen Tageszetteln, so als spielte ich nur so herum, ohne hinzusehen. Ziemlich dick. Er ist auch ein Nichtorganisierter und muß daher seine Zettel nicht am Ende jeder Schicht abliefern. Er muß sie nur einfach alle sammeln und aufheben, wie es Vorschrift ist.

»Sie kennen sicher alle Politiker hier im Viertel«, sage ich.

»Na ja, ein paar schon«, sagt Charlie in einem Ton, als wäre er schon einigermaßen stolz darauf, daß er doch eine ganze Menge Leute kennt. Inzwischen aber geht sein Blick runter von meinem Gesicht zu meinen Händen und seinen Zetteln.

»Velletri auch?« frage ich und blättere so die Zettel runter. Mit einem Auge sehe ich, daß er hier noch die Zettel von mindestens einer Woche zusammengeklemmt hat.

»Nein«, sagt er sehr rasch.

»Und Barker Jefferson?«

»Nein.« Und er greift nach seinem Klemmbrett.

»Oder Calcazone?«

»Kenn' ich nicht.«

»Oder Trebova oder Rosenquist?«

»Auch nicht. Seien Sie mir nicht böse, aber ich hätte doch gerne meine Zettel da. Sie bringen sie mir sonst noch durcheinander.«

Ich werfe schnell einen Blick auf das Blatt vom letzten Freitag, und da ist richtig eine Fahrt vom *Canals of Venice* zum *Paradise*-Bad eingetragen. Allerdings zwischen den beiden Zeilen von zwei anderen Fahrten und nicht in einer eigenen Zeile. Und der Stift, mit dem die Eintragung gemacht ist, ist auch nicht der gleiche wie bei den anderen Einträgen, der, den er auch heute benützt. Ich überlege, was das wohl zu bedeuten hat.

»Also, Pink, Sie haben eine Fuhre«, sage ich. »Fahren Sie mich rüber zum *Canals of Venice.*«

18

Der Laden riecht so übel wie die echten Kanäle in Italien – nach dem, was man mir so erzählt hat. Die Gipsdekorationen, die venezianische Häuser und Brücken darstellen sollen, sind feucht, und die Farben billig.

Es ist Freitagabend. Um acht ist der Betrieb schon voll im Gange. Ich bekomme einen Tisch rechts vom Eingang, direkt an der Tür. Ein Kerl wie ein Schrank, mit Netzstrümpfen und Minirock, kommt meine Bestellung aufnehmen. Durch seine Schminke schimmert der Bartschatten durch, sein Lidschatten ist miserabel, und tätowiert ist er auch noch. Zustoßende Schlange, auf dem rechten Bizeps.

Ich bestelle einen Whiskey mit Ginger, den ich allerdings nicht vorhabe zu trinken, und er hinkt davon.

Als er wiederkommt, frage ich ihn, ob er einen schlimmen Fuß hat.

»Das bringt mich noch um«, sagt er. »Diese Scheißstrümpfe sind die reine Tortur.« Eine Stimme hat er wie ein Nebelhorn. »Und schauen Sie mich bloß nicht so dämlich an. Es ist verdammt nicht leicht, als Weib rumzulaufen.«

»Warum wechseln Sie dann nicht den Beruf?«

»Hab' ich schon dran gedacht, aber was könnte ich schon machen? Ich meine, nicht daß ich es nicht überall in den Läden und Büros versucht hätte, aber nirgends wollten sie mich haben. Das kommt von dem verdammten Fünf-Uhr-Schatten.«

»Aber dagegen gibt es doch sicher was?«

»Hormonspritzen, meinen Sie? Also, ob ich so weit gehen soll, da bin ich noch nicht sicher.« Dann sagt er ganz unvermittelt, ohne daß ich so recht wüßte, wie er darauf kommt: »Einmal hätte ich sogar beim Fernsehen reinkommen können. Da war so ein Geschmackstest für Kaffee. Aber ich hab' davon nur Sodbrennen gekriegt. Da hat das eben auch nicht funktioniert.«

Als er oder sie dann mit dem Drink kommt, frage ich: »Wie soll ich Sie nennen?«

»Flirten Sie etwa mit mir?«

»Nein, ich habe eine Freundin«, sage ich, »und keine Absicht, meine Liebesfreuden zu verdoppeln.«

»Wie gefällt Ihnen ›Harriet‹?«

»Ich rufe Sie gerne Harriet, wenn Sie das möchten. Nur finde ich es ehrlich gesagt etwas schwierig, zu jemandem Harriet zu sagen, der eine Stimme hat wie ein Tabakauktionator, einen starken Bartwuchs und Beine wie ein Football-*Halfback*.«

»Dann kürzen Sie's meinetwegen zu Harry ab. Macht es Ihnen was aus,, wenn ich mich einen Moment hersetze?«

»Aber bitte.«

»Mein Gott, als Weib zu gehen ist wirklich nicht leicht«, sagt er noch einmal mit einem Stoßseufzer, der den ganzen Tisch erzittern läßt.

»Haben Sie die Geschichte von Baby gelesen?« frage ich.

»Das ist vielleicht was. Ich hab's in den Nachrichten gesehen. Wer haut denn so einem netten Vieh einfach mit einer Kette aufs Maul? Das muß vielleicht ein Scheißsadist sein. Dem müßte man Arme und Beine in ganz kleine Stückchen zerbrechen!«

»Glauben Sie, daß es die beiden Männer waren, die man in dieser Sauna tot aufgefunden hat?«

»Woher soll ich das wissen?«

»Na ja, es ist doch eigentlich nicht wahrscheinlich, daß zwei Männer von dieser Sorte so gewalttätig sein sollten.«

»Gott, es gibt Schwule, die fahren voll auf Lederklamotten, oder auf Radfahren, oder eben auf Messer- und Kettenkämpfe untereinander.«

»Waren die beiden andersrum?«

»Sind Sie'n Bulle?« fragt Harry und wird mit einem Schlag ziemlich zurückhaltend.

»Nein, bin ich nicht. Wieso?«

»Na, wie Sie reden. Ich meine, wenn einer schon Slang reden will, dann sollte er wenigstens Bescheid wissen, was so gängig ist. Wer nennt denn einen Schwulen heute noch ›andersrum‹? Verstehen Sie, was ich meine?«

»Ach so. Ja, klar. Sie meinen, es gibt Tunten, und es gibt Schwuchteln.«

»Und Scheißkerle.«

»Ich bin auch kein Normaler, der eben mal ins Milieu reinriechen will.«

»Was versuchen Sie dann so nachdrücklich rauszukriegen?«

»Die zwei, die da in dieser Sauna totgeprügelt wurden, waren vorher hier im Lokal.«

»Davon ist mir nichts bekannt.«

»Ich hole zwei Zehner aus meiner Tasche und lege sie auf den Tisch. »Ich habe Sie gar nicht gefragt, ob Sie gerne eine Erfrischung hätten«, sage ich.

Er grapscht sich die Banknoten, faltet sie und steckt sie sich oben in sein Satinmieder.

»Ja, jetzt kann ich mich erinnern. Ich meine, ich hab' mich an sie erinnert, *nachdem* ich sie in den Nachrichten gesehen habe. Dann erinnerte ich mich. Erst dann.«

»Haben Sie bei denen bedient?«

»Nein, sie saßen in einem anderen Abschnitt.«

»In welchem?«

»An einem von Kitchys Tischen da drüben.«

»Glauben Sie, Kitchy kann sich erinnern?«

»Glaub' schon, ja.«

»Könnte ich mal mit Kitchy reden?«

»Warum nicht.« Harry steht auf. »Ich hole ihn her.«

»Bevor Sie gehen: Haben Sie am Freitagabend hinten im Salon gearbeitet?«

»Freitagabend war nichts im Salon«, sagt Harry, aber seine Augen sind wieder ganz zu. Ich weiß, er lügt.

Ich sehe ihm hinterher, wie er rüber in Kitchys Revier geht, und es sieht aus, als würde er zum ersten Mal Autofahren. Er tippt eine magere Gestalt an, die enge, schwarze Hot pants anhat und dazu ein schwarzes Hemd trägt, das bis zum Nabel offen ist, so daß sie, er seine knochige Hühnerbrust herzeigen kann. Kitchy sieht zu mir herüber und macht einen Schritt rückwärts. Aber Harry faßt ihn am Handgelenk. Selbst aus dieser Entfernung bekomme ich deutlich mit, wie Kitchy aufstöhnt. Aber Harry hält weiter fest, während er Kitchy offensichtlich klarmacht, wo es langgeht.

Schließlich kommt Kitchy zu mir herüber. Er geht, als schwebte er, mit einem ungetrübten Selbstbewußtsein in bezug auf das, was er ist oder sein will. Er pfeift sogar noch tuntenhaft, was doch eigentlich mittlerweile im Milieu ganz out ist.

»Harriet sagt, Sie möchten mir ein paar Fragen stellen. Aber ich weiß überhaupt nichts.«

»Lieber Gott, Kitchy, sind Sie vielleicht smart.«

»Wie meinen Sie denn das?«

»Ich hab' noch gar nichts gefragt, da wissen Sie schon, daß Sie nichts darüber wissen.«

»Nun, ich meine, es war wirklich am Freitagabend nichts im hinteren Salon.«

»Erinnern Sie sich an die beiden Männer, die an einem Ihrer Tische saßen und später in derselben Nacht drüben im *Paradise*-Bad erschlagen wurden?«

»Ich hab' davon gehört. Ich habe ihre Fotos gesehen. In den Zeitungen und im Fernsehen.«

»Also, Sie erinnern sich an sie?«

»Ja.«

»Wissen Sie noch, wann sie gingen?«

»Sicher.«

Ich stehe da und warte.

»Harriet haben Sie zwei Scheine gegeben«, sagt er.

Ich gebe ihm seine zwanzig.

»Sie haben um Punkt eins die Rechnung bezahlt.«

Ich gehe aus dem *Canals of Venice* raus und spaziere in die Seitenstraße, ganz nach hinten, wo die Mülltonnen stehen. Der Wind pfeift mir ordentlich über Gesicht und Hände. Ich stecke die Hände in die Taschen. Ein alter Kater, der so fett ist, daß er sich kaum noch bewegen kann, hockt zwischen den Mülltonnen und sieht mich mit einem Blick an, so richtig von oben herab, der besagt: was gut Leben heißt, das weiß ich besser als du. Ich beuge mich zu ihm runter, und er läßt sich die Ohren kraulen. Da geht die Tür auf, und ein dürrer puertorikanischer Junge kommt mit einem Eimer Essensabfall heraus. Drinnen sehe ich, wie Harry aus dem Lokal in die Küche kommt. Ob er mich hier draußen sehen kann, weiß ich nicht.

»Was machen Sie denn da?« fragt der Junge.

»Deinen Kater kraulen.«

»Der ist nicht meiner. Wieso kraulen Sie einen Kater.«

»Gehört er zum Restaurant?«

»Das tut er.«

»Ich dachte mir, kraule ich ihn, krault er vielleicht mich.«

»Sehr originell.« Er kommt näher ran. Er hat nichts an als ein ärmelloses Unterhemd und alte Jeans. Der Küchendampf steht ihm in Perlen auf der Stirn, am Hals, auf den Armen; sie mischen sich mit seinen eigenen Schweißtropfen. Er fröstelt und macht einen Moment die Augen zu und träumt sichtlich von wärmeren Gegenden.

»Vielleicht wollen Sie mir den Rücken kraulen?« sagt er.

Ich halte ihm einen gefalteten Zehner hin.

»Scheiße, Mann«, sagt er, greift aber danach.

»Was denn?« sage ich und nehme ihm den Schein wieder weg. »Hast du vielleicht einen Rückfahrschein auf deine Insel erwartet?«

»Mann, was wollen Sie denn?« sagt er.

»Ich interessiere mich für das Restaurantgeschäft.«

»Spionieren Sie hier etwa wegen der Hygiene rum?«

»Glaubst du das?«

»Was wüßten Sie denn gern, he? Soll ich Ihnen zeigen, wo die Schaben an den Spaghetti kauen und die Mäuse in der Tomatensoße schwimmen?«

»Das ist mir ganz scheißegal.«

»Was ist Ihnen denn nicht scheißegal?«

»Na zum Beispiel, wie oft in so einem Lokal zum Beispiel der hintere Salon belegt ist.«

»Ziemlich oft. Freitag, Samstag. Manchmal Mittwoch.«

»Wieso Mittwoch?«

»Die Bowler.«

»Und freitags?«

»Alles Mögliche. He, jetzt weiß ich's. Sie sind ein Steuerschnüffler.«

»Hör auf mit dem Quatsch. Wer war letzten Freitag im Salon?«

»Nur so ein Haufen Typen, die rumhocken und sich Fransen an die Backe reden, wenn Sie wissen, was ich meine.«

»Weiß ich nicht. Keine Karten, keine Weiber, kein Geld von einer Hand in die andere?«

»Ein paarmal haben sie mich reingeschickt, um den Dreck wegzuräumen. Ist zwar nicht mein Job, aber sie haben mich eben reingeschickt. Tische abwischen und so. Wenn Sie mich fragen, haben die über Politik geredet.«

»Wie kommst du darauf?«

»Na, weil so Worte gefallen sind wie Bezirk und Stimmen, und irgendein Ort, den sie Siemzwanz nennen oder so, und ein Weib, das Canarias heißt und es schwierig macht für Jefferson im Siemzwanz, weswegen man sie vielleicht ein bißchen in die Mangel nehmen muß.«

»Und, war Jefferson dabei?«

»Woher soll ich wissen, wer das ist, Mann?«

»Ein kleiner Schwarzer mit solchen Schultern und solchen Pratzen.«

»Ah, der. Ja, der war dabei.«

»Hat der irgendwas über die Canarias gesagt?«

»Na klar. Er sagt, gegen die will er vielleicht überhaupt gar nicht, selbst wenn es eins zu eins ist. Er sagt, vielleicht lassen sie diesmal einen Arsch namens Flannery verheizen, und danach hauen sie ihr aber, wenn sie sich nochmal blicken läßt, die Arme und die Beine kaputt.«

»Hast du jemand von den anderen gekannt?«

»Wissen Sie, die und ich, wir verkehren nicht in den

gleichen gesellschaftlichen Kreisen, so sagt man doch, oder? Aber ich hab' mitgekriegt, daß einer Bachos genannt wurde.«

»Denny Bachos?«

»Wie soll ich denn das wissen? Mein lieber Mann, so hart hab' ich aber einen Zehner noch nie verdient. Falls ich ihn überhaupt je in die Finger kriege.«

Ich gebe ihm also seinen Zehner endlich. Nachdem das Geschäftliche erledigt ist, sieht er an den Häuserfassaden rundherum nach oben, wo ganz entfernt und ganz schwach ein paar Sternlein durchschimmern, die man aber wegen des Widerscheins der Lichter der Stadt kaum erkennen kann.

»Ist das hier eigentlich immer so saukalt im Winter?« fragt er.

»Oft noch schlimmer.«

»Das ist mein erster Winter in Chicago. Ich glaube, vor dem nächsten verzieh' ich mich hier aber wieder. Würde mich ja umbringen.« Und er dreht sich um und eilt zurück in die Hitze und Feuchtigkeit der Küche, die vermutlich seinem Heimatklima noch am nächsten kommen.

Ich tätschle dem Kater ein letztes Mal den Kopf, aber diesmal nimmt er es gar nicht mit wohlgefälligem Schnurren auf. Er faucht vielmehr, weicht zurück und hebt eine Pfote, als wollte er sagen, hau ab, oder ich wisch' dir eine.

Ich gehe wieder zur Vorderseite zurück und sehe mich die Straße rauf und runter nach einem Taxi um. Aber nirgends ist eines zu sehen. Die belebteste Gegend von Chicago ist das hier nämlich nicht gerade. Ich gehe also los, die sechs Blocks bis zur nächsten Bahn. Schon an der ersten Querstraße fegt mir der Wind wie mit Messern ins Gesicht. Kein Mensch ist auf der Straße. Irgendwo dröhnt ein Plattenspieler, irgendwas aus den guten alten Fünfzigern. Da tanzt jemand allein vor sich hin und denkt an seine oder ihre alten Tanzabende von einst, damals in der Schulturnhalle.

Zuerst denke ich noch, die Schritte hinter mir sind nur das Geräusch von diesem Traumtänzer. Dann sehe ich die Schatten auf dem Gehsteig vor mir und gehe rüber bis an den Bordstein. Falls es zwei sind, der hinter mir, und einer, der vorne hinter der nächsten Ecke wartet, dann kann ich so nämlich besser abhauen. Ich beschleunige meinen Schritt etwas, und richtig, hinter mir wird's ebenfalls schneller. Dann bemerke ich eine Art Zögern, einen schleppenden Rhythmus. Hinken. Ich greife in die Tasche, nach meinen Schlüsseln, und zwar so, daß der Yale zwischen zwei Fingern etwas heraussteht, wenn ich eine Faust mache. Dann bleibe ich stehen und drehe mich um.

Wer steht da? Freund Harry. Noch immer mit seinen Netzstrümpfen, aber immerhin hat er die Pumps mit den kubanischen Stöckelabsätzen gegen zweifarbige Laufschuhe getauscht. Über sein Satinmieder und den Minirock hat er einen Trenchcoat gezogen und das meiste seiner Schminke abgewischt, aber sichtlich so in Eile, daß er noch immer Lippenstiftspuren in den Mundwinkeln hat und einen Mascarafleck auf der Backe. So sieht er aus wie ein sehr trauriger Clown außer Dienst.

»Daß Sie aber auch gleich so wild nach mir sein müssen, Harriet«, sage ich.

»Ach, lassen Sie das und sagen Sie Harry.« Und er geht ganz lässig weiter auf mich zu, als wollte er mir zeigen, daß er es überhaupt nicht eilig hat. Immerhin kommt er mir dabei näher und ist fast schon so nahe, daß er mich anfassen könnte.

»Jeder muß nun mal tun, was er tun muß, wenn er durchkommen will«, sagt er. »Stimmen Sie mir da nicht zu, Flannery?«

»Ich hab' Ihnen doch gar nicht gesagt, wie ich heiße. Woher wissen Sie das überhaupt?«

»Mein Gott, wie viele rothaarige Typen, die aussehen wie Jimmy Cagney, laufen denn schon bei uns in Chicago rum?«

»Ach, da könnte ich Ihnen irische Viertel zeigen, wo es solche Typen haufenweise gibt.«

»Ich meinte solche, die ihre Nase dauernd in alles stecken und steppen können.«

»Wieso steppen, Harry?«

»Wollen wir wetten?« sagt Harry.

Er schätzt, daß er nahe genug ist. Beim ersten Schwinger tänzle ich noch leicht zurück, und er streift mich nur ganz leicht oben am Backenknochen. Er setzt nach und läßt dabei seine rechte Gesichtsseite sträflich ungedeckt. Dorthin plaziere ich meinen Schlüssel, der ihm die Backe aufschlitzt wie ein Brotmesser. Harry faßt sich entsetzt ins Gesicht und taumelt an die nächste Hauswand, damit er nicht umfällt.

»Wollten Sie mich etwa ausrauben, Harry? Das ist doch keine Art, aus dem eigenen Schlamassel rauszukommen. So kommt man doch nicht miteinander aus.«

»Ich bin doch kein Räuber«, sagt Harry mit gepreßter Stimme und starrt seine eigene Hand an. Er hält sie mit gespreizten Fingern vor sich und besieht sich sein eigenes Blut, als wäre er kurzsichtig.

»Wem haben Sie gesagt, daß Sie mich draußen im Hof mit dem Küchenjungen haben reden sehen?«

Mit der anderen Hand, auf die ich einen Moment nicht geachtet habe, läßt Harry plötzlich einen neuen Schwinger los. Aber ich lasse ihn ins Leere laufen, mache einen schnellen Schritt vor und knalle ihm einen Schuh auf einen seiner schmerzenden Füße. Er geht zu Boden und rollt sich einmal herum, ehe er sich mühsam wieder an der Wand hocharbeitet. Dann sieht er mich einigermaßen verblüfft an.

»Verdammt nochmal, haben Sie überhaupt keine Angst vor mir?« sagt er.

»Warum sollte ich?«

»Na, schließlich bin ich zweimal so groß wie Sie. Sogar ohne hohe Absätze.«

»Aber diese Netzstrümpfe tun Ihnen weh.«

Darüber denkt er nach und massiert dabei seinen schmerzenden Fuß. »Ich war früher mal Rausschmeißer, in einem Saloon drüben in Cicero.«

»Das ist eine ziemlich schlimme Gegend.«

»Ist allerdings schon lange her. Da war ich auch noch sehr viel aggressiver.«

»Glaub' ich Ihnen gern. Wissen Sie, das hier muß ja kein Totalverlust sein.«

»Wie das?«

»Na, es wäre vielleicht noch ein Zwanziger für Sie drin, zu dem, den Sie schon bekommen haben, wenn Sie mir sagen, mit wem Sie gesprochen haben und wer Ihnen dann den Auftrag gab, mir den Hals umzudrehen.«

»Man hat mir einen Hunderter zugesagt, wenn ich Sie davon überzeuge, daß es für Ihre Gesundheit viel besser ist, sich aus dem Fünfundzwanzigsten rauszuhalten und Ihre Fragerei sein zu lassen.«

»Das ist ja alles schön und gut, Harry. Aber Tatsache ist nun mal, daß ich hier stehe und Sie sich den Fuß halten.«

»Ich kann Ihnen jedenfalls nicht sagen, wer mich dafür bezahlt hat, Sie aufzumischen. Die würden mir das sehr übelnehmen. Es sieht sowieso danach aus, als wäre nichts mehr los mit mir. Wenn ich nicht mal mehr einen Typen wie Sie schaffe, wie soll ich mich da gegen drei große Bulldoggen wehren?«

»Dann sagen Sie mir bloß, ob sie am Freitag im Hinterzimmer waren.«

»Ich habe meine ganze maskuline Aggressivität eingebüßt«, sagt Harry sinnend, als hörte er mich gar nicht.

»Ob sie bei diesem Treffen im Hinterzimmer dabei waren?« wiederhole ich.

»Na sicher«, sagt er nach einigem Nachdenken. »Meinen Sie, daß es die Hormone sind?«

Ich werfe ihm seinen Zwanziger hin.

»Wollen Sie mir denn nicht wenigstens aufhelfen?« fragt er ganz freundlich und streckt mir seine blutige Hand hin, die aussieht wie die Pranke von einem Fleischer.

»Ach, wissen Sie, Harry«, sage ich, »Sie sind zu gerissen für mich. So nahe kann ich Sie doch gar nicht an mich ranlassen.«

»Jesus, Flannery, wissen Sie, irgendwie mag ich Sie sogar.«

»Wenn Sie sich entschließen, wieder ein Mann zu sein, können wir ja vielleicht Kumpels werden«, sage ich.

Er legt sich vorsichtig die Hand auf seine Backe.

»Meinen Sie, davon behalte ich eine Narbe?«

»Und wenn, dann macht Sie das doch nur noch interessanter«, sage ich.

Das scheint Harry wieder etwas aufzumuntern.

19

Wie ich zu mir nach Hause zurückkomme und mich die Treppen hochschleppe, bin ich nicht übermäßig überrascht, als die Tür von Mrs. Bilinas Wohnung aufgeht und Mrs. Bilina ihren Kopf rausstreckt. Diese Leute scheinen nie schlafen zu gehen.

»Mr. Jimmy Flannery«, sagt sie, »möchten Sie bitte reinkommen?«

»Es ist schon sehr spät, Mrs. Bilina, und ich hatte einen schweren Tag.«

»Die Priester sind hier«, sagt sie.

Ich folge ihr also in ihre Wohnung, wo mir der schwere Geruch von Kohl und von Weihrauch entgegenschlägt und das flackernde Licht brennender Kerzen.

»Haben Sie keinen Strom?« frage ich.

»Nein, nein. Aber Strom gibt kein heiliges Licht.«

Der alte Priester, der in seinem Straßenanzug und ohne den prächtigen Ornat auch nur wie irgendein Schneider oder Schuhmacher aussieht, sitzt auf dem besten Stuhl und streicht sich den Bart. Seine beiden jungen Assistenten hocken wie zwei Raben auf dem Sofa. Hodonin ist auch da und macht ein Gesicht, als hätte er ziemliche Magenschmerzen. Und dann sind da noch vier andere Männer. Drei von ihnen kenne ich vom Begräbnis her. Alle vier sind, wie ich höre, bedeutende Laienbeisitzer der Tschechoslowakischen Orthodoxen Ostkirche. Sie sind zwar nur einfache Arbeiter, aber alle schwarz gekleidet. An der Art, wie sie auf ihren Stühlen sitzen, kerzengerade, die Hände auf den Knien, die Füße zusammen, sieht man, daß sie entschlossen sind, in absoluter Fairneß über das zu urteilen, dessentwegen man sie hergeholt hat.

»Sagen Sie dem Pater, was Sie uns erzählt haben«, sagt Mrs. Bilina.

»Das hat doch alles keinen Sinn, Serafina«, sagt Hodonin. »Das kostet uns doch nur Geld.« Er wirft Blicke auf die Priester und die vier anderen Männer der formlosen Jury.

»Uns?« sage ich.

Er sieht mich an, als wäre ich eine Katze, die plötzlich eine Melodie pfeift. »Ich drücke mich dissoziativ aus«, sagt er, und damit bringt er mich erstmal zum Schweigen, obwohl ich nicht überzeugt bin, daß er selbst genau weiß, was er damit eigentlich meint.

»Also, was soll ich Ihnen sagen?« frage ich.

»Nichts weiter, mein Sohn, als was Sie gesehen und gehört haben«, sagt der alte Priester. Er hat nicht mal einen so starken Akzent, wie ich vermutet habe. »Auch, was Sie während des Vorfalls empfunden haben, könnte uns Hinweise auf die Authentizität der Offenbarung geben.«

»Tja, nun, zuerst also hörte ich dieses Geräusch, das ich zuvor schon zweimal gehört hatte, wobei ich jedesmal glaubte, es seien die Nägel am Ende des Sarges, die sich aus den Brettern lösten.«

Er nickt mit seinem altersehrwürdigen Kopf. »Das mag wohl eine glaubhafte Interpretation des Geräusches von Engeln sein, wenn jemand vorher noch nie welche gehört hat.«

»So wie wenn Schmetterlinge singen?«

»Eine sehr schöne Formulierung, ja. Wie singende Schmetterlinge. Oder eben Nägel, die sich aus Holz lösen. Sie befanden sich am Ende des Sarges? Und Sie trugen ihn auch mit Ihren Händen?«

Über Hodonins Kragen beginnt sich bereits langsam der Nacken zu röten.

»Das ist richtig. Und wie ich dann schließlich mitbekomme, daß es doch nicht das Geräusch von Nägeln ist, die sich aus dem Holz lösen, da ist es mir, als würde sich der Deckel des Sarges vor meinen Augen heben, und das Ende, das ich trage, wird federleicht und beginnt, sich warm anzufühlen.«

Wieder nickt der alte Priester. »Aha, ja. Ja. Amen«, sagt er. »Eine heiligmäßige Erscheinung, wenn ich je von einer gehört habe.«

Hodonin wird immer unruhiger. Jetzt schießt ihm die Röte bereits in die Wangen, und ich befürchte, daß er uns gleich umfällt. Mrs. Bilina beginnt wie in Ekstase zu schreien und hebt ihre Augen zu dem Deckenputz voller

Sprünge, wo sie deutlich ihren Stefan sieht, wie er mitten unter den Engeln herumfliegt.

»Und was dann, was dann?« will einer von den beiden jungen Pfarrern flüsternd wissen. Es sieht ganz so aus, als würde auch er meine blöde Geschichte anstandslos schlucken, ganz wie Mrs. Bilina und mindestens drei von den vier anderen Männern. Und ich habe das Gefühl, die einzigen beiden, die sie mir auf keinen Fall abkaufen, sind der alte Priester und Hodonin. Ersterer nämlich zwinkert deutlich, als er mich bittet, fortzufahren.

»Ja, und dann erhob sich Mr. Bilina – möge er zur Rechten Gottes sitzen – eben aus seinem Sarg. Einige der Frauen schrien, Mrs. Bilina wurde ohnmächtig, und ein paar von den Männern, begannen zu fluchen . . .«

»Oh Gott, welche Blasphemie«, sagt der Alte.

». . . und Mr. Hodonin hier fing an, auf alle mit dem Finger zu zeigen und von Prozessen und Geld zu reden.«

»Jetzt hören Sie aber mal!« sagt Hodonin. Er ist am Rande eines Nervenzusammenbruchs. Seine Klientin ist ihm abgesprungen; sie will lieber, daß ihr toter Mann ein Heiliger wird als sie eine reiche Frau. Aber er kann auch nicht gut gegen meine Aussage angehen, daß das Geräusch der sich lösenden Nägel nach meiner Auffassung die Stimmen von Engeln gewesen sind, weil es ja immerhin sein eigener Neffe war, der diesen Murks von Sarg fabriziert hat. Denn wenn er mir nachweist, daß ich ein Lügner bin, heißt das automatisch, er muß einräumen, daß sein Neffe als Zimmermann ein Pfuscher ist. Mit anderen Worten: dann wäre auch niemand anderer verantwortlich zu machen als eben dieser Neffe. Und vielleicht sogar er selbst mit, weil er ihm diesen Job schließlich verschafft hat.

Wie auch immer, jedenfalls schreit Mrs. Bilina ihn an: »Seien Sie ruhig!«

»Glauben Sie den ganzen Quatsch vielleicht?« schreit Hodonin zurück. Er kann es einfach nicht länger mitansehen. »Sie glauben doch nicht im Ernst, diese Pfaffen hier setzen sich dafür ein, daß Ihr Mann ein Heiliger wird?«

»Davon hat noch kein Mensch ein Wort gesagt«, unterbricht ihn der Alte. »Das ist schließlich eine schwerwiegende Angelegenheit, und so einfach ist das nicht, bis jemand ein Heiliger wird.« Dabei sieht er aber mich an, als wäre ich derjenige, der diesen Hinweis nötig hat. Was kann ich denn auch als Ire und römischer Katholik schon groß von ihren Riten und Ritualen wissen? »Zuerst einmal«, sagt er, »gibt es da die Autoritätsfrage zu klären. Unsere Kirche, sehen Sie, wendet sich in solchen Angelegenheiten zunächst traditionsgemäß an die Heilige Synode und an den Patriarchen von Moskau um Rat und Segen. Nun betrachten wir im Augenblick jedoch dessen Jurisdiktion über uns als ruhend, solange, bis der Patriarch nicht mehr unter dem kommunistischen Joch ächzt.«

»Auch in meiner Kirche ist das nicht so einfach mit dem Heiligwerden. Das ist mir durchaus bekannt. Es dauert sehr, sehr lange.«

Hodonin springt wutentbrannt auf. »Habt ihr sie denn alle miteinander nicht mehr alle?« schreit er. »Was ist das für ein Quatsch, Bilina hätte sich aus seinem Sarg erhoben? Unten rausgefallen, das ist er! Was reden Sie da für Zeugs von singenden Engeln mit Schmetterlingsstimmen? Wenn es doch verdammt nochmal bloß die Nägel waren, die sich aus dem Holz gelöst haben?«

»Was Sie mit Ihren eigenen Ohren gehört haben?« fragt der Alte mit milder Stimme, in der aber doch eine kleine Spur Herausforderung ist.

»Was ich mit meinen eigenen Ohren gehört habe!«

Und dann legt er sich erschrocken die Hand auf den Mund. Es ist ihm klar, daß er gerade den ganzen Hof verschenkt hat. Und es bleibt ihm nichts anderes mehr übrig, als das Feld zu räumen, ein geschlagener Mann.

Der alte Priester lächelt mir aus seinem Bart heraus zu. Die jungen sehen jetzt völlig perplex drein, und die Kirchendelegierten sitzen noch immer wie die Ölgötzen da. Höchstens ihre Augen bewegen sich. Sie hören allem zu, einschließlich dem Ticken der Uhr, damit sie auch alles ordentlich beschwören können, wenn es denn dazu kommen sollte.

»Soviel also zu den von Gier Verblendeten«, sagt der Alte salbungsvoll. »Vielen Dank für Ihre Hilfe, Mr. Flannery.«

Wir geben uns die Hand.

»Heiliger Vater«, sagt Mrs. Bilina, »und was machen wir jetzt, damit die Sache in Fahrt kommt, wie mein Stefan ein Heiliger wird?«

Mary hat noch auf mich gewartet und sitzt in der Küche. Ihre weiße Schwesterntracht ist schmutzig. Sie sieht mich mit Augen wie ein alter Boxer an, der zu fertig ist, um zur nächsten Runde nochmal aus seiner Ecke rauszukommen.

»Du siehst niedergeschlagen aus, James.«

Ich sage ihr nicht, daß genau das fast tatsächlich passiert wäre.

»Möchtest du einen Kaffee?«

Ich schüttele den Kopf. »Du siehst selbst ein bißchen angegriffen aus«, erkläre ich. »Vielleicht gehen wir beide möglichst schnell ins Bett und holen uns erstmal eine Mütze Schlaf.«

»Das ist es nicht, was ich jetzt brauche«, sagt sie.

Wie sie das sagt, weiß ich, daß irgend etwas ist.

»Was ist los, Mary?« sage ich.

»Was soll schon sein? Mein Job. Bis zu den Knien wate ich in Eiter und Blut. Und manchmal ist es eben noch schlimmer als sonst.«

»Weiß ich.«

»Manchmal sehe ich Dinge, die mich ganz alt machen. Kleine Babys, die von ihren eigenen Müttern grün und blau geschlagen wurden. Alte Damen, die man vergewaltigt hat, mit gebrochenen Knien und völlig zerschundenen Körpern. Jugendliche, deren Arme so mit Einstichen übersät sind, daß man ihnen keine normale Spritze mehr geben kann.«

Sie steht auf und geht zur Schlafzimmertür. Ich stehe bloß da und starre sie an wie eine Fremde. Als sie sieht, daß ich nicht mitgehe, kommt sie zurück, nimmt mich an die Hand und zieht mich hinter sich her.

»Um Himmels willen, James, wir wollen einander noch ein bißchen glücklich machen, ehe diese Welt irgendwann in die Luft fliegt! Mir sind heute drei Patienten gestorben.«

Sie zieht sich aus und läßt ihre Sachen einfach fallen, wo sie gerade steht. Dann macht sie an mir rum, als wäre es leichter, mir Jacke und Hose runterzureißen, als sich mit Knöpfen und Reißverschlüssen abzumühen. Als wir beide splitternackt sind, fällt sie zusammen mit mir aufs Bett.

»Rauf, aber schnell«, sagt sie. »Halt dich nicht mit Vorbereitungen auf. Ich bin schon soweit. Herrgott, küß mich, Jimmy. Halt den Schnabel. Tu's einfach. Zeig' mir, daß wir noch leben.«

Und ich bin bereit und schneller in ihr drin, als man piep sagen kann. Ich verstehe genau, was sie meint. Sie hat heute eine Menge Tod gesehen und braucht den Beweis, daß es ein Gegenmittel gibt. Und dabei bin ich völlig verstört und mehr verschreckt als vorhin, wie Harry auf mich losging. Wir kommen hoch, es geht schnell wie bei den Karnickeln, aber es war noch nie so gut.

Ich sage gar nichts, ich liege einfach nur da und halte sie fest und streichle die Samthaut ihres Arms, während sie zittert wie eine Katze, die sich auf den Baum gerettet hat.

»Weißt du, manche kommen so verletzt, wie sie sind, einfach reingegangen. Das ist, wie wenn du einem Clown zusiehst, der seine Gumminase sucht. Ohne sie ist er kein Clown. Ohne Gumminase ist er gar nichts. Verstehst du, was ich meine?« fragt sie.

»Ja«, sage ich. »Gerade eben vorhin war ich in so einem Lokal, wo die Kellnerin ein Mann war. Ein Kerl, der wie ein Footballspieler gebaut ist, mit behaarten Armen und Beinen und einer Tätowierung auf dem Arm. Eine Schlange, die ihre Giftzähne fletscht. Die Netzstrümpfe, die er tragen muß, sind die reine Tortur für ihn. Dauernd hat er wegen seines starken Bartwuches Probleme, aber er hat Angst, Hormone zu schlucken, weil er befürchtet, wenn seine Backen dann ganz glatt werden, dann wäre das vielleicht seine Gumminase.«

»Hat er dir diese Abschürfung auf der Backe verpaßt?«

»Richtig.«

»Ich will im Augenblick aber sonst kein Wort darüber wissen.«

»Willst du schlafen?«

»Ja, aber zuerst nochmal Liebe. Aber diesmal langsamer.«

20

Die neue Heizungsanlage haben sie in Rekordzeit installiert. Weil eben aus dem ehemaligen Notfall diese Tragödie geworden war. Und weil Baby ganze Armeen völlig unzeitgemäßer Fliegen in die Garage des Bürgermeisters gelockt hat. Das einzige Problem waren die städtischen Arbeiter, die ihre Jobs ja vom Bürgermeister direkt haben. Sie haben die Heizung nämlich im falschen Gebäude eingebaut, und zwar da, wo die Paarungskäfige der Raubtiere sind.

Wie ich also nun zum Lincoln-Park-Zoo rüberkomme, ist Baby vorübergehend in einem Käfig untergekommen, der stark nach Löwen riecht, und man sieht, daß sie nicht sehr glücklich ist. Riley, der Nasenlose, sitzt auf einer Obstkiste neben ihrem Käfig und versucht, sie dazu zu kriegen, daß sie ihm ihre Hand gibt, aber sie hockt schmollend drüben in der anderen Ecke.

»Wie geht's unserem Mädchen?« frage ich.

»Sie ist sauer auf mich. Sie ist sauer auf die ganze gottverdammte Welt. Wer könnte ihr das verdenken? Erst friert sie sich fast den Hintern ab, ehe sie sie in diese Sauna rüberschaffen, wo es nach alten Socken stinkt. Dann kommt so ein dreckiger Saukerl und zieht ihr eine Kette durch das Gesicht. Und dann beschuldigt man sie auch noch als Mörderin. Stellen Sie sich mal vor, sogar Drohbriefe hat sie gekriegt. Und sie sollte machen, daß sie aus der Stadt verschwindet, weil sonst . . .«

»Ja, es gibt eben leider eine ganze Menge Arschlöcher«, tröste ich ihn.

»Dann wird sie in eine Garage geschafft, die penetrant nach Benzin stinkt, und jetzt auch noch hier in einen Käfig, wo sonst die Löwen und Tiger bumsen. Da läuft einem doch langsam die Galle über. Nicht mal meine Hand will sie mehr nehmen.«

Nun, vielleicht kann sie wirklich im Augenblick nicht mal Freund Nasenlos ausstehen. Mich jedenfalls mustert sie eindeutig mit einem Ausdruck, als wollte sie mir gleich an die Kehle. Vorsichtshalber trete ich einen Schritt zurück.

»Was machen Sie denn?« sagt Nasenlos ganz beleidigt. »Haben Sie vielleicht Angst, sie tut Ihnen was? Glauben Sie etwa auch wie alle anderen, daß sie eine Killerin ist?«

»Was weiß ich schon von Gorillas.«

»Das sind sehr sanftmütige Wesen.«

»Ich habe aber schon gehört, daß Gorillas ganz schön wild geworden sein sollen.«

»Ausnahmsweise vielleicht mal. Soll ich Ihnen mal was über die Gorillas erzählen?«

»Wenn Sie mir was über die Gorillas erzählen wollen, dann kommen Sie doch einfach mit auf eine kleine Tour.«

»Ich glaube, nicht, daß . . .«

»Vielleicht fahre ich rüber zu Dan Blatnas Laden. Kennen Sie den?«

»Sie sind gut, wer kennt den guten alten *Sold Out*-Saloon nicht. Der beste Kohleintopf in der ganzen Stadt.«

»Und das beste Pils. Wir nehmen einfach ein frühes Mittagessen.«

Angesichts dieses Nahrungs- und Genußmittelangebots – vielleicht ist es auch nur das Genußmittel Pils – bröckelt ein wenig von Rileys Mißtrauen gegen mich ab.

»Wenn Sie eine Sekunde warten«, sagt er. »Ich muß Baby noch ihr Essen reintun.«

Er sucht einen Korb voll Obst zusammen und so eine Art flachen Kuchen. Dann nimmt er einen Schlüssel aus einem Wandkästchen und schließt die Tür zu Babys Käfig auf. Sie läßt kein Auge von mir, dem Fremden, und kommt einen Schritt näher.

»Na, na«, sagt Riley, »das ist niemand, der dir was tun will.«

Der Teufel soll mich holen, wenn sie nicht jedes einzelne Wort versteht.

Wie ich vor dem *Paradise* halte, sagt Riley« »Was, zum Teufel, soll das denn heißen?«

»Kommen Sie doch einfach mit rein und sehen Sie selbst.«

»Ich warte hier im Wagen, wenn's recht ist.«

»Ist aber kalt hier draußen, und ich möchte den Wagen nicht gerne mit laufendem Motor stehen lassen.«

»Na, ich passe doch auf.«

»So wie auf Baby?«

»Ich glaube, ich verzichte lieber auf den Eintopf und das Bier«, sagt er.

»Das können Sie halten, wie Sie wollen«, sage ich, »aber es wäre mir schon lieb, wenn Sie jetzt mit reinkämen.«

Eine Weile lang macht er den Eindruck, als würde er nicht nachgeben, dann überlegt er es sich doch anders. »Ach, meinetwegen, zum Teufel. Gehen wir eben rein. Gehen wir rein und bringen es hinter uns, was auch immer Sie da vorhaben.«

Dugan und Grace erwarten uns schon in ihrem Büro, so wie ich es telefonisch mit ihnen abgesprochen habe. Riley gönnt ihnen ein kurzes Grinsen und fragt, wie denn alles so läuft. Sie antworten ihm nicht mal.

»Wer von euch geht denn zur Trauerfeier?« frage ich.

»Bleibt wohl an mir hängen«, kichert Grace einfältig. »Immer ich.« Und sie geht raus.

»Bis zur Sauna sind es von hier exakt zehn Meter und achtunddreißig Zentimeter, erinnern Sie sich?«

»Ja, sicher«, sagt Riley.

»Die Tür zur Sauna ist ziemlich dick. Wie zu so einem Fleisch-Kühlraum. Man würde nicht annehmen, daß da viele Geräusche durchkommen, oder?«

Und jetzt hören wir Schreien und Kreischen. Wie von weit her, aber doch so deutlich, daß es keine Täuschung sein kann. Und es kann auch keinerlei Zweifel geben, daß es sich um Hilferufe handelt.

»Hören Sie's?«

»Ja, sicher.«

»Aber Sie sagten, in der Nacht, wo es passierte, hat Sie nichts aufgeweckt.«

»Na und? Ich höre es jetzt, weil Sie dastehen und scharf hinhören, also spitze ich auch die Ohren. Aber mitten in der Nacht . . .«

». . . wo es sogar noch stiller ist als jetzt.«

». . . und wo ich so müde war wie da . . .«

»Und das, wo Sie sich an einem ganz unvertrauten Ort befanden. Ich weiß ja nicht, wie es Ihnen so geht. Aber wenn ich irgendwo schlafe, wo ich fremd bin, wache ich bei der kleinsten Kleinigkeit auf.«

Grace kommt wieder. »War es gut so?« fragt sie strahlend.

»Hervorragend. Würden Sie jetzt auch noch die Tüten holen? Die, die Sie an dem fraglichen Morgen für mich aus dem Papierkorb geholt haben.«

Grace geht zu einer Kommode und holt die beiden leeren Whiskeyflaschen heraus.

»Ach Gott, die«, seufzt Nasenlos.

»Sie haben nichts gehört, weil Sie betrunken waren.«

»Na und? Ein kleiner Drink, das ist eben meine Einschlafhilfe.«

»Gut, also die hier haben Sie zum Einschlafen getrunken. Aber wer hat Ihnen die andere gebracht?« Und ich ziehe den Flachmann aus der Tüte.

»Na, was denken Sie wohl? Gekauft habe ich sie mir.«

»Das ist eine Flasche vom besten, Riley. Sie wissen doch auch, daß das nicht Ihre übliche Medizin ist.«

Und da gibt er völlig unvermittelt auf. »Okay, okay, in dieser Nacht klopft also so ein Typ vorne an die Tür und sagt, er hätte gelesen, daß Baby hier im *Paradise*-Bad ist, und ob er mal einen Blick auf sie werfen könnte. Ich sage ihm, nichts zu machen, Baby schläft schon. Da sagt er, na, vielleicht können wir uns dann nur ein bißchen unterhalten und was dazu trinken. Er möchte einfach nur mal mit dem Mann reden, der sich um das berühmte Gorilla-Mädchen kümmert. Da dran fand ich wirklich nichts Schlimmes.« Und bei diesem Satz geht seine

Stimme ganz hoch, weil er fürchtet, wir wären dabei, alles ihm anzuhängen.

»Eben«, sage ich, »was soll auch Schlimmes daran sein, wenn man ein Glas mit einem interessierten Mitbürger trinkt? Wieviel Uhr war es denn, als dieser Typ an die Tür klopfte?«

»Auf meiner Uhr kurz nach eins.«

»Also, er kam rein.«

»Er kam rein, und wir tranken einen zusammen. Dann noch einen.«

»Und dann noch ein paar?«

»Na ja.«

»Und wollte der Typ Baby immer noch sehen?«

»Ich habe ihn mitgenommen, den Korridor runter, und ihn durch das Fenster in der Saunatür reinschauen lassen.«

»War alles in Ordnung?«

»Sie war in dem Nest, das sie sich gebaut hatte.«

»Sie haben ihn aber nicht reingelassen?«

»Das schwöre ich.«

»Wollte er denn?«

»Ja, sicher. Aber ich hab' ihm gesagt, nichts zu machen. Ich hatte den Schlüssel und . . .«

». . . und Sie klopften sich dabei auf Ihre Tasche . . .«

». . . und nichts weiter. Ich habe mir nicht auf die Tasche geklopft. Für wie dämlich halten Sie mich? So einen Quatsch mache ich doch nicht. Damit gleich jeder Typ weiß, daß ich ihn bei mir trage?«

»Wie lange war der Bursche da?«

»So eine halbe Stunde vielleicht.«

»Und dann?«

»Dann bedankte er sich, ließ mir den Rest der Flasche da und ging wieder.«

»Und Sie haben die Tür hinter ihm abgeschlossen?«

»Brauchte ich nicht. Das ist eine Tür mit einem Schnappschloß.«

»Haben Sie gehört, wie es eingerastet ist?«

Und an seinem Blick kann ich genau sehen, daß er das nicht hat.

21

Ich gehe noch einmal alles durch, was ich zusammengetragen habe. Irgend etwas hat sich im *Canals of Venice* im Hinterzimmer abgespielt, das vornehm ›Salon‹ genannt wird und das Velletri schon seit Daleys Tagen für alle möglichen Mauscheleien zur Verfügung stellt. Das Ende vom Lied war, daß Spencer und Frye ermordet wurden. Vielleicht hat man die zwei aufgefordert, irgendein falsches Spiel mit der Canarias zu spielen. Und sie haben sich geweigert und sind aus dem Spiel eliminiert worden, ehe sie noch Gelegenheit hatten, Alarm zu schlagen.

Es gibt ja alle möglichen Arten, wie man politischen Hoffnungen die Beine so unter dem Hintern wegtritt, daß sie nie mehr laufen können. Die ›Kollusion‹ beispielsweise, ›eine geheime Absprache zwischen zwei oder mehr Personen zu unredlichen und betrügerischen Zwecken‹. Oder ›gesetzwidriges Handeln‹, eine ›Verfehlung, insbesondere ungesetzliches oder allgemeinen Vorschriften zuwiderlaufendes Verhalten‹. Und dann eben die Verschwörung zum Zwecke der Wahlmanipulation etc. . . . es ist klar, was gemeint ist und worum es geht. Alles mögliche ist da denkbar. Aber jedesmal, wenn man den Kopf zu weit rausstreckt, um einen Deal mit einem Außenseiter zu machen, riskiert man natürlich auch, daß er – der eigene Kopf – unter die Guillotine gerät. Man versucht, jemanden zu bestechen, aber er lehnt ab – und schon ist man ihm potentiell auf ewig ausgeliefert. Und manchmal bleibt dann nur noch eine einzige Möglichkeit, ihn zum Schweigen zu bringen.

Wer also könnte dieser Jemand sein, der Spencer und Frye beseitigen mußte? Was mich angeht, halte ich jede Wette auf Barker Jefferson. Ich will mal aufzählen, was mich zu dieser Gewißheit veranlaßt.

Nummer eins: Er war dort, um sich zu vergewissern, daß Baby im *Paradise*-Bad gut untergebracht war. Er ist auch derjenige, der das Vorhängeschloß für die Sauna mitgebracht und die Schlüssel dazu verteilt hat. Mit jedem neugekauften Schloß werden zwei Schlüssel geliefert, und die zwei hat er auch weitergegeben. Warum und wozu aber hat er dann von seinem Fahrer Huron noch einen zusätzlichen anfertigen lassen?

Nummer zwei: Pink Charlie, der Taxifahrer, hat mir erzählt, daß er Jeffersons Stretch-Cadillac in der fraglichen Nacht drüben vor dem *Canals of Venice* gesehen hat.

Nummer drei: Jefferson bietet mir an, für den Stadtrat zu kandidieren, weil er nach dieser Freitagnacht bereit ist, sich aus dem Rennen zurückzuziehen. Ist der Grund dafür womöglich sein heißes Interesse daran, daß ich mich ab sofort mit wichtigeren Dingen beschäftige als mit zwei toten *Gays*?

»Was erzählen Sie denn da für Geschichten?« sagt Pescaro. »Sie marschieren mir hier so einfach ins Revier und wollen eine Anzeige machen, nur weil Sie glauben, Sie hätten da was. Lassen Sie mich doch in Ruhe essen, Mann, und gehen Sie einem nicht ständig mit allen möglichen Märchen auf die Nerven. Mögen Sie ein Pickle?«

Pescaro ist wild auf warme Dill-Pickles. Mir dreht sich schon der Magen um, wenn ich nur an so etwas denke.

»Ich bleibe lieber bei meinem Kaffee«, sage ich also. »Und ich bin ganz bestimmt nicht hergekommen, weil ich nur so rumreden will.«

»Aber exponieren wollen Sie sich auch nicht.«

»Nennen Sie das, wie Sie wollen. Jedenfalls habe ich keinen Grund, die Aufmerksamkeit auf mich zu lenken, weil ich mit dem Finger auf jemanden zeige, wenn . . .«

». . . wenn alles, was Sie tatsächlich in der Hand haben, ein merkwürdig lackiertes Auto ist, das an einem bestimmten Abend vor einem bestimmten Lokal geparkt war. Und ein Mann, der beschlossen hat, in diesem Wahljahr nun doch nicht für ein öffentliches Amt zu kandidieren.«

»Und dazu noch ein Gorillawärter, den irgend jemand so betrunken gemacht hat, daß er nicht mehr mitbekommen hat, wie zwei Kerle zu Tode geprügelt wurden.«

»Zwei Kerle, von denen dieser Taxifahrer behauptet, er hätte sie gegen halb eins zum *Paradise*-Bad gefahren. Wo waren die denn dann, als dieser große Unbekannte mit der Flasche auftauchte, weil er einen Blick auf den Gorilla werfen wollte?«

»Ich behaupte ja gar nicht, ich hätte alles schon fix und fertig in der Tasche«, sage ich ein bißchen lahm.

»Ach, hören Sie doch auf. Gar nichts haben Sie, so sieht's nämlich aus.«

»Sie fressen also die Version, das Gorilla-Mädchen wäre es gewesen?«

»Wissen Sie irgendwas über Gorillas?«

»Ich hab' ein bißchen was gelesen.«

»Dann lesen Sie mal weiter. Ganz so friedfertig und sanftmütig, wie einige Leute sie machen, sind sie nämlich längst nicht alle. Wenn ihnen danach ist, greifen sie durchaus auch Menschen an.«

»Ich will doch gar nichts weiter, als daß Sie erstmal nur da drüben im *Canals of Venice* ein bißchen rumstochern, beispielsweise, was ein Transvestit namens Harriet oder eine Tunte namens Kitchy wirklich wissen. Oder was dort in dem Hinterzimmer an diesem Freitagabend alles vorging, an dem dann später Spencer und Frye umgebracht wurden.«

Pescaro legt sein Sandwich weg und sieht mich das erste Mal überhaupt richtig an. »Flannery, Sie wissen doch, daß ich Sie nicht so übermäßig mag, nicht wahr?«

»So ab und zu lassen Sie das durchblicken, ja.«

»Und wissen Sie auch, warum nicht?«

»Weil ich Ihnen dauernd auf der Pelle sitze, daß Sie tun, was getan werden muß.«

»Wegen dieser Geschichte damals mit dem Mädchen, das drüben auf der Sperry Street in dieser Abtreibungsklinik in die Luft geflogen ist, wollen Sie mich für den Rest meines Lebens für sich vereinnahmen. Sie wollen weiterhin daran glauben, daß ich damals bestochen wurde, oder daß man jedenfalls Druck auf mich ausgeübt hat, ich sollte nichts unternehmen. Das ist alles Ihre Sache, das können Sie halten, wie Sie wollen. Aber was die Geschichte hier angeht, so sage ich Ihnen ein für allemal klipp und klar: schlagen Sie es sich aus dem Kopf, daß ich hier irgendwelche große Ermittlungen darüber anstelle, wie diese beiden Mitbürger über den Jordan gegangen sind.«

Ich stehe auf.

»Kurzum , Flannery«, faßt er zusammen, »lassen Sie das auf sich beruhen. Gehen Sie Ihre Kanalisation inspizieren oder sonst was, aber überlassen Sie die Polizeiarbeit mir. Was sagen Sie nun?«

»Ich sage, wir haben ein Wahljahr. Und die Straßen werden geradezu überflutet von jeder Art von Jauche.«

Ich finde heraus, wo Manny Rosenquist, Buchhalter und Vater zweier Kinder, wohnt.

Er lebt in einem hübschen Block in einer guten

Wohngegend. Es ist die Zeit kurz vor dem Abendessen. Die beste, wenn man mit jemandem reden will, der vielleicht eigentlich gar nicht mit einem reden möchte. Sein Essen wartet, die Kinder quengeln, und die Ehefrau hat Angst, daß alles kalt wird. Wer will also etwas, das nicht so angenehm ist, zur besten Zeit des Tages über Gebühr hinausziehen?

Ich klopfe an die Tür, und ein kleiner Junge, so um die sieben Jahre, macht auf, während hinten irgendwo eine Frauenstimme schreit: »Mach' nicht auf, ehe du nicht gefragt hast, wer da ist!«

»Wer ist da?« fragt mich der Kleine also und sieht mich voller Verwunderung an.

»Kannst du mal deinem Vater sagen . . .«

Eine Frau um die dreißig und ein Mann, der wohl ein bißchen älter ist, kommen aus verschiedenen Richtungen gleichzeitig ins Wohnzimmer gestürzt. Sie sehen mich an, als ob ich ein Einbrecher wäre, und werfen sich dann Blicke zu, als ob jeder dem anderen die Schuld geben wollte, den Jungen nicht schnell genug gebremst zu haben. Dann streckt Rosenquist den Kopf vor wie ein Vogel und sagt: »Sie kenne ich doch, oder?«

»Wir sind uns auch schon mehr als einmal begegnet. Mein Name ist . . .«

»Flannery.«

»Richtig.«

»Ist gut, Sheila. Ich kenne Mr. Flannery. Du kannst wieder in die Küche gehen – wenn du willst, meine ich – und das Essen fertig machen.«

»Es ist praktisch fertig. Wir könnten gleich essen«, sagt Sheila mißtrauisch.

»Dann nimm David schon mal mit. Ich glaube nicht, daß das hier lange dauert.«

Sie geht tatsächlich mit dem Jungen raus. Der ist zwar neugierig, wegen des fremden Mannes. Aber er fühlt sich noch schuldig, weil er etwas falsch gemacht hat, und so geht er anstandslos mit.

»Es dauert doch sicher nicht lange, nicht wahr, Mr. Flannery?« fragt Rosenquist ganz freundlich und bietet mir einen Stuhl an.

»Kommt darauf an«, sage ich und bleibe stehen.

Er setzt sich aber. »Worauf?«

»Ob Sie mir meine Fragen beantworten.«

Er macht noch einmal eine einladende Geste, daß ich mich doch setzen soll. Er versucht, ganz ruhig zu bleiben, aber ich sehe, daß er in Wirklichkeit verdammt nervös ist.

»Aus welchem Grund haben Sie sich nicht Calcazone und Trebova angschlossen und unterstützen die Kandidatur von Janet Canarias?«

»Weil ich, was immer Tonys und Steves Beweggründe sein mögen – die ich nicht kenne –, persönlich nicht glaube, daß sie eine Chance hat.«

»Nun, wenn Sie gestatten, ich denke doch, daß Sie durchaus für Ihre beiden Freunde sprechen können. Schließlich waren Sie ja alle zusammen im *Canals of Venice* mit Barker Jefferson und wem sonst noch alles, als die Sache ausgehandelt wurde.«

Er wirft einen Blick zur Küche, und das sagt mir sofort, daß Sheila hier das Denken erledigt, und daß er sich mehr für das Praktische zuständig sieht. Er senkt die Stimme: »Wieso regen Sie sich eigentlich auf, sagen Sie mal? Schließlich sind Sie doch der Nutznießer, falls da irgendeine Sache ausgehandelt worden ist.«

»Wurde so etwas vereinbart?«

»Nun, es wurde als eine sehr denkbare Möglichkeit diskutiert.«

»Na vielen Dank. Aber wo man mich selbst bislang nicht gefragt hat, bin ich natürlich nicht verpflichtet, hier Gefälligkeit gegen Gefälligkeit zu erweisen. Wer hat Ihnen ein Angebot gemacht?«

»Jefferson, als persönlicher Referent des Bürgermeisters, trug vor, was für Vorteile unsere Zusammenarbeit in diesem Wahljahr haben könnte.«

»Mit Blick auf die Zukunft für Sie alle drei?«

»Für denjenigen, der das nächste Mal darauf reflektiert. Schließlich gehört es in der Politik zu den grundlegendsten Dingen, zu wissen, wann man Kompromisse schließt und wann man in den Ring steigt, nicht?«

»Gewiß doch«, sage ich so betont nebenbei, daß ihm klar ist, was ich von einfachen Rechenexempeln dieser Art halte. »Ist sonst irgendwas in diesem Hinterzimmer vom *Canals of Venice* geschehen, solange Sie da waren?«

Er wirft wieder einen Blick zur Küchentür. Dort steht Sheila, blaß und reglos.

»Nicht das mindeste. Wir hatten unsere Besprechung, und dann bin ich zusammen mit Tony und Steve gegangen.«

»Ging Jefferson zusammen mit Ihnen?«

»Nein.«

»Wer war sonst noch da?«

»Eine ganze Reihe Mitglieder des Limburg-Clubs. Aber ich kenne keinen davon mit Namen.«

»Gar keinen?«

»Keinen einzigen.«

»Wie spät war es, als Sie gingen?«

»Ach, es wird nicht später als eins gewesen sein.«

»Sind in dem Moment, als Sie das Lokal verließen, noch irgendwelche anderen Leute von dort weggegangen?«

»Wir sind am Seitenausgang des Salons rausgekommen.«

»Also wissen Sie das nicht.«

Ich gehe rüber zu Anthony Calcazones Haus. Er wohnt mit seiner Mutter zusammen und ist nicht da, wird aber jede Minute zurückerwartet. Seine Mutter ist eine sehr adrette alte italienische Dame. Sie bietet mir ›erstens‹ ein Glas selbstgemachten Wein an und fragt mich dann, was ich ›zweitens‹ von ihrem Sohn will. Aus Höflichkeit trinke ich die Hälfte von dem Wein.

Als Calcazone dann zur Tür hereinkommt, weiß ich, daß er schon mit Rosenquist gesprochen hat und mich längst erwartet. Er tut aber so, als wäre das nicht so. Mrs. Calcazone läßt uns allein und geht das Abendessen für ihren Sohn machen. Ich stelle ihm die gleichen Fragen wie Rosenquist und versuche gar nicht erst, ihm mit Tricks zu kommen, weil das wenig Sinn hat, wenn man über eine Sache kaum etwas weiß und einem auch keiner dabei helfen will, mehr darüber zu erfahren. Er antwortet natürlich das gleiche wie Rosenquist. Die beiden könnten ein Duett singen.

Die Mühe, auch noch zu Trebova zu gehen, erspare ich mir. Ich muß dieselbe Arie nicht unbedingt gleich dreimal hören.

Wie ich heimkomme, drängelt sich ein ganzes Rudel alter Frauen in schwarzen Kleidern, mit schwarzen Kopftüchern und mit Gebetbüchern in der Hand schweigend vor Mrs. Bilinas Tür, an der ein handkoloriertes Foto von Mr. Bilina angenagelt ist. Irgend jemand hat um seinen Kopf auch schon mit Goldbronze einen Heiligenschein gemalt.

Oben bei mir finde ich auf dem Notizblock neben dem Telefon eine Nachricht von meinem Vater. Er hat ja immer noch einen Schlüssel zu meiner Wohnung, den er, obwohl Mary damals bei mir eingezogen ist, nie zurückgegeben hat. Sooft ich seitdem daran denke, daß er jederzeit hereinspaziert kommen kann, wenn wir gerade mit Dingen beschäftigt sind, die ein Mann und eine Frau zusammen so tun können, denke ich mir, jetzt verlange ich ihn aber endlich mal zurück. Doch jedesmal vergesse ich es dann wieder.

Auf dem Zettel steht: ›Bin auf eine Tasse Kaffee vorbeigekommen. Niemand da. Jemand namens Harriet, aber mit einer Männerstimme, hat angerufen. Ob du da bist. Ich habe sie gefragt, ob ich was bestellen soll. Sie sagt aber, nein, dann ruft sie später nochmal an. Dein Dad.«

Ich rufe bei ihm an, ob er mir noch zusätzliche Einzelheiten sagen kann, aber er ist nicht zu Hause. Ich suche mir also aus dem Telefonbuch die Nummer des *Canals of Venice,* ob ich vielleicht dort von jemandem Harrys Adresse oder Telefonnummer erfahren kann.

Da klingelt das Telefon, und ich fahre hoch wie angestochen. Aber es ist nur Mary.

»James?«

»Ja, ich bin's.«

»Ich bin im Passavant«, sagt sie.

Ich warte, weil ich schon an ihrer Stimme höre, daß gleich irgendein Hammer kommt.

»Du hast mir doch gestern abend im Bett so eine Geschichte von einem armen Kerl erzählt, der eine Krise hat, ob er Männlein oder Weiblein ist.«

»Was?«

»Na, die Kellnerin mit Bart und Tätowierung.«

»Ja, ja.«

»Hier ist vor einer halben Stunde einer eingeliefert worden, den sie böse zusammengeschlagen haben. Er hatte noch Reste von Schminke im Gesicht und eine tätowierte Schlange auf dem Arm.«

»Ich komme sofort rüber«, sagte ich.

»Es eilt nicht so, James«, sagt sie ganz leise und sanft. »Er läuft dir nicht davon. Vor fünf Minuten ist er gestorben.«

22

Ich werde nicht sehr oft wütend. Die Leute sehen meine roten Haare und daß ich sehr selbstsicher bin, obwohl nicht gerade ein Hüne, und denken sich, mit mir wird wohl nicht gut Kirschen essen sein. Aber das ist gar nicht so. Schon als Junge habe ich immer eher versucht, mich aus Prügeleien rauszuhalten. Ich habe es schon damals vielmehr darauf angelegt, Konflikte auch dann noch lieber durch Reden beizulegen, wenn die anderen Jungs schon die Fäuste hochnahmen, um sich zu schlagen. Ich halte nichts von der Überzeugung mancher Leute, es sei ganz gut, seine Wut rauszulassen. Ich bin im Gegenteil der Ansicht, daß es viel besser ist, die Ruhe zu bewahren. Wenn mir jemand ganz dumm kommt, dann ermahne ich mich immer: cool bleiben, Junge, ganz cool. So wie der alte Joe Kennedy seinen Kindern beibrachte: ›Nicht wütend werden. Nur revanchieren.‹

Aber wie ich da jetzt in der Leichenkammer des Passavant stehe und auf den armen Harry blicke – oder auf Harriet, oder was sonst –, merke ich, wie in mir eine Wahnsinnswut hochkocht.

Sie haben ihn fürchterlich zugerichtet. Mit Rohren und Ketten, mit schweren Ringen. Sein ganzes Gesicht, Mund, Nase, alles voller Spuren von schlimmen Schlägen.

Es ist keine große Kunst, sich zusammenzureimen, was passiert ist. Er wird die angerufen haben, die ihm aufgetragen hatten, mich für einen Hunderter ordentlich in die Mangel zu nehmen, weil ich im *Canals of Venice* herumgeschnüffelt hatte. Und wahrscheinlich hat er ihnen gesagt, daß ich ihm ein Angebot gemacht habe. Und weil er gesehen hatte, daß er mich nicht schaffte, hat er sie dann wieder angerufen und ihnen gesagt, wenn sie ihm trotzdem den Blauen und vielleicht noch ein bißchen dazu bezahlen, hält er das Maul. Daraufhin haben die sich ausgerechnet, es kommt sicher billiger – und macht vielleicht sogar mehr Spaß –, wenn sie ihn auf ihre Weise dafür bezahlen, daß er ihnen in die Quere gekommen ist.

Ich lese den Anhänger an seinem großen Zeh. Harry Wills hieß er.

Ich höre gar nicht, daß die Tür aufgeht. Erst als sie redet, merke ich, daß Mary da ist. »Ist das der, mit dem du dich geprügelt hast?«

»Ja«, sage ich.

»Wenn ich den auf der Straße gesehen hätte, mit Lippenstift und Lidschatten, hätte ich ihn für komisch gehalten. Oder besser gesagt, für seltsam. Und ich hätte sicher ein sehr unangenehmes Gefühl gehabt, auch wenn ich hätte lachen müssen.«

»Vielleicht sehen unsere Mitbürger nur dann, daß wir alle nur Menschen sind, wenn wir noch Babys sind oder tot; da nur Versprechungen und Hoffnungen, hier nur noch Bedauern.«

Ich gehe wie irgendein ganz normaler Gast noch einmal in das *Canals of Venice.* Es ist wieder ziemlich voll von Homo-Queens und Tunten-Prinzessinnen, Lippenstift-Lesben und Samthöschenschwulen samt sämtlichen Schattierungen dazwischen. Ich sehe mich nach Kitchy um, weil ich ihn fragen will, ob er irgendeine Ahnung hat, wer Harry das angetan haben könnte. Aber Kitchy ist nicht da. Dafür ist Denny Bachos da und schaut sich fast die Augen raus nach der halbnackten Tanznummer oben auf dem Laufsteg; wobei ich nicht sagen könnte, ob sich da ein er abzappelt oder eine sie.

»Also hier verstecken Sie sich vor Ihrer Frau, Denny?« sage ich.

»Na, Sie haben es gerade nötig, Mr. Flannery«, sagt er, als wäre er ganz froh, mich zu sehen, obwohl seine Augen herumirren, wo er sich vielleicht verkriechen könnte, »ausgerechnet hier. Ich könnte Sie genau das gleiche fragen.«

»Ich bin nicht verheiratet, Denny.«

»Mag ja sein, aber immerhin so gut wie nach allem, was man so hört.«

»Man kann einfach nichts geheimhalten in dieser Stadt.«

»Jedenfalls nicht, wenn man eine so berühmte Persönlichkeit ist wie Sie.«

Denny Bachos ist ein Mann, der schon mächtig auf die siebzig zugeht, obwohl er, jedenfalls aus drei Metern Abstand, nicht älter als fünfunddreißig aussieht. Nur wenn man ganz nah an ihn rankommt, sieht man, daß sein Gesicht aussieht wie eine Reklame für Balsamierkunst. Er verwendet zwar wohl keinen, aber tatsächlich sieht er immer so aus, als habe er eine dicke Schicht Puder auf der Haut, ein Eindruck, der begünstigt wird von der Haarlotion, die er benützt, um sein Haar nach hinten zu klatschen wie Lackleder. Ich weiß nicht recht, warum, aber irgendwie irritiert es mich immer, daß mich Denny hartnäckig Mister nennt. Soviel Unterwürfigkeit halte ich nicht aus.

»Sie sind der berühmte Mann, Denny«, widerspreche ich. »Sie sind derjenige, der Schulter an Schulter neben dem alten Daley saß, als er noch Assistent beim Stadtrat war.«

Denny blieb auch danach noch Assistent und bekämpfte die drohende Pensionierung unermüdlich mit Haarfärbemitteln und hochgeschlossenen Kragen. Von ihm ging die Rede, er könnte einem den Grabplatz jedes einzelnen Skeletts von Chicago sagen, und wenn es nur die Knochen einer Maus seien. Und zwar wüßte er deshalb so viel, weil er, auch wenn er zuweilen redete wie ein Wasserfall, nie wirklich etwas sagte.

»Na, nun hören Sie aber auf, einen alten Mann auf den Arm zu nehmen.«

»Was trinken Sie da, Denny?«

»Nur ein Bier.«

»Ich spendiere Ihnen einen Whiskey.«

»Weshalb, Mr. Flannery? Welche Tür wollen Sie damit aufkriegen?«

Ich mache mich beim Bartender bemerkbar. Als er kommt, bestelle ich zwei Whiskey und zwei Bier.

»Sie waren doch neulich vor zwei Wochen auch bei dem Kriegsrat, nicht wahr?«

»Wovon sprechen Sie?«

»Na, von dem hier im Hinterzimmer.«

»Was heißt da Kriegsrat? Das war ein kleines Treffen der alten Jungs vom Limburg-Club. Nur eben ein bißchen Kartenspielen und ein paar Witze.«

»Hat Velletri ein paar erzählt?«

»Er war gar nicht dabei. Er ist schon alt, und es geht ihm nicht mehr so gut. Aber er hat das Essen spendiert, Spaghetti und Pizza. Da ist er nicht kleinlich.«

»Und Jefferson hat dann wohl das Bier und die Brezeln bezahlt, wie?«

»Jefferson? Sprechen Sie vom Referenten des Bürgermeisters, von Barker Jefferson?«

»Genau den meine ich.«

Er lacht, als wenn er mich hier vor seinen eigenen Augen überschnappen sieht. Aber so ganz echt klingt es nicht.

»Was sollte denn Barker Jefferson bei einem Treffen der alten Limburg-Jungs? Wissen Sie nicht, daß er auf der anderen Seite steht?«

»Geben Sie's auf, Denny. Ich weiß zufällig genau Bescheid. Er war hier. Niemand versucht ein Geheimnis daraus zu machen.«

»Na ja, wenn ich scharf nachdenke, fällt mir tatsächlich ein, richtig, er kam vorbei, um Hallo zu sagen.«

»Seinen Gegnern?«

»Einigen von den Jungs, die für den Apparat sprechen können.«

»Was von ihm übrig ist.«

»Wie Sie meinen.«

»Ich werde irgendwie das Gefühl nicht los, daß gerade in diesem Wahljahr eine Unmenge Deals vereinbart werden. Ich habe den Eindruck, alle möglichen Leute, denen man das überhaupt nicht zutrauen würde, springen in alle möglichen Betten.«

»Sie müssen es ja wissen, Mr. Flannery.«

»Stehen Sie wirklich auf die Rumhüpferei von so Schwulen hier?« frage ich leichthin zur Ablenkung.

»Es gibt Leute, von denen Sie das nie glauben würden, die auf solche Sachen hier scharf sind.«

»Sie selber auch, Denny?«

Er läuft an wie eine Tomate. »Ich nehme doch an, Mr. Flannery, Sie unterstellen mir hier nicht irgendwelche schlimmen Sachen. Das würde mir gar nicht gefallen. Ich bin kein Scheißhaus-Schwuler, zum Donnerwetter. Vielleicht macht es mir Spaß, diese kaputten Freaks zu beobachten, aber das heißt noch lange nicht, daß ich etwas mit ihnen zu tun habe. Mit keinem von denen würde ich Freundschaft schließen.«

»Denken die anderen Limburger auch so?«

»Natürlich denken die auch so! Jeder richtige Mann denkt so. Und das sind die Limburger alle!« Und er haut sich seine Faust in die andere Hand, mit kurzem, kräftigem Schlag.

»Hübschen Ring haben Sie da, Denny«, sage ich, als ich den großen Ring an seiner kleinen Hand entdecke. »Ist das nicht das Erkennungszeichen der Limburger?«

»Als wenn Sie nicht schon jede Menge solcher Ringe

gesehen hätten, Mr. Flannery! Trägt denn nicht auch Ihr alter Herr einen?«

»Nach dem Tod von Hizzoner hat er ihn in die Schublade gelegt.«

»Der hier hat schon viel erlebt über all die Jahre. Er hat schon meinem alten Herrn gehört. Ich habe zwar auch meinen eigenen, aber er hat mir seinen auf dem Sterbebett gegeben, und seitdem trage ich ihn. Er hatte ihn schon seit neunzehnneunzehn, damals, als die Limburger sich ihre ersten Meriten erwarben, in diesem Kampf mit den Ragen's Colts aus Canaryville.«

»Die großen alten Tage.«

»Genau. Das machte damals die Limburger ja zu einer Macht in der Politik, nicht? Bridgeport und den ganzen Rest des Bezirks haben sie nach diesem letzten großen Kampf gegen die Colts anno vierundzwanzig in der Tasche gehabt. Damals war das der Dreizehnte. Sie kennen ja sicher die alte Geschichte, wie Doyle, der Vorsitzende der Limburger, diesem anderen Kerl, der ihn zwanzig Jahre lang gehabt hatte, den Stadtratssitz abnahm?«

Ich sage gar nicht erst, er soll mir die Geschichte erzählen, weil ich ohnehin weiß, er erzählt sie mir auf jeden Fall.

»Dreihundertfünfzig Limburger, alles junge Burschen, zogen damals Abend für Abend in Zehnergruppen los, um Wahlkampf für ihn zu machen. Sie wissen, was ich meine?«

»Ich weiß, was Sie meinen, ja. Haben Sie diese Art Überzeugungsarbeit später, als Sie erwachsen waren, auch noch gemacht, Denny?«

»Ach, wissen Sie, ich bin ein Liebhaber, kein Krieger«, grinst er, um dann rasch hinzuzufügen: »Was natürlich nicht heißen soll, daß ich mich vor einem Kampf drücke. Würde ich nie. Werde ich auch nie.«

Ich nehme seine Hand und halte sie mir nahe vor die

Augen. An den Knöcheln, die auch etwas geschwollen aussehen, sind ein paar Abschürfungen.

»Kürzlich in einen hineingeraten?« frage ich.

»Na ja, wie das so geht. Manchmal muß man eben eine Lady beschützen, mit der man ausgeht.«

»Ehefrau?«

Er grinst wieder und blinzelt. »Noch bin ich nicht tot, und ab und zu braucht ein Mann eben mal eine Abwechslung.«

»Sie haben sich also wegen Ihrer Freundin geprügelt?«

»Der Typ war nicht mehr nüchtern. Ging sehr schnell.«

»Wo war denn das?«

»Nicht hier. Und nicht letzten Freitag, falls Sie das meinen.«

»Tun Sie mir einen Gefallen, Denny?«

»Solange es nichts Unvernünftiges ist, Mr. Flannery, das wissen Sie doch«, sagt er und will mich wieder einwickeln.

»Nur eine Frage. Hat neulich abends irgendwer von den Leuten im Hinterzimmer mit irgend jemandem hier draußen im Lokal Streit gehabt?«

»Mit den Schwulen, meinen Sie?«

»Das meine ich, ja.«

»Wie kommen Sie denn darauf? Wir sind doch an die gewöhnt. Ich meine, keinem von uns sind die fremd. Wieso, worauf wollen Sie eigentlich hinaus? Worum geht's überhaupt?«

»Es geht darum«, sage ich, »daß ihr alle miteinander sehr nervös werdet, wenn man das Thema nur anschneidet. Und eben deswegen wüßte ich gerne, ob einer von euch irgendwie einen Wortwechsel mit einer von den Tunten hier hatte.«

»Wie kommen Sie denn darauf?«

»Weil ich mit Rosenquist, Calcazone und Trebova gesprochen habe«, sage ich und zucke mit keiner

Wimper, was die Lüge wegen Trebova angeht. »Und weil sie es mir gesagt haben.«

»Mein Gott, ja, es gab da so einen kleinen Zwischenfall, kurz, ehe ich ging.«

»Was für einen kleinen Zwischenfall?«

»Na ja, also Willie Dobbins kam von der Pißbude zurück und war ziemlich sauer. Irgendeiner von den warmen Brüdern, sagte er, hätte ihm penetrant auf den Pimmel geschaut, wie er ihn abschüttelte«, sagt er und lacht.

»Wie sauer genau war er?«

»Na ja, rumgeschrien und gebrüllt und so. Und wir haben ihn alle ein bißchen hochgenommen. Wir haben uns alle königlich amüsiert, aber er hat es geschluckt. Dann haben wir weiter Karten gespielt, und im Handumdrehen war es zwei Uhr. Ich habe dann gemacht, daß ich heimkam, wo mich meine Alte ankeifte.« Er lacht wieder. Es klingt wie eine Krähe.

»Noch einen, Denny?« frage ich.

»Nein, danke, Mr. Flannery«, sagt er und rutscht von seinem Barhocker herunter. »Ich habe nur noch kurz auf dem Heimweg reingeschaut. Ich will mich nicht schon wieder ankeifen lassen.« Er geht einen Schritt, kommt aber noch einmal zurück. »Sagen Sie, Mr. Flannery«, sagt er, »haben Ihnen Calcazone und die anderen diese Geschichte mit Dobbins' Pimmel auch erzählt?«

»Na, sicher. Warum sollten sie denn nicht? War doch nichts zum Verheimlichen, oder?«

Er grinst erleichtert, daß man ihn nicht übertölpelt hat und er nicht etwa eine Katze aus dem Sack gelassen hat, die gar nicht raus sollte, und trollt sich dann eiligst.

Mein Mund ist völlig trocken. Ich weiß, es kommt von dem Zorn, der wegen des Todes von diesem armen Hund Harry Wills immer noch in mir kocht. Das Adrenalin hat mir sämtlichen Speichel weggetrocknet. Ich sehe auf den Whiskey und das Bier, aber darauf habe ich überhaupt keine Lust. Ich bestelle mir lieber ein Glas Ginger Ale, und als der Barkeeper es vor mich hinstellt, schütte ich es in einem Zug hinunter.

»Durstig gewesen, wie?« sagt eine Stimme über meine Schulter.

Ich drehe mich herum, und da steht Ginger, einer von Velletris Leuten. Er grinst mich an mit seinem Bärtchen, das wie mit dem Stift gezogen ist. In seiner dunklen, verspiegelten Sonnenbrille kann ich mich selbst sehen.

»Hauen Sie ab«, sage ich. Ich bin noch immer schlechter Laune und zornig auf die ganze Welt.

Aber Finks, seine andere Hälfte, legt mir eine schwere Hand auf den Arm und drückt zu, als wenn er mir den ganzen Blutkreislauf anhalten wollte.

»Diesmal werden wir nicht so zimperlich mit Ihnen sein, Mr. Flannery, wie sonst immer.«

Ohne daß ich auch nur eine Sekunde darüber nachgedacht hätte, rammte ich ihm meinen Ellbogen mit aller Kraft in den Bauch. Er läßt ein Grunzen hören und klappt buchstäblich in der Mitte ein. Ich rutsche von meinem Hocker herunter. Ich will nur hier wegkommen, damit ich mich ihnen richtig stellen und ihnen sagen kann, daß ich ja gar nichts dagegen habe, zu Velletri zu gehen, daß ich aber verdammt nochmal ihre ungehobelten Manieren satthabe. Doch Ginger mißversteht mich, und ich sehe nur, wie er in der nächsten Sekunde einen lederumhüllten Totschläger in der Hand hat, der sich seitlich auf meinen Kiefer zubewegt, und zwar ziemlich schnell.

Wo Mabel Halstead plötzlich herkommt – keine Ahnung. Jedenfalls ist da auf einmal ein Wirbel von Chiffon, ein weißes Gesicht und ein Klecks aus feuerrotem Lippenstift auf einem verzerrten Mund. Und ein roter Stöckelschuh tritt Ginger genau gegen den Kopf, so daß er wie von der Axt gefällt zu Boden geht.

Ich gehe sofort auf Finks los. Nicht daß ich Schläge

austeile. Ich gehe nur so nahe an ihn ran, daß er nicht damit anfangen kann.

»Was zum Teufel . . .«, sagt er, als er sich einigermaßen erholt hat, und läßt sich von mir auf Distanz halten. Ich werfe einen schnellen Blick über die Schulter und bemerke, daß Ginger sich wieder hochzurappeln beginnt. Plötzlich versucht er, einen Aufwärtshaken loszulassen, der ganz eindeutig Mabel Halstead den Kopf mitsamt der Perücke herunterfegen soll. Aber da hat er sich geschnitten. Die Halstead weicht blitzschnell seitwärts aus und läßt ihre Handkante sofort mit einem fürchterlichen Hieb auf sein Handgelenk herunterknallen. Ginger schreit fürchterlich auf und sitzt auf dem Arsch. Er sieht zu der Halstead, als könnte er einfach nicht glauben, was sich soeben ereignet hat.

»Schon gut, Milton«, sage ich. »War nur ein kleines Mißverständnis.«

»Hab' ich etwa dem falschen Jungen weh getan?« sagt die Halstead mit hoher, säuselnder Strimme, die nicht mal gespielt ist.

»Ich glaube, diese Gentlemen hier wollten an sich nur eine Einladung zu einem Gespräch mit ihrem Boß überbringen. Der da unten hat mich angefaßt. Aber woher sollte er auch wissen, daß ich absolut nicht in der Stimmung bin, angefaßt zu werden?«

»Man faßt auch niemanden an, wenn man nicht erst gefragt hat, ob es recht ist. Sind Sie in städtischem Auftrag unterwegs, Jimmy?«

»Ach, ich saß gerade nur so bei einem Glas Ginger Ale.«

»Na ja, also dann weiterhin einen schönen Abend«, sagte die Halstead, oder auch er. Er zieht sich den rechten Stöckelschuh wieder an und schlendert hinüber zu einem Tisch, an dem Leute vielerlei Geschlechts sitzen.

Ich denke darüber nach, welchen Grund Mabel Halstead, seit Spencers und Fryes Tod Janet Canarias rechte Hand, um alles in der Welt haben könnte, sich hier im *Canals of Venice* aufzuhalten. Sie wird doch wohl kaum bloß für ein bißchen Unterhaltung und Entspannung hiersein, oder?

23

Jedesmal, wenn ich in Velletris Büro geleitet werde – was nicht sehr oft der Fall ist, und wenn, dann nur auf seinen Wunsch hin –, erinnern mich die schweren Samtteppiche und die schattige Kühle dort an das Büro eines sehr hohen kirchlichen Würdenträgers.

Ein Riesenschreibtisch, auf dem nichts zu sehen ist außer einer makellosen Schreibunterlage aus Leder, einem Schreibset mit Uhr aus schwarzem Marmor sowie drei Familienfotos, in Silberrahmen natürlich. Das erste sieht sehr altmodisch aus, weil es in jenem Braunton ist, der vor fünfundzwanzig Jahren wieder modern war. Es zeigt eine stämmige Frau um die vierzig mit schönen dunklen Augen und in der Mitte gescheiteltem dunklem Haar, das hinten zu einem Knoten gebunden ist. Das erste Mal, wie ich – vor langer Zeit – dieses Foto gesehen habe, dachte ich, es wäre wohl seine verstorbene Mutter. Wegen des schwarzen Trauerflors, mit dem es drapiert war. Später habe ich aber erfahren, daß es seine erste Frau war, die Mutter seiner vier Kinder, die das zweite Foto zeigt. Inzwischen sind Velletris Kinder schon längst keine Kinder mehr und alle erwachsen. Aber er behält nach wie vor dieses Kinderfoto auf seinem Schreibtisch. Ganz anders das dritte Foto. Noch eine Frau, aber ein ganz anderer Typ. Jünger, dünner, hübscher und neuer. Das einzige, was fast gleich ist, sind ihre ebenso großen schwarzen Augen mit dichten Brauen darüber, wie sie die erste Frau hatte. Es ist Gina Velletri, seit jetzt so zwölf, dreizehn Jahren seine zweite Frau. Sie lebt praktisch unter Ausschluß der Öffentlichkeit. Er hat mit ihr keine Kinder, und so gut wie niemand sieht sie jemals.

Velletris Büro sieht nicht nur so aus, wie man sich ein Prälatenbüro vorstellt, sondern auch sein Auftreten ist so sanft wie das eines hohen Kirchenfürsten; ganz salbungsvoll, aber doch sehr der Macht bewußt, die er tatsächlich in seinen weißen Händen hält.

Wie er damals bei den dreiundachtziger Wahlen versprochen hat, Dick Daley junior würde von ihm den Fünfundzwanzigsten auf dem Tablett serviert kriegen, da ging ihm vermutlich zum ersten Mal in seinem Leben politisch etwas in die Hose. Denn der schwarze Kandidat gewann. Der hatte ganz unauffällig seine Kandidatur angemeldet und seine Stellung ausgebaut, während Velletri noch ganz auf die gewohnte Art herummauschelte und meinte, damit sei alles gelaufen. Er ist jetzt schon über siebzig und könnte sich ohne weiteres zur Ruhe setzen und die Bürde der Macht abgeben, wenn er nur wollte. Aber das muß man erstmal machen. Da gibt es ja auch noch die Leute, die einem andauernd sagen, nichts hielte einen so jung und meilenweit vom Friedhof weg.

Und so schließt er Kompromisse und paßt sich an. Er gibt inzwischen zu, daß der Parteiapparat und das alles auch im Fünfundzwanzigsten nicht mehr so läuft wie einst, okay. Aber er sorgt trotzdem dafür, daß alle wissen, noch hat er das Sagen im Fünfundzwanzigsten. Gerüchte über Unterweltkontakte, die immerhin mehr als nur halb wahr sein könnten, helfen ihm dabei sogar eher. Doch in erster Linie ist es eben immer wieder die Art, wie er alle mit seinen milden Gaben und Anteilen um den Finger wickelt – während er den Löwenanteil einstreicht –, die in der Stadt seinen fast staatsmännischen Ruf aufrechterhält.

Das heißt noch nicht, daß er nun gleich das Brot auch mit den Schwarzen bricht – oder mit sonst irgend jemandem, der seine Macht und seinen Einfluß im Fünfundzwanzigsten bedroht. Obwohl ich gar nicht so sicher bin, daß er nicht doch gezwungen ist, sich wenigstens gelegentlich mal mit dem Bürgermeister und seinen Leuten an die Tafel zu setzen; deren Appetit wächst ja ohnehin immer offensichtlicher, und ihre Tigerstreifen treten auch immer deutlicher hervor.

Er lächelt mir ganz leutselig entgegen und sagt: »Was wollen Sie mir da eigentlich auf meine alten Tage noch antun, Mr. Flannery? Warum streichen Sie ständig in meinem Bezirk herum und kümmern sich um Sachen, die Sie absolut nichts angehen?«

»Das mag vielleicht so aussehen, Mr. Velletri. Aber ich suche ganz bestimmt nicht nach Anlässen, mich auf das Gebiet des Fünfundzwanzigsten zu begeben.«

»Nein?«

»Es sieht höchstens so aus. Vielleicht kommt das bloß davon, daß sich hier in Ihrem Distrikt so viel tut, das bis in meinen hinüberschwappt.«

»Wie zum Beispiel was?«

»Wie zum Beispiel Konferenzen im Hinterzimmer des *Canals of Venice* zwischen politischen Kräften, die glauben, sie könnten einfach aushandeln, wer im Siebenundzwanzigsten für den Stadtrat kandidieren darf.«

Er schüttelt den Kopf, als habe er eben den wilden Märchenphantasien eines Kindes gelauscht. »Mr. Flannery, Mr. Flannery. Wenn ich nur verstehen könnte, wovon Sie eigentlich reden. Glauben Sie denn im Ernst, irgendein Politiker mit nur einem Funken Intelligenz kümmert es heute noch mehr als einen Dreck, wer in dem oder in jenem Bezirk Stadtrat ist?«

»Wenn das so ist, dann frage ich mich nur, wie es kommt, daß in der ganzen Stadt mehr Leute auf eine Kandidatur scharf sind, als ich jemals erlebt habe.«

»Das stimmt, da muß ich Ihnen recht geben. Aber wissen Sie, das ist eben das öffentliche Gesicht der Politik. Ich will damit sagen, der Stadtrat war doch noch nie der Ort, wo die Dinge wirklich entschieden werden. Das und die Verteilung des Kuchens geschieht doch ganz woanders. Und durch Leute, die nicht so im Scheinwerferlicht stehen.«

»Eben das versuche ich ja rauszufinden. Nämlich, ob diese Leute, die ›nicht so sehr im Scheinwerferlicht stehen‹, zum Beispiel versuchen, die *Gay Liberation Front* wegzuputzen und zu diesem Zwecke als unübersehbares Warnsignal ein paar von den wichtigsten Leuten dieser Dame Canarias in die Mangel nehmen lassen.«

Velletris Gesicht wird plötzlich ganz verschlossen. Es sieht aus, als erstarrte es plötzlich zur Wachsmaske. Um seinen Mund und seine Nase zeigen sich weiße Linien.

»Diese Canarias ist keine Dame, sondern ein perverses Luder.«

Die Hitzigkeit dieser Reaktion kommt mir einigermaßen überraschend.

»Ah, Sie kennen sie?« frage ich.

»Wir sind uns mal begegnet. Dieses geile Weibsstück mit ihrem grellen Lippenstift und ihren langen Haaren und dem geschlitzten Rock, aus dem die Beine rausschauen, rauf bis zur Möse.«

Ich klappere nur noch mit den Augendeckeln. Noch nie habe ich ihn derart vulgär reden hören.

Lieber Gott, denke ich, ist die Canarias gegen den alten Mann da vielleicht einfach nur ganz zuckersüß gewesen, weil sie natürlich weiß, daß er, wenn er will, mit seiner Macht und seinem Einfluß durchaus etwas für sie tun kann? Und er hat es gleich mißverstanden und in dem Glauben, sie wäre dazu bereit, versucht, sie für ein bißchen Unterstützung ins Bett zu kriegen? Macht er sich tatsächlich noch Illusionen über die falsche – wenn auch verbreitete – Überzeugung, Macht sei gleich Potenz, auch wenn man schon so aussieht, als würde man bereits mit einem Fuß im Grab stehen?

»Ich hätte Ihnen solche Urteile gar nicht zugetraut«, sage ich.

»Was für Urteile?«

»Nun, über Hautfarbe. Über Religion. Über Nationalität. Über . . .«

»Wir reden hier über die Sünde, die in der Bibel die Sünde ohne Namen heißt.« Er hat die Stimme nur ein wenig gehoben, aber das klingt bereits, als würde er schreien.

Ich versuche gar nicht erst, ihn zu korrigieren. Soweit ich mich erinnere, hat die Bibel durchaus eine Menge Namen dafür. Mit viel deutlich ausgesprochener Verdammung.

Es scheint, als wäre es gar nicht deswegen, weil sie seine Avancen abgelehnt hat, sondern weil er in diesen Dingen einfach richtig bigott ist. So wie fast jeder auf dieser Welt in irgendeinem Punkt bigott ist.

»Mehr habe ich dazu nicht zu sagen, Mr. Flannery. Ich wünsche schlicht und einfach, daß Sie aufhören, Ihre Nase in mein Geschäftsrevier und in meinen Bezirk zu stecken.«

»Warum gehen Sie so formell mit mir um, Mr. Velletri? Gut, Sie haben vielleicht Anspruch auf meinen Respekt. Aber Sie kennen doch immerhin meinen Vater schon eine Ewigkeit, und mich kennen Sie von Kind auf. Sie haben mich immer nur Jimmy genannt.«

»Das war, bevor Sie erwachsen waren und alt genug, einem ein Dauernagel im Hintern zu sein, Mr. Flannery.«

Jetzt weiß ich, daß es Zeit ist, zu gehen.

»Ich will Ihnen was sagen, Flannery«, sagt er, als wollte er seinen Zornesausbruch wiedergutmachen, »wenn ich Sie wäre, würde ich zu Jefferson gehen und ihm einfach das mit seinem Wagen sagen, der vor meinem Lokal stand. Ich war ja nicht selbst dort, aber man hat es mir berichtet.«

»Weil wir gerade vom *Canals of Venice* reden, Mr. Velletri«, sage ich.

»Ja, was ist damit?«

»Wie kommt es eigentlich, daß Sie ein Lokal für Schwule, Lesben, Huren, Zuhälter und sonstige Perverse jeder Couleur betreiben?«

»Ich betreibe es nicht, Flannery. Es gehört mir. Und Geschäft ist Geschäft.«

24

Barker Jefferson hat eine bescheidene Bleibe drüben an der Grenze zwischen dem Siebenundzwanzigsten und der Altstadt. Sie nimmt gerade mal das ganze Obergeschoß des Hauses ein. Die Tür sieht aus, als wäre sie aus einem Stück. Echte Eiche. Und sie hat einen Spion, der aber nicht aus diesem üblichen kleinen, runden Ding besteht, sondern aus einem messingvergitterten Türchen. Wie ich die Klingel drücke, trompetet es drinnen los, als würde Louis Armstrong voll in sein Instrument blasen. Dann geht das Spiontürchen auf, und ein forschendes Auge blickt mich an. Das Spiontürchen geht wieder zu. Ich warte. Nach schätzungsweise drei Minuten geht dann die Tür auf.

Ich tippe an meinen Hut und schenke Huron mein bestes Lächeln, was ihm aber nicht die kleinste Gemütsbewegung entlockt. Er lächelt überhaupt nie. Er sagt auch nie ein Wort, wenn er nicht ausdrücklich dazu aufgefordert wird. Er hat so eine Art, die einen immer an einen großen Kater erinnert. So als könnte er einen umbringen, ohne auch nur ein Jota mehr Energie dafür aufzuwenden, als nun einmal unbedingt nötig ist, und sich anschließend in aller Ruhe zum Mittagessen ein Ei in die Pfanne zu hauen. Solche Männer haben eine Lebenseinstellung in ihrem Kopf, an die ich nicht mal denken möchte.

Jefferson befindet sich in einem etwas tiefer liegenden Wohnraum, der völlig in Schwarz und Weiß gehalten ist, mit Ausnahme von ein paar farbenfrohen Wandteppichen. Er hat eines von diesen Dingern an, die nur wie ein großes Stück Tuch aussehen, mit einem Loch, um den Kopf durchzustecken, und statt Ärmeln ein paar Fransen an den Seiten. Außerdem ist er barfuß und versucht sich auf seinem sandbeigen Bodenteppich gerade am Veitstanz oder etwas verdammt Ähnlichem. Die Trompeten, die losgegangen sind, als ich klingelte, schmettern noch eine halbe Minute, dann hören sie endlich auf.

»Toll, meine Türglocke, oder?« begrüßt er mich. Er grinst wie ein Honigkuchenpferd und stolpert sich fast in den Stillstand.

»So etwas erwartet man nicht«, sage ich.

»Aber doch passend, oder? Wir Nigger haben nun mal Rhythmus im Blut, das wissen Sie doch. Oder was meinen Sie? Glauben Sie nicht, daß wir Nigger Rhythmus im Blut haben?«

Er strömt vor Leutseligkeit geradezu über. Wie man es so macht, wenn man jemanden auf die ganz dumme Tour einwickeln will. Wenn ich nämlich jetzt auf die Idee komme, nur einmal auch ›Nigger‹ zu sagen, wie er das getan hat, dann kann ich mir ausrechnen, daß sein Gesicht auf der Stelle eisig wird und er mich kühl darauf hinweist, so vertraut wären wir nun auch wieder nicht miteinander. Und damit hätte er schon Oberwasser, ehe wir angefangen haben.

»Nein, ich glaube nicht, daß Sie Rhythmus haben«, sage ich deshalb.

Jetzt lacht er. »Völlig richtig. Setzen Sie sich. Was kann Huron Ihnen bringen?«

Ich schüttele den Kopf und setze mich auf ein Element der Endlos-Couch, die die ganze Wand entlangläuft und dann noch um die Ecke geht. Auf die Art habe ich eine Aussicht auf einen Teil der Skyline von Chicago.

»Ach richtig, Sie trinken ja nicht, stimmt's?« sagt Jefferson und setzt sich genau auf die Ecke der Couch. Er sitzt mir fast gegenüber und blickt mit einem kurzen Kopfschütteln zu Huron, der sich sofort entfernt. »Ja, das habe ich bemerkt. Sie haben zwar immer einen Drink vor sich stehen, aber Sie feuchten sich höchstens die Lippen an.«

»Das Zeug schmeckt mir nicht.«

»Dabei sind Sie doch Ire, oder nicht?«

»Na ja. Sie haben keinen Rhythmus, ich trinke nicht. So sind wir beide aus der Art geschlagen, anders als die Stereotypen unserer Spezies.«

Er sieht mich an, als hätte er so eine Juwelierlupe im Auge und untersucht nun, ob ich ein echter oder falscher Stein bin.

»Sie haben da eine gute Rolle«, sagt er.

»Was?«

»Na, das gemeine Haus-Arschloch. Nur ab und zu vergessen Sie sich und fallen aus der Rolle. Dann sagen Sie solche Sachen wie ›die Stereotypen unserer Spezies‹, so daß gleich jeder merkt: Sie können ja lesen.«

»Und Sie vergessen manchmal zu schlurfen.«

Da lacht er wieder. »Schön. Was kann ich also für Sie tun, Flannery?«

»Sie können mir sagen, warum Sie einen Extraschlüssel für das Vorhängeschloß in der Sauna im *Paradise* haben machen lassen.«

Er sieht mich an, als dächte er, ich spinne. »Was soll das denn bedeuten?« sagt er.

»Vielleicht bedeutet es gar nichts. Aber ich habe so

nachgedacht, ob es eigentlich mehr als zwei Schlüssel für dieses Schloß gegeben hat. Einen haben Sie Riley gegeben, und einen Shimmy und Prinzessin Grace. Und ich hatte so ein Gefühl, daß es noch einen gegeben haben könnte.«

»Und wem immer ich den gegeben hätte, der wäre es dann gewesen, der Spencer und Frye ins *Paradise* rüberschleppte, um die beiden fertigzumachen? Für den Fall, daß er weder an den Schlüssel dieses versoffenen Gorillawärters oder der beiden Tunten herankäme?«

»So ungefähr, ja.«

»Sie kombinieren aber mächtig um fünf Ecken, Flannery.«

»Nun, ich habe rausgekriegt, wo Huron den Schlüssel machen ließ, wissen Sie.«

»Nämlich genau in dem gleichen Laden, wo er ein besonders billiges Schloß gekauft hatte. Weil bei ihm ein Schlüssel war. Manchmal hat Huron so Ideen.«

»So viel Aufwand wegen so einem bißchen Schloß? Und dann muß er doch einen zusätzlichen Schlüssel machen lassen, der mehr kostet als alles andere zusammen? Ach, kommen Sie.«

»Nein, Flannery, kommen Sie. Sagen Sie mir mal, was zum Teufel Sie eigentlich in meinen kleinen Geschäften herumschnüffeln?«

»Wieso sind Sie bereit, Ihre Kandidatur zu meinen Gunsten zurückzuziehen?«

»Sehr einfach. Weil ich einen besseren Fisch angle.«

»Das haben Sie doch nicht selbst beschlossen.«

»Nein, habe ich nicht. Der Bürgermeister hilft mir beim Angeln.«

»Wann sind Rosenquist und Trebova ausgestiegen, um mir Platz zu machen?«

»Als sie darum gebeten wurden.«

»Drüben im *Canals of Venice*, an jenem Abend, als Spencer und Frye umgebracht wurden?«

»Ich sagte Ihnen doch, das habe ich telefonisch erledigt. Wieso glauben Sie mir eigentlich nichts?«

»Weil ich Zeugen dafür habe, daß Sie an dem Abend mit ihnen im *Canals of Venice* waren.«

»Schön. Okay. Jetzt wissen Sie's. Ich war dort, um die ganze Mauschelei unter Dach und Fach zu bringen, mit der Sie Kandidat werden sollen, wenn Sie denn die Güte haben, zu wollen.«

»Und warum machen Sie daraus ein Geheimnis?«

»Als ich Sie gefragt habe, konnte ich doch nicht mal sicher sein, ob Sie das Angebot überhaupt annehmen. Woher sollte ich wissen, ob Sie nicht vielleicht gleich zum Staatsanwalt rennen und ›Verschwörung!‹ schreien? Ich weiß es ja noch nicht mal jetzt.«

»Ich habe mich auch noch nicht entschieden. Um welche Zeit sind Calcazone und die anderen gegangen?«

»Mein Gott, woher soll ich das wissen. Ich habe doch nicht auf die Uhr geschaut.«

»Ist noch irgendwas passiert, nachdem Willie Dobbins dieses Theater gemacht hatte, weil ihm einer von den Schwulen auf dem Klo auf seinen Pimmel schaute?«

»Weiß ich nicht. Entweder war ich zu der Zeit schon weg, oder ich hatte einfach keine Zeit, mir Geschichten über Willies Pimmel anzuhören. Aber ich sehe schon, Flannery, Sie sind mal wieder auf dem Kriegspfad. Sie versuchen auf Teufel komm raus, mich mit der Unterstellung, ich oder irgendeiner von meinen Leuten hätte etwas mit dem Tod dieser beiden warmen Brüder zu tun, auf die Palme zu bringen. Das schaffen Sie aber nicht. Wie Sie sehen, lächle ich sanft. Kommen Sie mal wieder vorbei. Wenn ich Sie einlade. Und haben Sie jetzt erstmal die große Güte, sich verdammt nochmal endlich zu entscheiden! Und werden Sie endlich mal erwachsen, okay?«

»Sie haben völlig recht. Sagen Sie doch einfach allen, die in Frage kommen, ich lehne das Angebot ab, bei allem

Respekt, und werde selbst, wenn ich einberufen werde, den Dienst verweigern.«

Aus der Halle erscheint Huron und öffnet mir genau in dem Moment als ich dort ankomme, die Tür. Seine Fingerknöchel sind, wie ich feststellen kann, ohne jede Schramme.

25

»Ich habe die Risse gesehen«, sage ich, wie wir am Sonntag zusammen beim Essen sitzen. Ich sage es mehr zu mir selbst als zu Mike, Mary oder der Canarias, die wegen Marys Kochkünsten wieder gekommen ist, nachdem ich Mary gebeten habe, sie doch nochmal einzuladen.

»Was hast du gesehen?« fragt Mike.

»Diese Dings, wie heißt es noch, auf Velletris Gesicht.«

»Tünche«, sagt Mary.

Das fällt mir schon eine ganze Zeit auf: immer, wenn ich ein bestimmtes Wort nicht finde, selbst eines, das ich kenne, hat Mary es sofort parat. So gut kennt sie mich schon. Ich kann nur hoffen, es kommt nicht soweit, daß sie überhaupt gleich alle meine Sätze beendet. Ich kenne Ehepaare, bei denen das so ist. Und früher oder später hört dann einer von den beiden ganz auf zu reden und sitzt nur noch da und lächelt, oder runzelt die Stirn oder nickt, wie eine von diesen Puppen, die man in das Heckfenster von seinem Auto stellt.

»Richtig, Tünche. Velletri mag Schwarze nicht.«

»Was, und das ist dir neu?« sagt Mike.

». . . und Schwule und Lesben haßt er geradezu.«

»Dito.«

Ich werfe einen Seitenblick auf die Canarias. Sie hält ihre Augen auf ihrem Teller und tut so, als interessiere sie die Konversation nicht besonders.

»Dabei habe ich gesehen, wie er auf den Versammlungen den Schwarzen die Hände schüttelt und sich von Gays umarmen läßt, als wären sie alte Freunde.«

»Vielleicht sind sie's ja auch. Velletri wird dir jederzeit sagen, daß einige seiner besten Freunde Nigger sind, Tunten oder harte Lesben.«

»He, he!«

»Natürlich wird er sich nicht so ausdrücken. Er hat immer sein Ohr am Puls der Zeit. Wenn Neger wie Jefferson wünschen, daß man sie fortan Neger nennt, dann nennt Velletri sie eben Neger. Wollen sie, daß man Farbige zu ihnen sagt, gut, dann sagt er Farbige. Wenn sie möchten, du sollst sie Afro-Amerikaner rufen, dann . . .«

»Schon gut, ich verstehe«, sage ich, ehe Mike noch jeden einzelnen im Laufe der Geschichte schon gebrauchten Ausdruck für Schwarze erwähnt und näher erläutert.

»Das gleiche gilt für Homosexuelle. Er wird sie immer so nennen, wie sie selbst gern genannt werden möchten. Er drückt und umarmt jeden und läßt sich von jedem, bei dem auch nur die Vermutung besteht, er hätte was zu sagen oder ein bißchen Einfluß, auf die Wange küssen. Aber du darfst trotzdem nie vergessen, daß er Italiener ist, was sag' ich: Sizilianer. Bei denen kommt zuerst die Familie, danach kommen die Sizilianer, danach die Italiener, und frühestens dann der Rest der Welt. Manchmal sind es Freunde, manchmal auch nicht, immer aber sind sie ihm auf irgendeine Weise nützlich. Andernfalls will Velletri erst gar nichts von ihnen wissen. Und dann gibt es da die Schwarzen und die Gays, die seine wirklichen Freunde sind. Da ist er genau so wie wir alle. Du kannst eine ganze Sippe oder Gruppe nicht mögen, aber das muß absolut nicht verhindern, daß du einzelne davon durchaus als echte Freunde hast.«

»Gibt er zu«, fragt die Canarias, »daß er irgendwas darüber weiß, was mit Spencer und Frye geschehen ist?«

»Er hat mir erklärt, was da war, wäre im Siebenundzwanzigsten passiert, und folglich ginge es ihn nichts an. Ich habe ihm daraufhin gesagt, Tatsache ist, daß sie zuletzt lebend im Fünfundzwanzigsten gesehen worden sind. O Gott!«

»Was ist?« fragen alle drei gleichzeitig, und zwar so, als hätten sie Angst, daß ich eine Herzattacke habe.

»Manchmal frage ich mich selber, wo ich eigentlich meinen Kopf habe«, sage ich. »Spencer und Frye haben doch so ungefähr an allen Stellen geblutet, an denen ein Mensch nur bluten kann. Aber auf den Planken der *Paradise*-Sauna waren nicht mehr als ein paar kleine Blutspritzer!«

Ich wische mir den Mund mit der Serviette ab und stehe auf.

»Wo willst du hin?« fragt Mary.

»Weg.«

»Verdammt«, sie brüllt mich fast an, »gib mir nicht dauernd solche Antworten wie kleine Jungs ihren Müttern! Ich will wissen, wo du hingehst!«

»Ich gehe rausfinden, welche Bande von Lügnern am meisten lügt.« Ich sehe Janet Canarias an. »Und bevor ich gehe, muß ich Ihnen ein paar Fragen stellen.«

»Bitte«, sagt sie und ist auf einmal ganz gespannte Aufmerksamkeit, als wollte sie kein Wort überhören. So, als wollte sie absolut sicher sein, was sie antwortet, und zwar ehe sie antwortet. Oder auch nicht.

»Haben Sie schon Ihr ganzes Leben lang nur Interesse an Frauen gehabt, oder haben Sie es auch schon mal mit Männern probiert?«

»Ich war sogar einmal verheiratet«, sagt sie. »Das wissen die meisten Leute nur nicht. Es gibt sogar heute noch durchaus gewisse Männer, zu denen ich mich hingezogen fühle. Allerdings handle ich meistens nicht danach.«

»Wann hatten Sie das letzte Mal etwas mit einem Mann, wie kurz auch immer?«

»Nach meinem Jurastudium, als ich mich nach einer ersten Stelle in irgendeiner Anwaltskanzlei umsah.«

»Da müßten Sie also dreiundzwanzig, vierundzwanzig gewesen sein?«

»Sechsundzwanzig.«

»Sie sagten doch, Sie waren auf Stellungssuche bei irgendeiner Anwaltskanzlei?«

»Ja, aber ich habe kein Wort davon gesagt, daß ich mich dafür gleich verkauft hätte.«

»Wie gut kennen Sie Vito Velletri?«

Sie zögert eine Sekunde zu lange.

»Sagen Sie jetzt nur nicht: Nicht so besonders gut«, sage ich.

Sie zögert noch immer. Sie weiß jetzt, was sie mir lieber nicht gesagt hätte.

»Und damit ist alles klar«, sage ich.

»Sie wußten es doch schon, bevor Sie anfingen, mir diese Frage zu stellen.«

»Sehen Sie, Velletri ist einer der kältesten Typen, die ich je kennengelernt habe. Noch nie habe ich erlebt, daß er auch nur die Stimme hob oder gar die Beherrschung verlor. Oder daß er einen Fluch ausstieß oder ein unanständiges Wort sagte. Bis heute. Er mag keine Schwulen und keine Lesbierinnen. Er mag auch Schwarze nicht. Aber nie könnte man das aus der Art schließen, wie er mit ihnen umgeht. Ich glaube, er mag überhaupt nur Sizilianer, oder sogar nur seine eigene Familie und allenfalls noch die Leute, die für ihn arbeiten. Ansonsten ist er ein Mann, der seine Sympathien und Antipathien strikt für sich behält. Nichts läßt er von sich nach außen. Nicht einmal, wen er haßt. Aber Sie ganz speziell mag er absolut nicht. Allein Ihr Name läßt ihn die Beherrschung verlieren und auf die vulgärste Weise lospoltern. Und es gibt nur zwei Gelegenheiten, wo ein Mann so über eine Frau spricht, wie er über Sie. Wenn er sie liebt, und wenn er sie haßt. Nur der Tonfall macht den Unterschied vom einen zum anderen.«

Die Canarias weicht seufzend meinem Blick aus und verliert sich offensichtlich in der Vergangenheit.

»Man schickte mich zu Vito Velletri als dem Mann, der eine Menge Einfluß hat«, sagt sie schließlich. »Ich habe damals auch im Fünfundzwanzigsten gewohnt. Ich war eine Frau, die sich in einem reinen Männerberuf behaupten wollte. Und ich war ehrgeizig und bereit zu allem, was nun einmal nötig sein mochte, um vorwärts zu kommen.«

Sie liest mir meine Gedanken vom Gesicht ab und schüttelt schnell den Kopf. »Nein, nein. Was ich eben gesagt habe, war schon ernst gemeint. Daß ich mich deshalb nicht gleich verkauft hätte. Mit solchen Siegen hat man auf lange Sicht wenig Freude. Tatsächlich wäre es überhaupt keiner gewesen. ›Bereit zu allem‹, damit meinte ich, eine Hand wäscht die andere. Bereit, für die Zukunft einige Kompromisse mit meiner Integrität einzugehen. Mein eigenes Händewaschen war damals natürlich noch nicht viel wert, aber ich habe versucht, den Eindruck zu erwecken, daß es das mit Sicherheit in Zukunft sein würde, weil ich gewiß zu Macht und Einfluß käme.«

»Was ich Ihnen aufs Wort geglaubt hätte.«

Sie nickt, als bedanke sie sich für diese Bemerkung. »Velletri erwies sich gefällig, ohne irgendwelche Bedingungen.«

»Aber irgend etwas ist dann doch zwischen Ihnen beiden passiert.«

»Das hatte seine Ursachen in unserer beider Natur. Macht macht mich sinnlich. Wie übrigens viele Leute, Männer und Frauen. Das ist kein Geheimnis.«

»Er muß da so sechsundfünfzig, siebenundfünfzig gewesen sein. Also in seinem Zenit«, sage ich.

»Erfolg, Geld, Erfahrung, Macht, Charme und ein bemerkenswerter sexueller Magnetismus«, sagt sie, und ihr Mund verzieht sich ein wenig, als machte sie sich auf bittere Weise über sich selbst lustig. »Nun, Sie kennen ihn. Wie sollte ich da widerstehen?«

»Irgendwas ging schief.«

»Seine Frau bekam es heraus.«

»Und machte der Geschichte ein Ende?«

»Deswegen, dachte ich, sei sie gekommen, als sie in meiner Tür stand. Zuerst lächelte sie und meinte, sie sei gekommen, um die Frau zu sehen, die ›so schön, attraktiv oder unwiderstehlich‹ sei und ihren Mann verzaubert und verjüngt habe. Ich dachte, das sei alles ziemlich ironisch gemeint, verheiratet-hochnäsig auf die Hure des Ehemanns herabblickend.«

»Aber das war es nicht?«

»Nein, sie kam, weil auch sie mich haben wollte.«

Marys Gesicht ist ganz neutral, aber mein alter Herr gibt eine Art Stöhnen von sich, das er schnell in einem Schluck aus seiner Tasse ertränkt. Es ist auf einmal ganz komisch still.

»Und dann fand Vito eines Tages heraus, daß seine Ehefrau und seine Mätresse etwas miteinander hatten und . . .«, versuche ich zu resümieren.

»Aber nein«, unterbricht mich die Canarias. »Ich habe Schluß gemacht. Mit beiden gleichzeitig.«

Ich bin wieder unterwegs bei meinem Versuch, ob ich irgendjemanden per Bluff dazu bringen kann, mir einen Zugriff auf das zu verschaffen, was sich denn nun wirklich in diesem Hinterzimmer abgespielt hat. An Zielen mangelt es gewiß nicht. Da ist einmal Denny Bachos mit seinen aufgeschürften Handknöcheln. Oder

Jefferson mit seinen breiten Schultern und Riesenpranken. Sein Schatten Huron. Velletri, samt seinen beiden Bluthunden Ginger und Finks. Jeder von ihnen kann daran beteiligt gewesen sein, zwei Homosexuelle zu Tode zu prügeln. Calcazone, Rosenquist und Trebova nicht zu vergessen. Und Pink Charlie.

Ich beschließe, mir Charlie als ersten vorzunehmen. Ihn muß ich zum Reden kriegen, ehe ich dann richtig zupacken kann. Mal sehen. Schaffst du ein Kaninchen, fühlst du dich vielleicht auch stark genug für einen Tiger. Klappt es nicht, kann man immer noch aus der ganzen Geschichte aussteigen.

Die ganze Fahrt hin zu dem Taxistand, wo er normalerweise steht, denke ich daran, wie sehr ich mich doch verrannt hatte. Die ganze Zeit über bin ich davon ausgegangen, daß die Spencer-Frye-Geschichte etwas Politisches ist. Vielleicht hätten Spencer und Frye die drei Verschwörer Calcazone, Trebova und Rosenquist aus dem Hinterzimmer von Velletris Lokal kommen sehen. Womöglich auch noch Jefferson. Sie hätten keine Genies sein müssen, um sich an ihren zehn Fingern ausrechnen zu können, daß hier eine Mauschelei ablief, zu der man bedauerlicherweise ihre Kandidatin nicht geladen hatte. Dann wären sie vielleicht zu einem kleinen Gespräch hineingebeten worden. Dort müßten dann die Dinge ein wenig aus dem Ruder gelaufen sein, weil die beiden aggressiv auf die Forderungen der anderen reagiert hätten, sie sollten gefälligst ihre Klappe halten. Und dann wäre wohl irgendeiner auf die großartige Idee gekommen, sie könnten doch ganz schlau sein und die beiden im Gorillahaus abladen. Als deutliche Warnung an die Canarias, die zu unbequem geworden war.

Jetzt bin ich bei all dem nicht mehr so sicher. Ich überlege tatsächlich, ob es nicht auch um etwas ganz anderes gegangen sein kann. Etwas viel Abwegigeres.

An einer Ampel ignoriert ein BMW ihr Rotlicht und

taucht auf einmal quer vor meiner Motorhaube auf. Ich steige voll auf die Bremse und schlittere einen Viertelblock weit, ehe ich zum Stehen komme. Ich höre auf, an alles mögliche zu denken, nur nicht an den Straßenverkehr. Unter der dünnen Neuschneedecke ist offensichtlich Glatteis, die schlimmsten Straßenverhältnisse also, die es überhaupt gibt. Ganz besonders für Leute wie mich, die nicht gerade die besten Fahrer der Stadt sind.

Es herrscht, wie mir erst jetzt auffällt, nur sehr wenig Verkehr. Fußgänger sind praktisch überhaupt keine unterwegs. Es ist Abendbrotzeit, wo jeder entweder gerade ißt oder wenigstens zu Hause bleibt, wo es warm ist und der Fernseher läuft.

Ich taste mich ganz vorsichtig weiter, die Schilder entlang und über die Kreuzung der State, als dieser schwarze Sportwagen aus einer kleinen Seitenstraße herausgeschossen kommt. Nur weil ich instinktiv das Steuer herumreiße, rast er nicht direkt in mich hinein. Ich kann meinen Plymouth zwar wieder einfangen, aber jetzt stecke ich in einem Gewirr von Straßen rund um die Banks und habe keine Ahnung mehr, in welcher Richtung ich eigentlich stehe. Ein paar Blocks weiter komme ich dann zum North Lake Shore Drive, und da kenne ich mich wieder aus. Ich brauche nur zu wenden, bis zur State zurückzufahren und mich dann wieder Richtung Norden zu halten.

Aber wie ich eben wenden will, sehe ich wieder einen Wagen heranjagen, und er sieht verdammt aus wie der von eben, der mich beinahe gerammt hätte. Unter einer Straßenlaterne erkenne ich, daß er gar nicht schwarz ist, sondern purpurrot, und ich fange fieberhaft an zu überlegen, wen ich kenne, der mich nicht leiden kann und ein purpurrotes Auto hat. Ich fahre an ihm vorbei, er folgt mir. So fahren wir ziemlich schnell, den ganzen Lake Shore entlang.

Aus den Augenwinkeln sehe ich das schwarze Wasser

des Michigansees. Jeden Winter steht mindestens eine Story von einem Betrunkenen in der Zeitung, der irgendein Geländer durchbricht oder von einer Brücke hinunter in den See stürzt. Immer sind die jeweiligen Insassen längst erfroren, ehe überhaupt irgend jemand etwas unternehmen kann, um sie herauszuholen. Mein Verfolger holt inzwischen auf und fährt mir hinten an die Stoßstange, damit ich auch sicher weiß, daß er da ist. So etwa die Art von sanftem Schlag, die ein sehr guter Boxer seinem Gegner hintätschelt, der ohnehin nicht den Hauch einer Chance hat. Ein kleinerer Rempler, nur um kundzutun: jetzt machen wir erstmal ein bißchen Spaß, bis es mir langweilig wird und ich zur Sache komme.

Ich bin, wie gesagt, als Autofahrer nicht gerade ein As. Die meiste Zeit bin ich ja sowieso zu Fuß unterwegs, und wenn ich nicht gehe, nehme ich den Bus oder die Bahn. In öffentlichen Verkehrsmitteln kommt man einfach mehr mit den Leuten zusammen, und man sieht, wie die Stadt lebt. Jetzt aber fahre ich dummerweise selbst, und dieser Typ hinter mir spielt Autoskooter mit mir. Jedesmal rammt er mich etwas härter. Schließlich fällt sogar ein Teil meiner hinteren Stoßstange ab und erzeugt einen kurzen Funkenregen auf dem Asphalt.

Ich trete das Gaspedal bis zum Bodenblech durch und fühle mich wie ein Feuerwerkskörper am Vierten Juli: bereit hochzugehen und in einem Sprühregen von Feuer zu zerplatzen. Jetzt rammt er mich hinten von der anderen Seite, bis er dort die Zierleiste weg hat, die auch runterfällt und scheppernd die Randsteine entlangschleudert wie ein langgezogener Kegel aus Chrom. Als wir uns der Kreuzung Ohio Street nähern, gehe ich etwas vom Gas. Der Hund hinter mir beschleunigt und setzt sich neben mich. Ich traue mich fast nicht, hinzusehen. Wie ich es dann doch tue, wer sitzt da am Steuer? Huron. Er hat so eine Pilotenmaske vor dem Gesicht, mit der er jetzt zu mir herübersieht. Und er grinst! Zum erstenmal, daß ich den

Bastard überhaupt grinsen sehe. Und dann macht er sich daran, mir an mein Vorderrad zu fahren.

Ich gehe auf die Bremse. Sofort ist er ein Stück vor mir, bremst aber schnell auch ab. Inzwischen schieße ich schon wieder an ihm vorbei und mache mitten auf dem Lake Shore Drive eine scharfe Kurve. Als ich ihm nun von der anderen Seite entgegenkomme, nehmen wir beide gleichzeitig etwas Fahrt weg, und er zeigt mir den Finger. Da weiß ich, er hat seinen Spaß gehabt, und jetzt ist es vorbei.

Ich fahre wieder in meine eigentliche Richtung, um Pink Charlie zu finden, während ich mir so meine Gedanken über Leute mache, denen es Vergnügen bereitet, andere Leute zu Tode zu erschrecken.

Es dauert zwei Stunden, bis ich sein orange-rosa Taxi finde. Und wo finde ich es? Nirgendwo anders als vor dem *Canals of Venice*.

Er tut sehr überrascht, als ich an sein Fenster klopfe, und sieht von dem Taschenbuch auf, das er gerade liest. Aber mir kann er nicht weismachen, daß er mich nicht erwartet hätte.

Er kurbelt seine Scheibe einen Spalt herunter. »Was machen Sie denn hier draußen in der Kälte, Jimmy?« sagt er.

»Sie besuchen, Pink. Haben Sie eine Minute Zeit?«

»Tja, eigentlich nicht. Ich wollte gerade die Hoffnung aufgeben, hier zu dieser Zeit eine Fuhre zu kriegen. Ist noch früh.«

»Na ja, dann können Sie ja auch noch eine Minute zugeben«, sage ich und gehe auf die andere Seite zum Beifahrersitz, steige ein und nehme mir von dort sein Brett mit den angeklemmten Fahrtzetteln, ehe er danach greifen und sie vor mir in Sicherheit bringen kann.

»Geben Sie her«, sagt er schnell und greift danach, »ich mache Ihnen Platz.«

»Nicht nötig. Ich möchte sowieso gerade noch etwas nachsehen, was ich auf dem Freitagbogen gesehen habe«, sage ich und blättere auch schon durch die Zettel. Aber der eine fehlt. »Wo ist er denn hingekommen, Charlie?«

»Meistens vergesse ich, das jede Woche zu machen. Aber irgendwann muß ich es natürlich doch tun. Sie in meinen monatlichen Aktenordner einheften, meine ich.«

»Dann haben Sie ihn also zu Hause?«

»Na ja, nein. Gerade gestern habe ich meinen Monatsordner ins Kontrollbüro von unserer Zentrale gebracht.«

»Gestern war aber doch Samstag. Dann ist das Büro zu.«

»Ach ja, richtig. Hab' ich ganz vergessen.«

Ich drücke kurzerhand auf den Knopf seines Handschuhfachs. Richtig, darin sind ein paar ausgefüllte Fahrtenformulare. Auch das vom Freitag letzter Woche.

»Na sowas!« sagt Charlie.

»Das hier«, sage ich und deute auf den zwischen die beiden anderen gequetschten Eintrag bei zwölf Uhr zehn. »Wie erklären Sie das eigentlich?«

»Wieso?« fragt Charlie.

»Na, diese Fuhre hier um zwölf Uhr vierzig, mit der Sie raus zum Oak Park sind. Und dann hatten Sie um ein Uhr zwanzig diese da, vom Eisenhower Freeway ab, wogegen ja an sich gar nichts einzuwenden ist. Höchstens, daß es ziemlich unmöglich ist, rein zeitlich, da noch eine Fuhre von hier bis drüben zum *Paradise*-Bad einzuschieben. Selbst wenn Ihre Alberta fliegen könnte.«

»Mein Gott, kann ja sein, daß ich den Eintrag an der falschen Stelle gemacht habe.«

»Vielleicht, ja. Aber um welche Zeit war das noch, als Sie mit Spencer und Frye tatsächlich losgefahren sind?«

Und da gibt er mit einem Mal einfach auf. »Gar nicht. Ich hab' sie zwar hergebracht an diesem Abend, aber nie zurück zum *Paradise*-Bad gefahren.«

»Finde ich gut, Charlie«, sage ich, »daß Sie nicht mehr

versuchen, noch den ganzen Abend Spielchen mit mir zu machen.«

»Ich hab' dabei ja schon die ganze Zeit kein gutes Gefühl gehabt«, sagt er. »Das müssen Sie nicht glauben. Mike hat mich eben um den Gefallen gebeten, und da hab' ich seinen Jungen halt angelogen. Ja, das macht man nicht, so geht man nicht mit einem Freund um, ich weiß.«

»Und jetzt halten Sie sich an mich, und Mike kommt nie dahinter, daß Sie nicht dichtgehalten haben.«

»Wissen Sie was? Können Sie mich nicht da überhaupt raushalten? Das wär' mir schon wichtig.«

»Was Sie mir erzählt haben, bleibt unter uns. Ich bin nicht darauf angewiesen, es zu benützen. Mein Wort darauf.«

»Dann ist es ja gut«, sagt er.

»Wer hat Sie dafür bezahlt, daß . . .«

»Keiner hat mich bezahlt. So war das nicht«, unterbricht er mich. »Es war anders. Also, sie haben gesehen, daß mein Taxi dekoriert ist wie ein Christbaum, mit Strafzetteln.«

»Wer hat Sie um den Gefallen gebeten?«

»Denny Bachos.«

»In wessen Auftrag?«

»Hat er nicht gesagt. Aber ich wußte ja, Jefferson war da drin und die ganzen Jungs vom Limburger-Vorstand. Also war ja wohl klar, daß Denny nicht selbst auf die Idee gekommen war.«

»War Velletri auch da?«

»Wenn, dann weiß ich es nicht.«

»Danke, Charlie. Sie haben einen Gutschein von mir.«

»Nein, nein. Ich habe ja einen von Ihrem alten Herrn gekriegt.«

»Ich werde ihn daran erinnern.«

»Tun Sie das nicht. Ich löse ihn ganz bestimmt nicht ein.«

Ich habe also jetzt den Beweis, daß irgendwer es so gedreht hat, daß es so aussieht, als wären Spencer und Frye um ein Uhr noch am Leben gewesen. Mit der Zeitspanne, die sie mit dieser Lüge gewinnen, können ein paar von den Leuten, die da im Hinterzimmer des *Canals of Venice* waren – wie Rosenquist, Trebova oder Calcazone –, nachweisen, daß sie vorher gegangen sind, und die übrigen – wie die Limburger-Jungs und Jefferson – können sich gegenseitig Alibis geben, wonach sie alle noch dort im Lokal waren, als die beiden Ermordeten zuletzt draußen lebend gesehen wurden.

Spencer und Frye sind dort in diesem Hinterzimmer zu Tode geprügelt worden! Das wird wohl, denke ich, um Mitternacht herum gewesen sein, wenn die Band den größten Krach macht und das Publikum im Lokal schon halb betrunken herumgrölt.

Als danach irgendeiner den großartigen Einfall hat, die beiden Toten doch rüber ins *Paradise*-Bad zu schaffen, damit es so aussieht, als wären sie da dem Gorilla zum Opfer gefallen, da beschließen sie, einen mit einer Flasche vorauszuschicken. Alles, was Riley braucht, ist ein kleiner Anstoß. Sobald er nach ein paar schnellen Drinks umkippt, schleppen sie die Leichen rein und legen sie in die Sauna. Baby faucht vielleicht, als wolle sie angreifen, wie das Gorillas Fremden gegenüber so tun, und da haut ihr eben einer mit der Kette über die Schnauze. Und ehe sie wieder abziehen, denkt sogar jemand daran, Rileys Weckeruhr zurückzustellen, falls er noch einmal aufwacht und nach einem Blick durch das Fenster die beiden Toten drinnen bei Baby entdeckt und nachsieht, wie spät es ist. Dabei aber wird der automatische Alarm verstellt und geht deshalb erst am Morgen los.

26

Seine Frau ist schon längst schlafen gegangen, als ich bei ihm klingle, aber Bachos selbst ist noch auf. Ich habe nichts anderes erwartet. Er sitzt im Schatten, etwas entfernt von der Stehlampe in seinem Wohnzimmer, und fingert an einigen Bernstein-Sorgenperlen herum, womit er eine Gewohnheit aus der alten Heimat wieder aufnimmt, die er vermutlich von seinem Vater übernommen hat.

»Können Sie nicht schlafen, Denny?« frage ich, als ich ihm in einem Sessel gegenübersitze.

»Na ja, in meinem Alter, Mr. Flannery, Sie wissen ja.«

»Ach, nennen Sie mich doch lieber Jimmy. Es ist irgendwie nicht richtig, daß Sie so auf distanziertem Respekt zu mir bestehen, während ich Sie doch beim Vornamen nenne.«

»Das ist kein Respekt für Sie persönlich, sondern vor dem, was Sie aus sich gemacht haben. Ich wollte damit natürlich nicht sagen, ich respektiere Sie nicht auch als Person.«

»Ich weiß schon, was Sie meinen. Soviel ist das auch wieder nicht, was ich aus mir gemacht habe, Denny. Meine Güte.«

»Nun, alle mögen Sie. Jeder sieht richtig zu Ihnen auf und hält Sie für smart. Soll ich Ihnen was sagen? Es gibt ein paar sehr einflußreiche Leute, die richtig ein bißchen Angst vor Ihnen haben!«

»Wieso sollte jemand Angst vor mir haben?«

»Weil sie, Punkt eins, wissen, Sie kann man nicht kaufen. Punkt zwei, Sie sind loyal. Punkt drei, Sie haben Grundsätze. Und Punkt vier, Sie geben nie auf, wenn Sie von etwas so richtig überzeugt sind. Sie bleiben dran.«

»Wie ein Kettenhund.«

»Wie meinen Sie?«
»Nichts, Denny.«
»Doch, Jimmy, Sie sind wer.«
»Ich bin nicht reich.«
Wir lachen ein wenig.
»Hören Sie, Denny, Sie müssen reden.«
Sein Gesicht spannt sich, und seine Sorgenperlen gehen rascher durch seine Finger. Tatsache ist, sie sind so schnell, daß sie ihn schneiden würden, wenn sie scharf wären.
»Ich bin nie ein Kämpfer gewesen, Jimmy, nicht einmal in meinen besten Jahren, wie ich noch jung war. Nie.«
»Ich auch nicht.«
»Ich habe ihnen ein paar reingehauen«, sagt er und hat einen dicken Kloß im Hals, und sogar ein paar Tränen der Scham erscheinen in seinen Augenwinkeln. »Sie konnten nicht zurückschlagen – o Gott, wie Bailey und Connell die schon zugerichtet hatten –, und einen von ihnen habe ich voll in den Mund reingehauen.« Und er besieht sich seine Fingerknöchel. »Dabei habe ich mich selber aufgeschürft. Jetzt habe ich die ganze Woche schon Angst, ob ich mir dabei vielleicht so eine Krankheit eingefangen habe, Sie wissen schon.«
»Erzählen Sie mal, wie hat sich das Ganze abgespielt?«
»Also, diese drei unabhängigen Kandidaten, die da für den Siebenundzwanzigsten . . .«
»Rosenquist?«
»Ja, genau, der. Und Trebova. Und dieser Ithaker, wie heißt er noch. Die hatten eine Abmachung mit Velletri und Jefferson, daß sie jeden unterstützen, den die zwei auswählen, um gegen diese Lesbe zu kandidieren.«
»Janet Canarias.«
»Genau die, ja. Also, Calcazone, Trebova und Rosenquist geben sich die Hand drauf und gehen.«
»Zur Seitentür hinaus?«
»Nein. Vorne durchs Lokal, seitlich bis zum Ausgang,

wissen Sie? An den Klos vorbei. Und da rennen sie direkt in diese beiden Schwulen.«

»Spencer und Frye.«

»Diese beiden, die für diese Lesbe im Wahlkampf mitmachten. Und die fangen an, sie anzupöbeln, und wollen wissen, was Calcazone und die zwei anderen in so einem verräucherten Bums machen. Jefferson schickt Huron raus, um nachzusehen, was da los ist. Und Huron glaubt, daß Jefferson will, er sollte sich die beiden schnappen. Er schleppt die beiden Homos also am Kragen nach hinten.«

»Sind Rosenquist, Trebova und Calcazone wieder mit nach hinten gegangen?«

»Ja. Einer von ihnen, ich glaube, es war Rosenquist, sagt: ›Hört zu, wir können euch erklären, was war.‹«

»Was sollte es da schon groß zu erklären geben«, werfe ich ein. »Die Leute hatten doch die ganze Erklärung vor Augen: eine Mauschelei vor den Wahlen. Und folglich warfen sie dann mit Ausdrücken herum wie ›Verschwörung‹ und ›unzulässige Absprache‹.«

»Jefferson sagt zu Huron, daß er sie loslassen soll. Das tut er, und die beiden Warmen schicken sich an, wieder zu gehen. Aber Huron stellt sich ihnen an der Tür in den Weg. ›Laß diese beschissenen Schwanzlutscher raus‹, sagt Mr. Velletri. Ehrlich, ich habe Mr. Velletri in meinem ganzen Leben noch nie derartige Wörter sagen hören. Die eiskalte Stimme allerdings, mit der es das sagt, die kenne ich gut. ›Laß sie rausgehen, diese Schwulen. Zu ihrer weiberfickenden Chefin. Da können sie ihr erzählen, was passieren wird.‹ Der eine Schwule, der dann antwortete, war so wütend, daß er zitterte wie Espenlaub. Und er richtete sich auf und sagte direkt in Hurons Gesicht: ›Du hast gehört, was der Ithaker gesagt hat. Geh' aus dem Weg, Nigger.‹«

Ich schließe die Augen. Mir wird fast schlecht. Scheißspiel.

»Und daraufhin«, sage ich, »haute Huron zu.«

»Einfach richtig eine in die Schnauze geknallt. Ich glaube gar nicht, daß Huron wirklich böse war. Das ging dann erst mit Bailey los, als der angestürzt kam und richtig wütend anfing. Er sagte: ›Dies hier ist eine Zusammenkunft der Limburger . . .‹«

»O Gott.«

»›. . . und Sie haben soeben Gäste der Limburger beleidigt. Das werden Sie jetzt büßen!‹«

»Und wie ging es aus?« sage ich. »Bailey und Connell sind doch zwei Niemands.«

Denny nickt und wendet sein Gesicht ab, zum Fenster.

»Niemands«, sagt er, und ich begreife, daß er sich selbst so einschätzt. »Bailey schlägt dem Schwulen, der geredet hat, ins Gesicht. Rosenquist fängt zu schreien an, aber Bailey geht richtig los und schiebt ihn einfach zur Seite. Rosenquist und die beiden anderen gehen, ohne abzuwarten, was jetzt kommt, während Bailey und nun auch Connell richtig zu prügeln beginnen.«

»Ist denn keiner dazwischengegangen?«

»Sie meinen, weil die drei kniffen?«

»Nein, zum Teufel«, schreie ich fast, weil mir der Zorn, der in meiner Brust explodiert, beinahe den Atem nimmt. »Gegen Bailey und Connell meine ich natürlich.«

Denny starrt mich nur an; die Tränen, die noch immer in seinen Augen stehen, wollen nicht runterfallen. Dann schüttelt er den Kopf.

»Huron auch nicht?«

»Sie kennen doch Huron. Der lehnte einfach nur mit verschränkten Armen an der Wand und machte damit klar, daß dies nicht sein Bier sei. Und das von Jefferson auch nicht.«

»Sie meinen, Jefferson hat so getan, als ginge ihn das nichts an?«

»Ich weiß nicht, ob er irgendwas gesagt hat oder nicht. Ich habe ihn angesehen. Er hat nur so komisch gegrinst, als kriegten die Schwulen etwas, das er gut kennt, weil er es auch schon mal gekriegt hat.«

»Und Velletri? Stand der auch einfach nur da? Und hat er auch Ginger und Finks einfach nur so dastehen lassen?«

»Auch er hat zuerst nur den Mund aufgesperrt, genau wie Jefferson. Aber dann hat er sich einfach den Mantel um die Schultern gelegt, wie er das immer macht, und sagte: ›Macht keinen Mist, ja?‹, und ist mit seinen Jungs zur Seitentür rausgegangen.«

»Er ist nicht dageblieben, um zuzusehen?«

»Nein. Ging einfach raus und sagte bloß: ›Macht keinen Mist.‹ Einfach nur so.«

»Und von all den anderen im Raum hat auch keiner versucht, Bailey und Connell zu stoppen?«

»Keiner rührte auch nur einen Finger. Sie standen alle nur da und sahen den beiden großen Iren zu, wie sie diese schmächtigen Schweine zusammenschlugen. Es war schlimm. Ich habe ihr Blut gerochen. Es roch süßlich. Dann mußte sich einer von ihnen übergeben, und das roch übel. Etwas davon ging auf Jeffersons Schuh. Da kriegte er ein ganz böses Gesicht und trat dem Burschen in den Bauch. Und dann beteiligten sich auch die anderen Limburger. Ich schlug auch einmal zu und verletzte mir den Knöchel. Sie schluchzten und heulten, und alle Zähne waren schon raus und . . .«

Ich sitze da und denke nach über diese beiden, über Bailey und Connell. Alle beide erwachsene Männer, die sich aber noch immer aufführen wie Halbstarke. Große Kerle mit kleinen Frauen, unter deren Pantoffel sie stehen. Ich bin schon der Meinung, daß das etwas besagt; aber ich habe mich immer gehütet, mich da einzumischen.

Ständig saufen sie Bier und gehen kegeln, dreimal die Woche, obwohl sie nicht besonders gut sind. Aber es kommt ihnen eben vor allem darauf an, daß sie die Kegel werfen und sich daran freuen können, wie die krachend umfallen. Sie machen auch oft zusammen Jagdausflüge, und wenn sie ein Stück Wild geschossen haben, binden sie es auf den Kühler von Baileys Transporter und kommen so heimgefahren. Im Fahrerhaus haben sie ein Regal für die Gewehre, und auf diesen Jagdausflügen setzen sie sich Stetsons auf und binden sich Cowboy-Holster mit Pistolen und Patronen um.

Pat Connell ist Busfahrer, und Big Buck Bailey ist Vorarbeiter bei einem Straßenbautrupp. Er ist außerdem, wie ich, ein Unterbezirkshäuptling im Siebenundzwanzigsten, tut aber, wenn ich das sagen darf, nicht viel für seine Leute. Seit er klein ist, geht er Klinkenputzen, weil ihm sein alter Herr gesagt hat, das wäre der Weg, wie man einen Job bei der Stadt kriegt. Genau wie er es auch gemacht hat, als er noch in Baileys Alter war . . . Und das stimmt sogar.

Manchmal bestellt Delvin Bailey zu sich, damit er diese oder jene Arbeit für ihn erledigt – sein Haus streichen und solche Arbeiten mehr. Bailey hat immer alles getan, weil er genau weiß, einen anderen Nutzen hat er für Delvin sowieso nicht.

Wir haben uns an sich häufiger gesehen, da und dort, aber richtig warm miteinander sind wir nie geworden. Vielleicht weil er mir gleich das erste Mal, als wir uns kennenlernten, die Hand hinstreckte und zuzudrücken versuchte, als wollte er mir die Knochen brechen. Ich war jedoch schlau genug, meine Hand so kräftig an seinen Daumen zu pressen, daß er den Hebelgriff nicht mehr schaffte. Und weil ich deshalb weder weiß im Gesicht wurde noch in die Knie ging, mokierten sich einige seiner Freunde darüber, daß er seine große Nummer bei einem, der im Vergleich zu ihm doch so ein Schwächling war, nicht hinkriegte. Und da versuchte er es dann am gleichen Abend noch einmal, indem er mir plötzlich von hinten den Arm um den Hals legte, als wollte er mich nur so freundschaftlich drücken, dann aber anfing, mich in den Schwitzkasten zu nehmen. Ich blieb ganz ruhig und sagte ihm, er sollte das bitte sein lassen, weil ich ihm sonst zu meinem Bedauern die Eier zerquetschen müßte. Offenbar klang das ernsthaft genug, jedenfalls ließ er mich los, war von da aber immer sehr kühl und distanziert zu mir.

Connell war auch nicht viel besser. Er hielt sich immer für einen ganz harten Burschen und rannte mit einer Luger im Hosenbund herum. Einmal saßen Detective Rourke und ich auf einen Kaffee in dieser Kneipe, wo Connell mit dem Ding gerade herumprahlte. Rourke sieht ja nicht gerade gefährlich aus und hat ohnehin so eine sehr milde Art. Ich weiß noch, daß er nur ein wenig seufzte, sich für einen Augenblick entschuldigte, zu Connell hinüberging und sagte: ›Wenn Sie mit dem blöden Ding nicht sofort aufhören, Connell, mache ich mir gar nicht erst die Mühe, Sie mit aufs Revier zu schleppen. Ich nehme es Ihnen einfach weg und schiebe es Ihnen in den Arsch.«

Und damit hatte es sich. Worauf ich hinaus will, ist, daß diese beiden, Bailey und Connell, die klassischen Krawallbrüder sind, aber ohne viel Rückgrat. Wenn ihnen einer ernsthaft die Zähne zeigt, ziehen sie den Schwanz ein. Und daher ist es gar nicht so unlogisch, daß diese beiden Typen Rot sahen, als sie endlich einmal die Gelegenheit hatten, sich richtig auszutoben, weil sie keiner daran hinderte und weil sie nur zwei sanfte Homosexuelle vor sich hatten, die vermutlich in ihrem ganzen Leben noch keine Schlägerei mitgemacht hatten.

In Dennys Wohnzimmer ist es jetzt sehr still. Er hat aufgehört zu weinen, und hält sich selbst mit den Armen umschlungen, als hätte er Angst, der Schmerz würde ihn zerspringen lassen. »O Gott. Ich weiß nicht, was ich tun soll.«

»Ich auch nicht, Denny. Aber irgendwer muß irgendwas tun.«

»Es ist Mord«, sagt er, »mein Gott, es ist glatter Mord.« Er starrt mich mit großen Augen an. »Und ich war dabei. Sie werden sagen, ich habe mitgeholfen. Ich habe meine Hand auch gegen sie erhoben. Sie werden mich wie alle anderen wegen Mordes drannehmen.«

»Schon möglich«, sage ich, »aber das glaube ich nicht. So wie das heute geht, werden Sie wahrscheinlich mit ein paar Jahren davonkommen. Vielleicht nicht einmal das. Ihr Anwalt kann immer argumentieren, Sie hätten nur versucht, dazwischenzugehen und sie auseinanderzubringen, und dabei hätten Sie in dem Durcheinander diese Handverletzung erlitten. Auf solche Deals verstehen solche Leute sich. Rosenquist, Trebova und Calcazone waren nicht mehr da und hatten keine Ahnung, was passierte. Und auch Velletri wäscht seine Hände in Unschuld, weil er schon weg war, ehe es richtig losging. Huron handelt nur auf Anweisung. Jefferson sagt, er wäre nicht gegen die ganze Horde der anderen angekommen, und mal ganz abgesehen davon, wie käme ein Farbiger dazu, sich in eine Auseinandersetzung zwischen Weißen einzumischen? So lange ist das noch nicht her, daß man Schwarze gelyncht hat, wenn sie auf eine solche Idee kamen, und er ist ja kein Narr. Er wird sich hüten. Sagt er.«

»Aber irgendwer muß die Suppe auslöffeln«, sagt Denny. Er hilft mir voller Eifer, nachzuweisen, daß er jedenfalls mit heiler Haut aus dieser Geschichte herauskommen wird.

»Wie ich schon sagte, Bailey und Connell sind Niemands.«

»Ja, aber die Limburger lassen doch keins ihrer Mitglieder fallen. Sie lassen Bailey und Connell nicht im Regen stehen.«

»Aber Sie wissen doch genau, daß sie das sehr wohl tun werden, Denny. Wenn sie keine Wahl mehr haben, dann tun sie genau das. In einem könnten Sie allerdings recht haben. Vielleicht halten sie wirklich Bailey und Connell die Stange und suchen dafür einen anderen, den sie den Wölfen zum Fraß vorwerfen können. Jemanden, der alt ist und daher nach ihrer Ansicht ohnehin nicht mehr viel wert.«

Denny lacht nervös auf, es klingt eher wie ein Stottern. »Wer würde denn glauben, ich wäre zu so etwas fähig, was sie mit den beiden gemacht haben?«

»Lieber Denny, wir reden hier nicht von logischen Abläufen. Wir reden davon, daß ein Sündenbock gebraucht wird, um die Öffentlichkeit und die Presse zufriedenzustellen. Tja, Denny . . . vielleicht blüht Ihnen da doch eine Menge mehr als nur ein paar Jahre.«

Ich stehe aus dem zerschlissenen, aufgepolsterten Sessel auf.

»Wo wollen Sie hin?« sagt Denny.

»Na, heim.«

»Was soll ich denn jetzt machen?«

»Denken Sie nach. Wenn ich Sie wäre, ich würde doch mal Captain Pescaro anrufen.«

»Vielleicht sollte ich zuvor mit jemandem reden.«

»Wenn Sie das für eine gute Idee halten.«

»Sie nicht?«

»Was, glauben Sie, tut der, mit dem Sie reden? Er wird natürlich überall rumerzählen, daß Denny Bachos ziemlich die Hosen voll hat und die Absicht, zu singen.«

»O Gott.«

»Richtig, Denny. Und dann sind Sie auch dran.«

27

Ich habe noch nie so viele Leute vor meinem Haus auf der Polk gesehen. Höchstens damals, als es bei uns in der Straße gebrannt hat. Und dann noch einmal, als wir so ein Straßenfest hatten. Es sind meistens die älteren Leute, die mit dem Kopf wackeln und beten. Es sind aber auch eine Menge junge Leute da. Und sie starren mit dem gleichen frommen Geschaue hinauf zu Mrs. Bilinas Fenstern. Selbstverständlich gibt es da auch die unvermeidlichen Gaffer, von der Sorte, die ohne weiteres auch zehn Meilen anreisen würden, nur um zu sehen, wie ein dreibeiniger Hund ein Bein an einem Hydranten hebt.

Pearl und Joe Pakula machen ein Bombengeschäft. Sie verkaufen heißen Kaffee und Kakao. Sie haben einfach ihren Zweiplattenkocher aus ihrer Küche geholt und draußen vor dem Laden auf dem Pflaster einen Stand improvisiert.

Wie ich reingehe, pralle ich fast mit Shirley Shapiro, der Bibliothekarin, zusammen, die auch gerade hinein will.

»Vielleicht stellt ihr euch gefälligst auch an wie alle, Blödmann«, mault mich ein Typ an.

Und Shirley sagt: »Wir wohnen in dem Haus.«

Darauf der Typ sofort: »Gott segne euch, Bruder und Schwester.«

»Was, zum Teufel, ist denn hier los?« fragt Shirley und nimmt ihre Ellbogen zu Hilfe, um sich durch die Menge zu drängeln. Doch das sagt sie nur so allgemein. Eine Antwort erwartet sie gar nicht.

»Wieso?« fragte eine junge Frau in Jeans und zerrissenem Umhang, »haben Sie denn noch nichts von dem Wunder gehört? Da oben in der Wohnung im zweiten?«

»Was denn für ein Wunder?«

»Irgend so ein Kerl ist von den Toten auferstanden.«

»In dieser Wohnung?«

»Was man so hört. Hat seinen Sarg einfach aufgesprengt und ist oben zur Decke rausgefahren.«

»Das glauben Sie doch wohl selbst nicht«, sagt Shirley. Aber sie ist natürlich Bibliothekarin, da liest sie von früh bis spät und hat deshalb mit Glaubenssachen ganz wenig am Hut.

»Mir persönlich ist das ganz scheißegal«, sagt das Mädchen jedoch. »Aber ich weiß, daß sie Stücke vom Sarg und sogar die Sargnägel verteilen. Ich kenne wen, der eine heilige Reliquie dieser Sorte für fünfzig Dollar verscherbelt hat.«

Shirley sieht mich mit einem Blick an, der besagt: Nein, nein, wir beide jedenfalls spinnen nicht, selbst wenn alle anderen um uns herum spinnen.

Oben auf dem Treppenabsatz, den die Shapiros und die Bilinas gemeinsam haben, sitzt Mrs. Bilina auf einem ihrer Wohnzimmerstühle und nimmt die Ehrerbietung all der alten Männer und Frauen entgegen, die sich an ihr vorbei in ihre Wohnung schieben, um das Bett zu sehen, von dem dieser Heilige zum Himmel aufgefahren ist. Und neben ihr steht wer? Hodonin natürlich, und debattiert flüsternd und pausenlos in ihr Ohr, während Mrs. Bilina unerschütterlich fortfährt, ihre Segnungen auszuteilen.

»Ich kannte Ihren heiligen Ehemann«, sagt ein alter Mann gerade.

»Sie kannten meinen Lazarus?« sagt Mrs. Bilina.

»Ich bin ihm einmal begegnet. Er kam in meine Wohnung und reparierte meinen kaputten Heißwasserboiler.«

»Selig sind die Demütigen«, sagt Mrs. Bilina und wischt sich über ihr Ohr, als wenn Hodonins Flüstern nur eine lästige sirrende Mücke wäre. »Heiligkeit«, erklärt sie laut genug, daß ich es hören kann, »ist nicht zu verkaufen. Man soll diesen Leuten ruhig einen Holzsplitter, ein Stück Blech oder eine Reißzwecke als Geschenk überlassen.

Zum Andenken an den heiligen Lazarus, der mein Ehemann war.«

»Erstens hieß er Stefan«, beharrt Hodonin störrisch, »und zweitens sollten Sie nicht vergessen, daß ja schließlich der ganze Einrichtungsschaden, der jetzt da drinnen verursacht wird, bezahlt werden muß.«

Shirley steckt den Schlüssel in ihre Wohnungstür und fragt mich über die Schulter: »Ist das noch zu glauben?«

»Ich kann alles glauben«, sage ich.

Ich erzähle Mary und Mike Wort für Wort, so wie er es mir geschildert hat, die Horrorstory von Denny Bachos. Als ich fertig bin, sind sie beide sehr still.

»Bailey und Connell!« sagt Mike schließlich, in einem Ton, als wollte er damit ihre Gesichter vor seine Augen heraufbeschwören. »Gute Familienväter. Ich habe Bailey einmal mitten auf der Straße richtig zusammenbrechen und wie ein Kind weinen sehen, weil ein Auto einen Hund, den kein Mensch kannte, überfahren hatte.«

»Die Nazis haben ihre Hunde auch liebevoll getätschelt«, sage ich.

»Zwanzig Jahre lang hat Connell für seine verkrüppelte Tante und ihre geistig behinderte Tochter gesorgt. Nie gab es die geringste Klage.«

»Was willst du machen, James?« fragt Mary.

»Ich weiß nicht recht. Ich werde wohl darauf dringen, daß Denny seine Geschichte dem Staatsanwalt erzählt. Der bringt die Sache vielleicht vor das Geschworenengericht. Angenommen, wir kriegen eine Anklage gegen Bailey und Connell zusammen . . .«

»Und was ist mit den anderen, die dabei waren und zugesehen haben?« fragt Mary, und ihr Gesicht ist ganz verzerrt von Zorn und Mitleid.

»Es gibt ein Gesetz wegen unterlassener Verhinderung einer Straftat«, sagt Mike. »Aber wie willst du das hier anwenden? ›Ich bin mit meinen Freunden weggegangen, noch ehe irgend etwas geschehen war, das auf eine Tötung der beiden Männer hätte schließen lassen‹, wird Velletri sagen. Und Jefferson wird sich rausreden: ›Ich habe so eine Veranlagung, daß ich fast ohnmächtig werde, wenn ich eine tätliche Auseinandersetzung nur mit ansehen muß.‹ Huron sagt: ›Ich bin ein Farbiger, und Sie erwarten doch nicht im Ernst, daß ich mich in eine Schlägerei zwischen Weißen einmische? Ich bin doch nicht verrückt.‹ Und was sagen Rosenquist, Trebova und Calcazone? ›Wir haben überhaupt nichts gesehen.‹ Und Denny Bachos erklärt: ›Was meinen Sie damit? Connell und Bailey waren doch beide am Freitagabend zu Hause und überhaupt nicht im *Canals of Venice!*‹ Jeder weiß schließlich, daß er schon alles vergißt und durcheinanderbringt. ›Der arme alte Knacker ist ja schon ganz senil.‹«

»O mein Gott, was ist das für eine Scheißwelt«, sagt Mary und fängt an zu heulen. »Irgendwer muß aber irgendwas tun!«

Mrs. Banjo führt mich ins Wohnzimmer. Delvin macht gerade wieder eines seiner Nickerchen. Er wacht ganz abrupt auf und sieht mich erst gar nicht. Als sein Blick dann auf mich fällt, geht zuerst eine Art Erschrecken über sein Gesicht. Dann aber grinst er, holt sein Tüchlein hervor und wischt sich die Augen.

»Jesus Maria«, sagt er, »ich hätt' dich fast für einen Geist gehalten.«

»Gibt es denn Tote, vor denen Sie sich fürchten müssen?« frage ich.

»Verdammt, was soll das schon wieder für eine Anspielung sein?«

»Daß *ich* sehr wohl ein paar Tote kenne, die mich nicht mehr schlafen lassen. Zum Beispiel diese beiden, die da zerschlagen wie zwei Gliederpuppen auf den Saunabänken lagen. Die lassen mich nicht schlafen.«

Delvin macht ganz schmale Schlitzaugen. »Besser, du lernst damit leben«, sagt er.

»Kann ich aber nicht.«

»Ich höre da so Geschichten von einem Riesenaufmarsch wegen irgend so einem Kerl, der in deinem Haus gestorben ist.«

»Ja, irgendwer muß erzählt haben, daß auf dem Friedhof, wo er beerdigt worden ist, komische Dinge passiert sind.«

»Was denn für komische Dinge?«

»Na, zum Beispiel, daß er aus dem Sarg auferstanden ist. Irgendeiner hat das nur so erwähnt, und dann ist es außer Kontrolle geraten.«

»So geht das, wenn man quatscht, ohne nachzudenken. Dann gerät gleich alles außer Kontrolle. Jimmy, laß' um Himmels willen diese beiden Toten endlich ruhen. ›Mein ist die Rache‹, spricht der Herr. Überlaß es ihm doch.«

»Was erwarten Sie denn von uns?« sagt Rosenquist.

Trebova und Calcazone – wie Rosenquist noch junge Männer, an sich anständige, ordentliche Leute – starren mich an, halten aber meinen Blick nicht aus, als ich zurückstarre. Rosenquists Frau sitzt mit uns in ihrem Wohnzimmer. Keine Chance, sie rauszulassen oder wegzukriegen, als ich dieses Treffen ausgemacht habe. Sie sagt zwar kein Wort, sieht mich aber pausenlos herausfordernd an, als wollte sie sagen: was hier auch immer an Anklagen vorgebracht wird, nehme ich schon auf mich; die Männer haben ja sowieso nicht den Mumm dazu.

»Wir waren gar nicht mehr da, als die Geschichte außer Kontrolle geriet«, sagt Trebova mit diesem schmerzlichen Gesichtsausdruck, als wenn er Bauchweh hätte.

»Sie waren sehr wohl noch da, als Connell Spencer ins Gesicht schlug.«

»O Gott«, sagt Calcazone.

»Woher sollten wir denn wissen, daß das noch so ausarten würde?« fleht Rosenquist mich verständnisheischend an. »Ich meine, was denken Sie von uns? Daß wir jeden Tag solche Situationen erleben, wo Leute solche Sachen machen?«

»Was dachten Sie denn? Haben Sie vielleicht gedacht, Connell würde den Mann nach diesem Schlag freundlich aufheben, ihm das Gesicht säubern und ihn auf die Backe küssen?«

»Genau das versuche ich Ihnen ja klarzumachen. Wir dachten gar nichts. Wir wollten auch gar nicht darüber nachdenken.«

»Ja, ja, so spielt sich das ab, wie? Ich war nicht dabei, als es passierte. Ich war woanders.«

Velletri bleibt zwar höflich, aber er ist ein zäher Brocken. Seine Augen sind kalt wie nie.

»Seien Sie vorsichtig mit Ihren Äußerungen, Mr. Flannery. Wenn Sie versuchen, mir eine Mitschuld oder ein Mitwissen an einem Mord zu unterstellen, dann werde ich verlangen, daß Sie das beweisen. Versuchen Sie mal, mich anzuzeigen und vor Gericht zu schleppen. Dann zeige ich Sie meinerseits an.«

»Ich habe nichts zu verbergen.«

Sein Mund wird dünn, und die Mundwinkel kräuseln sich. Als wollte er mich erstmal ganz vorsichtig warnen und sich die Zähne für später aufsparen.

»Jeder hat irgendwas zu verbergen. Fragen Sie mal Ihren alten Herrn. Oder Ihr Mädchen.«

»Ich weiß schon, daß Sie nicht mehr dort waren, als Spencer und Frye tatsächlich totgeschlagen wurden«, sage ich.

»Also, und warum belästigen Sie mich dann? Wieso kommen Sie zu mir?«

»Weil ich hören möchte, was Sie für Ausreden dafür haben, daß Sie gegangen sind. Sie hätten doch das Ganze mit einer einzigen Handbewegung stoppen können.«

»Connell und Bailey sind keine von meinen Leuten.«

»Aber sie waren auf Ihrem Territorium! Und Spencer und Frye ebenfalls. Die waren Gäste in Ihrem eigenen Lokal. Und Sie haben nicht für ihre persönliche Sicherheit gesorgt.«

Er macht die Augen zu und denkt darüber nach. »Gut, das räume ich ein. Was also wollen Sie von mir?«

»Daß Sie sich öffentlich für die Canarias erklären. Und alle Freunde, die Sie im Siebenundzwanzigsten haben, aufrufen, sich hinter die Canarias zu stellen.«

28

Am Freitagabend steigt das große Solidaritätsdinner der Demokratischen Partei bei Sullivan, Delvins bevorzugtem Saloon und Restaurant. Das ist natürlich keine Angelegenheit so auf die schnelle. Es steht schon seit einem halben Jahr auf den Terminkalendern sämtlicher Politiker und Geschäftsleute im Siebenundzwanzigsten. Es gehört zur Tradition und zum festen Jahresablauf zu Wahlzeiten, daß jeder offizielle Kandidat seine – oder neuerdings auch ihre – große Vorstellungs-Show abhält. Vor den Leuten, die dann später die Rechnung für alles bezahlen. Nach der Wahl.

Jahr um Jahr gab es da vorne an der Bankett-Tafel immer nur einen einzigen Kandidaten als Auserwählten des Volkes (ermittelt durch den Apparat der Demokratischen

Partei). Jahr um Jahr war dieser Kandidat Delvin, und der Großteil der Festlichkeiten bestand jeweils darin, daß man sich Witze darüber erzählte, wie ›Chips‹ Delvin diesen ›ihr wißt schon, bedauernswerten Republikaner, der dumm genug ist, gegen ihn anzutreten, damit unser Mann wenigstens irgendeine Zielscheibe hat, in den ihr wißt schon was tritt‹.

Doch, es gab schon Zeiten, da diese Veranstaltungen etwas sehr Heiteres und Fröhliches waren, mit diesem Gemeinschaftsgefühl; die Familie kommt zusammen, um ein wenig miteinander zu lachen und sich auf die Schulter zu klopfen. Mit diesem Gefühl, daß Politik zwar eine harte Sache ist, das aber auch aus einem guten Grund. Und unter dem Strich, wenn alles gesagt und getan war, konnte man doch sagen, es war am Ende schließlich mehr Gutes als Schlechtes für das Volk dabei herausgekommen. Wie Bürgermeister Hague von Jersey City einmal gesagt haben soll: ›Man nennt mich einen Gauner. Bitte, vielleicht bin ich das. Aber wenn ich ein Gauner bin, dann der einzige in dieser Stadt! Und damit habt ihr es immer noch viel besser getroffen, als wenn euch fünfzig von der Sorte das Mark aus den Knochen saugen würden!‹ Nur, heute ist alles gar nicht mehr so wie eine Familie. Es sieht so aus, als wäre heute jeder mit Intrigieren, Mauscheln und Machen und nur für sich allein auf zwei Dinge aus: Geld und Macht. Nicht mal untereinander sind sie noch nett.

Ich habe einen Tisch für vier bezahlt. Eigentlich erwartet man von mir, daß ich einen für acht bezahle. Aber ich dachte mir, vielleicht ist es ganz gut, wenn ich meine Kröten nicht allzu großzügig ausgebe. Ich habe schon mehr als einmal gegen die Regeln und Gebräuche des Establishments verstoßen, und es immer überlebt. Diesmal bin ich mir da zwar nicht so sicher, aber ich kann diese Sache einfach nicht auf sich beruhen lassen. Ich kann einfach nicht zulassen, daß Spencer und Frye unter der Erde liegen, ohne daß wenigstens versucht worden ist, die Schuldigen zur Rechenschaft zu ziehen. Diese beiden *Gays* waren, man kann es drehen und wenden, wie man will, Bewohner meines Bezirks, und folglich fällt es in meine Verantwortung.

Wir kommen also an, Mary, Mike und ich, und begeben uns an unseren winzigen, numerierten Tisch. Er steht wahrhaftig direkt neben der Schwingtür zur Küche, die jedesmal laut knallt, wenn sie einer der Kellner mit den Tabletts mit Brot und Butter, die auf alle Tische gestellt werden, aufstößt oder hinter sich zuschmeißt. Ganz klar: wenn man, wie ich, ein Angebot einfach ablehnt, kriegt man natürlich überdeutlich demonstriert, wo man wirklich steht, respektive sitzt. Nämlich direkt am Ausgang, wo nur noch ein ganz kleiner Stoß nötig ist, und schon liegt man ganz draußen in der Gosse.

Mein Chinamann, der ›Große Alte Mann‹ Delvin, sitzt natürlich vorne auf dem Podium am Haupttisch, gleich neben Velletri, der heute der eigentliche Ehrengast ist. Dunleavy, Delvins direkter Boß, sitzt auch dabei und strahlt mit seinem roten Gesicht die Menge unten an wie der Papst, der gleich aller Welt seinen Segen erteilen wird. Jarwolski ist in seiner Eigenschaft als Polizeichef und daher in voller Galauniform erschienen. Die alten Männer, die Überlebenden, sitzen Schulter an Schulter und grinsen einander mit ihren strahlend weißen dritten Zähnen an.

Barker Jefferson sitzt auch auf dem Podium. Er ist nicht nur das einzige schwarze Gesicht dort oben, sondern auch das ›neue schwarze Gesicht‹ unter den alten schwarzen Haudegen, die jahrelang ihren Anteil an den Mächtigen in der Stadt Chicago gestellt haben. Ich habe bereits erfahren, daß der Bürgermeister wegen Grippe verhindert ist und Jefferson als seinen offiziellen Vertreter geschickt hat. Aber natürlich weiß jeder, daß von einer Grippe des Bürgermeisters keine Rede sein kann. Er hält sich einfach nur aus dem niedrigen Gewühl und der Schlammschlacht heraus. Ob die Vorwahlen nun so oder so ausgehen, er kann in jedem Fall am Ende dem Gewinner die Hand auf die Schulter legen, kurz bevor das Ergebnis bekanntgegeben wird, und erklären, daß er ja schon die ganze Zeit auf seiner – oder ihrer – Seite war.

Es ist schon eine originelle Zusammenstellung an diesem Haupttisch. Alte Freunde, alte Feinde, neue Partnerschaften. So ist das nun mal bei diesem jährlichen Kaffeekränzchen der Demokratischen Partei. Und wenn es auch immer heißt, die alte Parteimaschinerie wäre längst tot, erinnert vieles noch daran, wie es früher war. Überall in dem großen Saal hier, der mit Kreppapier dekoriert ist und über dem Netze voller Luftballons hängen, kommen die Demokraten wie Vettern, wenn nicht sogar Brüder, zusammen und erzählen einander wieder all die alten Geschichten, wie es doch einst war, als sie die republikanischen Kandidaten noch zum Frühstück verspeisten, und daß sie es auch dieses Jahr wieder so halten wollen.

Jemand tippt mich von hinten auf die Schulter. Es ist Janet Canarias. Sie sieht hinreißend schön aus und voller Entschlossenheit.

»Sie haben also erklärt, Sie kandidieren nicht«, sagt sie.

»Wie kommen Sie darauf?«

»Na, noch drei Schritte, und Sie sitzen auf dem Küchenherd.«

»Ach, Sie haben ja recht. Ich bin ja nun wohl buchstäblich in die Ecke gestellt worden.«

»Kann ich das so verstehen, daß Sie vielleicht immer noch zu überreden wären, in meine herüberzukommen?«

Ich schüttele den Kopf. »Das glaube ich nicht. Ich denke, ich bleibe lieber in meiner eigenen sitzen.«

Die Canarias nickt, als wollte sie sagen, okay, sie hätte nichts dagegen. Sie sieht Mary an. »Aber nach den Reden kommen Sie rüber und unterhalten sich mit mir. *Mich* konnten sie nicht in die Küche setzen. Ich bin eine Kandidatin, ob es denen nun paßt oder nicht, und sie müssen mich höflich behandeln.«

Sie deutet auf einen leeren Platz ganz am Ende des Haupttisches vorne. Sie ist Kandidatin, aber sie gehört nicht dem Club an. Das sind so die feinen Unterschiede.

Während ich mir ihren Platz betrachte, gibt es dort oben etwas Unruhe. Bailey kommt an. Er strahlt mit einem Kopf wie eine Rote Rübe und grinst von einem Ohr zum anderen. Sein kleines Frauchen Mildred hat er neben sich, und sie sieht mächtig stolz aus. Und jetzt braucht es mir niemand mehr zu sagen, obwohl ich glaube, ich sehe nicht recht. Sie wollen tatsächlich ihn für den Stadtratssitz kandidieren lassen! Er setzt sich direkt neben Jefferson.

Velletri und Delvin sehen mein ungläubiges Gesicht und wissen natürlich genau, was ich denke. Velletri wendet sich Delvin zu und sagt ihm etwas. Delvin nickt, wendet sich auf die andere Seite und sagt etwas zu Jefferson, der seinerseits nickt. Dann sieht er wieder zu mir her, steht auf – damit ja keine Mißverständnisse aufkommen – und winkt mich vor zum Haupttisch.

»Was ist?« fragt Mary.

»Bin gleich wieder da.« Ich arbeite mich durch die Tischreihen bis nach vorne und gehe um die Kellner herum, die mit dem Verteilen der Obstschalen auf die Tische beschäftigt sind.

An dem Tisch, wo Captain Pescaro sitzt, bleibe ich kurz stehen und sage: »Was wissen Sie über Spencer und Frye?«

Er zwinkert nicht mal. »Sie waren doch bei der Voruntersuchung«, sagt er.

»Ein Jammer, daß wir das Gorilla-Mädchen nicht hängen können, wie?« sage ich.

Er beugt sich vor, damit nur ich ihn hören kann, nicht aber seine Frau und die anderen Leute an seinem Tisch.

»Vielleicht tun wir das noch. Wenn Sie nicht endlich aufhören, in der Scheiße rumzurühren!«

Ich gehe weiter nach vorne. Alle haben miteinander gequasselt, aber jetzt tritt auf einmal Ruhe ein. Als wäre ich ein Dampfer, der eine Kiellinie von Schweigen hinter sich herzieht, während ich mich dem Tisch nähere, an dem die Herren Königsmacher sitzen. Alles starrt mich an, weil praktisch jeder weiß, ich habe den Preis, der mir sogar auf dem Tablett serviert worden ist, glatt abgelehnt.

Wenn man da vorne vor dem Haupttisch steht, kommt man sich vor, als stünde man vor einem Thron. Das Podium ist so etwa zwei Fuß hoch, und das Tischtuch verdeckt mich von der Hüfte abwärts, so daß ich hoffe, sie sehen nicht, wie mir die Beine zittern angesichts dessen, was ich mir vorgenommen habe.

»Wie geht's denn, Jimbo?« fragt Delvin, als machte er sich tatsächlich Sorgen um meine Gesundheit. »Wie ich sehe, bist du mit diesem hübschen irischen Mädchen da.«

»Sie ist nur halb irisch«, sage ich. »Ihre andere Hälfte ist jüdisch.«

»Na ja«, sagt Jefferson mit betonter Lustigkeit, »wie das eben so geht. Früher oder später sehen wir alle aus wie Milchkaffee.«

»Wohl eher später«, sagt Velletri ganz ruhig. Er hat die Hände vor sich auf dem Tischtuch gefaltet. »Sie haben den Anschluß verpaßt, Jimmy.«

Die Menge in meinem Rücken kann sich natürlich nicht sehr lange ruhig halten. Sie hat das Interesse daran, wieso ich die eine Minute hinten neben der Küchentür sitze und trotzdem in der nächsten vorne mit den Oberen plaudere, schon wieder verloren.

»Ich habe meine Meinung nicht geändert, Mr. Velletri.«

Bailey ist neugierig. Er beugt sich, auf einen Ellbogen gestützt, so weit herüber, wie es nur geht, um möglichst viel von dem aufzuschnappen, was wir reden, tut dabei aber so, als unterhielte er sich angeregt mit Mildred. Ich werfe ihm einen Blick zu, aber er weicht mir sofort aus.

»Vielleicht ist ja noch nicht alles verloren, Jimmy«, sagt Velletri.

»Verstehst du, was wir sagen wollen, Jimbo?« ergänzt Delvin. »Alle die Jahre guter und nützlicher Arbeit für die Partei müssen ja nicht unbedingt umsonst gewesen sein, nur weil du dir diese Idee mit diesen beiden Schwulen in den Kopf gesetzt hast, die durch einen Unfall ums Leben gekommen sind.«

»Nun«, sage ich und versuche so zu wirken, als ob ich zwar schon hartnäckig sein könnte, aber auch demütig wäre, »war es denn nicht immer gute Tradition, daß ein Captain sich um seinen Bezirk kümmert?«

»Und wer wüßte besser als wir, was für ausgezeichnete Arbeit du geleistet hast«, sagt Delvin. »Aber offenbar muß ich dich doch immer wieder von Zeit zu Zeit daran erinnern: du hast einen Unterbezirk. Den Bezirk habe ich. Und jetzt hättest du diesen Bezirk haben können. Aber du wolltest ihn nicht.«

»Wir möchten Ihnen aber trotzdem die Chance geben«, sagt Velletri und öffnet jetzt auch das Visier völlig, »den verlorenen Boden wieder gutzumachen.«

»Indem ich was tue, Mr. Velletri?«

»Wir werden Big Buck Bailey als Kandidaten für den Stadtratssitz des Siebenundzwanzigsten vorschlagen.«

»Dachte ich mir schon.«

Velletri runzelt die Stirn. Er mag nicht, daß ich ihm sage, was er mir erst sagen will.

»Und ich dachte mir, daß Sie sich das denken, Jimmy.« Deutlicher kann er mir nicht beibringen, daß ich den Rand halten und nur zuhören soll.

»Bailey ist ein guter Mann«, sagt Delvin, »er hat ein gutes Konto für treue Dienste.« Er beugt sich dabei etwas vor, weil er nun mal nicht so wie Velletri flüstern kann, ohne daß man ihn nicht mehr verstehen würde.

»Bailey ist ein Arschloch«, sage ich.

Jetzt beugt sich von der anderen Seite her auch Jefferson vor, und jetzt sieht es irgendwie aus wie zwei massige Felsen mit einer Birke dazwischen – Velletri mit den beiden bulligen Männern zu beiden Seiten.

»Vielleicht meinen Sie, Bailey hätte keine Chance?« sagt Jefferson.

Und Velletri nimmt den Ball sofort auf. »Aber er hat eine bessere, als Sie vielleicht glauben. Er hat den Apparat hinter sich und das Büro des amtierenden Bürgermeisters. Und ihm sind alle Stimmen sicher, die keine Lesbierin wollen, und wenn sie die heilige Maria Magdalena wäre und er Pontius Pilatus. Aber, Jimmy, wir möchten trotzdem, daß Sie etwas für uns tun.«

Er sieht Delvin an, weil der schließlich mein Boß und Chinamann ist und daher wohl ihm das Privileg gebührt, das verlorene schwarze Schaf in die Herde zurückzuführen.

»Wir möchten dich gerne«, sagt Delvin also, laut genug, damit es auch Bailey hört, »nachher hier aufs Podium rufen. Und du hältst dann eine kleine Rede zugunsten von Bailey und seiner Kandidatur. Die Leute mögen dich, Jimbo, und du könntest eine Menge Stimmen zusammenholen.«

Bailey sieht mich an, als verschlüge es ihm den Atem. Ich habe ihn noch nie gemocht, und er mich auch nicht, auch wenn wir schon hundertmal am gleichen Tisch gesessen haben, weil wir nun einmal sozusagen Amtskollegen sind.

Die großen Kriegsherren sehen mich an. Es paßt alles zusammen. Alles, was ich je in der Politik gemacht habe. Alles, was ich je in meinem ganzen Leben getan habe. Ich halte eine Rede für Bailey. Da kann ich mich auch gleich hinstellen und sagen, was die beiden, er und Connell, getan haben, finde ich ganz in Ordnung. Jeder weiß, was das bedeutet: ich habe entsprechende Anweisung erhalten, habe sie ausgeführt und bin ins Glied zurückgetreten. Kurz gesagt, ich bin ein braver, dressierter Hund.

»Zeit fürs Essen, Jimmy«, sagt Velletri. »Gleich werden die Hühnchen serviert. Wir möchten nicht, daß Ihnen Ihr Essen kalt wird.«

»Also, wie ist es?« sagt Delvin.

»In Ordnung«, sage ich. »Ich komme rauf und sage ein paar Worte.«

Delvin und Jefferson lächeln. Bailey setzt sich in seinem Stuhl zurück und zieht leicht die Augenbrauen hoch, als wollte er mir kundtun: Prima, Junge, und ich zeige mich auch mal erkenntlich. Velletri erteilt mir seinen Segen mit einem kleinen Nicken seines weißen Hauptes und indem er seine gefalteten Hände auseinander nimmt. Wenn er jetzt noch tatsächlich das segnende Kreuz über mich schlüge, würde mich das auch nicht wundern.

»Übrigens«, sagt er noch, »was ist das für eine Geschichte, die ich da höre, von einem Wunder, das irgendein Heiliger bei Ihnen in der Nachbarschaft gewirkt haben soll? War der Mann römisch-katholisch?«

»Nein. Ost-orthodox. Es ist alles ein Mißverständnis. Das legt sich schon wieder.«

»Vielleicht doch nicht«, sagt er. »Wir können doch auch jeden Heiligen gebrauchen, den wir kriegen können, oder?«

Auf dem Weg zurück durch den Saal, bleibe ich wieder an Pescaros Tisch stehen, um noch einmal ein paar Worte mit ihm zu wechseln.

»Sie wollen, daß ich eine kleine Rede halte«, sage ich.

»Also hat man Sie doch nicht auf den Müll geworfen. Sie haben vielleicht ein Glück, Flannery.«

»Da bin ich nicht so sicher. Glück ist nicht direkt, was ich brauche.«

»Sie müssen sich schon etwas deutlicher ausdrücken.«

»Wenn ich diese Rede gehalten habe«, sage ich, »verlasse ich diese gastliche Stätte. Und wenn Sie dann

Ihre Augen offen halten, werden Sie sehen, daß mir gleich danach jemand hart auf den Fersen folgen wird.«

Er packt mich am Handgelenk und zieht mich näher zu sich heran. »Machen Sie keinen Quatsch.«

»Und ich fahre dann zum Zoo. Wenn ich Sie wäre, käme ich auch da hin, um nachzusehen. Sofern Sie mich nicht auch bei dem Gorilla Baby finden wollen. Und zwar tot.«

Ich mache mein Handgelenk aus seinem Griff frei und gehe weiter.

An meinem Tisch will mir nichts schmecken. Das Essen kommt mir vor wie die Suppe, die meine Mutter – Gott hab' sie selig – mir aus Mehl und Wasser zu kochen pflegte, als Kleister für Albumbilder, wenn es draußen regnete. Mike sagt allerdings, es wäre gar nicht schlecht. Mary meint sogar, es wäre ›überraschend gut‹. Also weiß ich, daß es an mir liegen muß.

Nach dem Eis gehen die Reden los.

29

»Wenn es irgendwen hier bei uns im Siebenundzwanzigsten gibt, mit dem ich am längsten und engsten vertraut bin«, sagt Delvin, »dann sind es der alte Feuerwehrmann Mike Flannery und sein Sohn Jimmy! Ihr wißt ja alle, daß ich keine eigenen Kinder habe« –, er wischt sich mit dem Taschentuch über die Augen – »und deshalb Jimmy all die Jahre wie ein Sohn für mich war. Immer habe ich versucht, wie ein zweiter Vater zu ihm zu sein. Ich habe ihn gelehrt, was einen guten Parteimann ausmacht, und es gibt heute keinen besseren Unterbezirks-Captain in der ganzen Stadt als ihn. Was ihm am Herzen liegt, sind seine Familie – in welche er, wie ich hoffe, auch mich einschließt –, sein Unterbezirk, und der Siebenundzwanzigste, die wundervolle Stadt Chicago und unsere große Demokratische Partei!«

Woraufhin die Menge natürlich in Applaus und zustimmende Pfiffe ausbricht. Die Canarias sitzt mit oben am Tisch, elegant, anmutig, allenfalls mit einer Spur zynischen Ausdrucks, während Bailey sich gibt wie der Gemeindebulle, der gerade eben die ganze Kuhherde bedient hat.

»Jimmy Flannery war immer ein Freund, wie praktisch jeder in diesem Saal einen braucht. Ich fühle mich verpflichtet, euch die Wahrheit zu sagen – und ich bin sicher, Big Buck Bailey hat nichts dagegen. Nämlich, daß sowohl das Büro des Bürgermeisters wie die Partei Jimmy die Kandidatur für den Stadtratssitz angeboten hätten, wenn er sie gewollt hätte.«

Neuerlicher Applaus – von der Art, wie ihn Ted Kennedy damals von dem Parteikongreß bekam, den Carter längst auf seiner Seite hatte. Von der Art also, bei dem man ganz bestimmt nicht sicher sein kann, daß er sich auch in zählbare Stimmen verwandelt, wenn es darauf ankommt.

»Aber leider hat uns Jimmy eine Absage erteilt. Weil er seine Arbeit in seinem Unterbezirk liebt. Und seine Leute dort. Denn, wie er mir selbst gesagt hat: ›Sie brauchen mich nach wie vor!‹«

Man könnte meinen, der Himmel fiele runter, und gleich würden zwei Engel herabschweben und mich hochtragen, damit ich zur Rechten von Stefan Bilina und den anderen Heiligen sitze.

»Aber während er für sich persönlich entschieden hat, noch einige Zeit zu warten, bis er sich in der Zukunft größeren Aufgaben zuwendet, größeren Verantwortlichkeiten, hat er uns jetzt doch einen Vorschlag zu machen, wen er statt seiner für den geeigneten Kandidaten hält . . . nun, er wird es uns selbst sagen!« Und er schwenkt seine große Pranke in meine Richtung und zieht mich mit ihrer magnetischen Kraft nach vorne durch den Mittelgang, während rings um mich der Ozean von Applaus und begeisterten Pfiffen tobt. »Hier ist Jimmy Flannery, der Stolz des Siebenundzwanzigsten!« schreit er über seine ganze Gangsterbande am Podiumstisch hinweg.

Und ich stehe bereits vor dem Mikrofon, aber es geht immer noch weiter, so daß ich am Ende wirklich die Arme um Ruhe heben muß. Lieber Gott, jetzt begreife ich, wie manche sogar einen Mord begehen würden, nur um irgendwo oben zu stehen oder vor der Parade herzumarschieren. Es ist wie ein Fieber. Man schnappt über. Man könnte dafür sterben.

»Was mein alter Freund und Mentor, Stadtrat Delvin, da über mich gesagt hat, läßt mich ganz rot werden.«

»Paßt zu deinem Haar, Jimbo!« schreit Bailey, als wäre es ein Ausdruck seiner Zuneigung. Er kriegt auch seinen Lacher dafür. Und so gibt er den Leuten gleich den Eindruck, daß er ein Beweger und Macher und schon in der Position ist, anderen die Gnade seiner Komplimente zu gewähren.

Was soll ich machen? Ich grinse ihn also an und fummele mir das Mikrofon zurecht, damit es näher an meinem Mund ist. Weil ich nicht will, daß irgendwer auch nur ein Wort von dem überhört, was ich sagen will.

»Es hat, seit ich für die Partei in diesem Bezirk zu arbeiten begonnen habe, große Veränderungen in Chicago und in der Politik in Chicago gegeben. Von den alten Giganten sind kaum noch welche übrig. Vielleicht muß heute auch jeder, der ein Volks-Vertreter sein will, etwas härter arbeiten als früher, um nachzuweisen, daß er es kann. Ich glaube nicht, daß ich es könnte« – Gemurmel und freundliche Bemerkungen –, »und ich möchte hier sagen, daß ich auch nicht glaube, daß Big Buck Bailey es kann.« Totenstille. »Ich bin nicht einmal der Meinung, daß er auch nur so qualifiziert dafür wäre wie ich.« Das Gemurmel klingt wie weit entfernter Verkehrslärm. »Ich bin dagegen der Meinung, daß Janet Canarias alle Eigenschaften besitzt, die dafür nötig sind. Und deshalb werde ich Ihnen sagen, für wen ich am Wahltag stimmen werde. Ich stimme für Janet Canarias.«

Unmöglich zu erkennen, was das Getümmel in einer Menge wie der hier und jetzt wirklich bedeutet. Es könnte bedeuten, daß sie dich zum Heiligen erklären, oder daß sie dich am liebsten lynchen möchten. Oder auch von beidem etwas.

Ich gehe rasch den Gang hinunter.

Pescaro versucht mich am Ärmel festzuhalten, aber ich dränge mich an ihm vorbei.

»Mike«, sage ich zu meinem Vater, »du bringst Mary heim.«

Mary hat sichtbar Angst. »Mein Gott, James, was hast du getan?«

»Es kommt schon alles in Ordnung«, sage ich.

»Bleib' da«, sagt sie.

Aber ich bin schon weg.

30

Der Schnee auf den Straßen drüben am Zoo ist zum größten Teil schon wieder weggeschmolzen. Oben am Himmel steht ein fast kompletter Vollmond. Er gleitet in den nassen Straßen vor mir her. Ich weiß, dicht hinter mir ist jemand. Genau, wie ich es will. Ich parke vor dem Zaun und schlüpfe durch die kleine Seitenpforte, die von den Wärtern benutzt wird, wenn sie Spätdienst haben. Als ich mich einmal ganz kurz umsehe, sind wirklich zwei Typen hinter mir. Sie bleiben sofort stehen, mitten auf dem Asphalt und voll im Lichtkegel einer Straßenlaterne. Und wer sind sie? Bailey und sein lieber Freund Connell. Nicht, daß ich irgend etwas anderes erwartet hätte. Ihr Wagen steht draußen auf dem Boulevard direkt hinter meinem. Andere Fahrzeuge kommen nicht her. So, denke ich, also will es Pescaro tatsächlich geschehen lassen. Vielleicht denkt er, ich hätte es ja unbedingt so haben wollen. Ich gehe weiter auf dem Fußweg zwischen den jetzt kahlen Hecken zu dem Haus, wo der Paarungskäfig ist.

Im Löwengehege laufen ein paar von den Raubkatzen ruhelos an den Gittern hin und her. Eine, ein männliches Tier mit riesiger Mähne, sieht mich direkt an. Seine Augen leuchten wie die Reflektoren eines Fahrrads, na klar, wie Katzenaugen. Er gibt mir das Gefühl, daß er Dinge weiß, von denen ich keine Ahnung habe.

Drinnen im Haus selbst kann ich Baby sehen. Sie ist in dem kleinen Verschlag, in dem sie sich, wie ich weiß, ihr Schlafnest baut. Ich nehme den Schlüssel aus dem Kästchen an der Wand und schließe das Vorhängeschloß am Hauptgitter auf, so lautlos es nur geht. Ich will vermeiden, daß Baby gerade jetzt aufwacht. Ich nehme das Schloß weg, gehe dann hinüber und vergewissere mich, daß auch die Tür zu Babys direktem Käfig offen ist, genauso wie die nächste gleich daneben.

Bis Bailey und Connell mir ins Tierhaus nachgekommen sind, stehe ich schon wieder vor Babys Käfigtür. Sie sehen sich um, als wären sie darauf gefaßt, daß ich womöglich hier eine ganze Armee versteckt hätte. Als sie sich überzeugt haben, daß außer uns niemand da ist, sagt Bailey: »Wieso bist du bloß so dämlich, Flannery?«

»Ich glaube gar nicht, daß ich so dämlich bin.«

»Nur eine absolute Niete manövriert sich selbst so ausweglos in die Ecke.«

»Damit kenne ich mich natürlich nicht so aus. Ich bin ja auch kein Boxer, wie du.«

»Ich werde kurzen Prozeß mit dir machen.«

»Wie denn?«

»Du kriegst eine ganz schnelle Lektion.«

Dafür, daß sie so große Kerle sind, bewegen sie sich beide erstaunlich schnell. Nur, daß ich noch ein bißchen schneller bin. Ehe sie einmal mit den Wimpern zucken können, bin ich in Babys Käfig. Allerdings bin ich doch nicht so schnell, daß sie nicht auch hereinkämen. Ich weiche bis zu den Gitterstäben auf der anderen Seite zurück.

»Du verhältst dich immer idiotischer«, sagt Bailey.

»Das hast du gern, wie? Jemand in der Ecke zu haben. Und jetzt meinst du, du hättest mich so in der Ecke wie diese beiden armen Hunde Spencer und Frye.«

»Ich kenne keinen Spencer und Frye«, sagt Bailey. »Pat, kennst du vielleicht irgendeinen Spencer und Frye?«

»Ich kenne keinen Spencer und Frye.«

»Ihr wollt mir also nicht die Wahrheit sagen?« frage ich.

»Dir haben wir überhaupt nichts zu sagen, keine Wahrheit und nichts.«

»Dabei genießt du doch höchste Protektion. Was kann ich denn schon gegen Delvin, Jefferson und Velletri zusammen ausrichten? Mann, Bailey, bist du jetzt eine große Nummer!«

»Genau.«

»Der Kandidat der Partei für den Siebenundzwanzigsten.«

»Genau.«

»Nicht, daß das auch nur so viel bedeuten würde, weißt du. Nach heute abend glaube ich nicht mal mehr, daß du noch der Kandidat der Partei bist. Und selbst wenn, die Canarias würde dich glatt wegputzen.«

»Du hältst jetzt besser dein Maul, Flannery!«

»Ganz besonders, wenn ich beweise, daß ihr beide zwei hilflose Männer zu Tode geprügelt habt.«

»Du wirst keine Gelegenheit mehr haben, Flannery, irgend etwas zu beweisen.«

Und sie stürzen sich auf mich. Ich gehe blitzschnell in die Knie und bin schon unter ihren Beinen durch, als sie oben noch ins Leere greifen. Mein Hand hat den Umlegeriegel, ich haue ihn nach unten, während ich noch zuziehe, und schreie los, was ich nur kann.

Bailey ist an der Tür und rüttelt wie verrückt daran. Er nennt mich einen Hurensohn und schreit mir detailliert zu, was sie alles mit mir anstellen werden, wenn sie mich erst einmal in den Fingern haben. Dann erst hören sie die Tierlaute in dem Käfig. Sie fahren herum. Vor ihnen steht Baby, und mit ihrer kaum verschorften Narbe im Gesicht sieht sie gar nicht schön aus. Sie fletscht ihre Zähne und zieht diese Schau ab mit dem Trommeln der Fäuste auf der Brust. Sie ist ziemlich überzeugend.

»O lieber Jesus«, schreit Connell. »Laß uns um Himmels willen hier raus, Flannery!«

»Wozu? Sie tut euch nichts. Gorillas sind ganz sanftmütige Tiere. Sie versucht euch lediglich Angst einzujagen. Gorillas würden höchstens mal gegen jemanden losgehen, der sie selbst angegriffen und verletzt hat. Aber das . . .«

»Um der Liebe Christi willen, laß mich raus!« schreit Connell und preßt sich an die Gitterstäbe. »Ich habe ihr doch die Fahrradkette über die Schnauze gezogen! Sie wird jede Sekunde auf mich losgehen!«

»Wann war das denn?« frage ich ganz erstaunt.

»Na, wie wir die Leichen von den beiden Schwulen in der Sauna abgeladen haben!«

»Das reicht!« sagt Pescaro aus dem Schatten draußen vor dem Käfig.

»Hallo, Pescaro!« sage ich. »Aber Sie denken doch nicht etwa daran, zu sagen, Sie hätten nichts gehört, oder?«

»Ach, gehen Sie doch zum Teufel, Flannery. Ich bin Polizist, und ich tue, was ich als solcher zu tun habe. Lassen Sie die beiden raus.«

Draußen sehe ich auch O'Shea und Rourke.

»Kein Problem«, sage ich. »Sie brauchen nur durch diese Tür in den leeren Käfig nebenan zu gehen. Sie wären natürlich auch von alleine darauf gekommen, wenn sie nicht gedacht hätten, wenn da offen wäre, hätte ich längst versucht, durch diesen Ausgang abzuhauen, als sie mir nachkamen. Sie sind eben einfach dämlich.«

Bailey und Connell stolpern in den leeren Käfig hinüber, während Baby sie anfletscht und ankreischt.

»Ich rieche was«, sage ich. »Ich glaube aber nicht, daß es Gorillascheiße ist.«

O'Shea und Rourke kommen herbei.

»Tja«, sagt O'Shea auf diese aufreizende Art, die er so an sich hat. »Wie zum Teufel kriegen wir sie jetzt da raus?«

»Einfach da lang, Gentlemen«, sage ich und werfe den Hebel herum, der die Verbindungstür des leeren Paarungskäfigs zum Löwengehege öffnet. Der große Löwe, der mich vorhin so angesehen hat, kommt herbeigeschlendert. Kein Zweifel: Der ganze Aufruhr hier hat seine Aufmerksamkeit erregt.

31

Mary kommt von der Tür zurück, die sie geöffnet hat, weil es klingelte. Hinter ihr ist Delvin, und hinter dem Jefferson.

Hallo hier, hallo da, möchten Sie Kaffee? Kuchen? Bis endlich alles am Küchentisch sitzt; Mary, Mike, ich und diese beiden Herren Politiker, die ein ziemlich komisches Paar abgeben.

»Wir kommen, um dich zu bitten, es dir noch einmal zu überlegen«, sagt Delvin.

»Ich vertrete in dieser Sache offiziell den Bürgermeister«, sagt Jefferson.

»Kann ich mir denken«, sage ich.

»Na ja, du hast Bailey aus dem Rennen geboxt«, sagt Delvin.

»Was macht er denn so?«

»Er hat noch immer gewisse Schwierigkeiten, seinen Schließmuskel unter Kontrolle zu halten.«

»Dabei hätte ihm der alte Löwe wahrscheinlich nicht viel tun können. Der hat ja kaum noch Zähne.«

»Ja, aber wenn man das nicht weiß, so wie Bailey- . . .«,wendet Jefferson ein.

»Jedenfalls«, kehrt Delvin entschlossen zum Thema zurück, »ist er natürlich kein Kandidat mehr, auch wenn sie ihn nicht für den Rest seines Lebens einbuchten sollten. Und wen bitte sollen wir jetzt noch in letzter Minute aufstellen, um die Demokratische Partei zu vertreten?«

»Dann unterstützen Sie doch den Kandidaten, den Sie haben! Wenn die Canarias ohne Konkurrenz antritt, mit Ihrer Unterstützung und Billigung, und mit Velletris Segen, dann kommt sie aus den Vorwahlen so stark heraus, daß kein Republikaner eine Chance hat.«

»Da solltest du aber besser noch einmal genauer hinschauen«, mischt sich mein alter Herr an dieser Stelle ein. »Siehst du denn gar nicht, daß die Jungens überall dabei sind, den Laden zu übernehmen?«

Delvin schüttelt demonstrativ den Kopf hin und her. Und da erinnert er mich wieder einmal an einen alten Zirkuselefanten, der sich fragt, was zum Teufel er eigentlich immer noch hier macht, warum er noch so blöd auf einer Kugel rumbalanciert.

Sie brechen auf.

»Noch was«, sagt Jefferson noch. »Der Bürgermeister wüßte gern, was Sie eigentlich gegen die Menschenmassen zu tun gedenken, die sich da neuerdings jeden Abend vor Ihrem Haus versammeln.«

»Ich habe mich bereits mit dem Pfarrer von St. John's draußen unterhalten. Er will eine besondere Zeremonie zu Ehren von Stefan Bilina abhalten. Das zieht dann die ganze Geschichte ab, rauf nach Skokie.«

»Das wird der Bürgermeister sicher gerne hören. Er hat mir aufgetragen, Ihnen zu bestellen, er hätte nichts dagegen, wenn Sie Helden fabrizieren. Aber er wäre Ihnen dankbar, wenn Sie in Zukunft zweimal nachdächten, ehe Sie darauf verfallen, weitere Heilige zu produzieren.«

An der Tür bleibt Jefferson dann noch einmal stehen und sagt: »Ähm, der Bürgermeister möchte übrigens auch, daß ich Ihnen ausrichte, er mag Sie.«

Mein alter Herr grinst breit. »Na, warum auch nicht?« sagt er.

ENDE

Band 19 125

Robert W. Campbell

Kettenhund

Deutsche Erstveröffentlichung

Chicago ist so recht nach Jimmy Flannerys Geschmack. Der harte Ire ist Teil der politischen Maschinerie, die auf gegenseitige Gefallen basiert. Ihm gehört die 27th Ward – das ist seine Straße, und dort ist er für alles verantwortlich. Auch für Mord. Als durch eine Bombenexplosion ein Mädchen und eine alte Frau getötet werden, nimmt Flannery das persönlich. Er geht der Sache nach und bringt sich und seine Freundin in Gefahr. Aber Flannery ist ein Kettenhund und nicht zu stoppen, als er den Killer findet.

BASTEI LÜBBE